# 商女發威 4 完

風文創 480

清風逐月 著

# 目錄

# 第六十八章 大婚

十月的天，秋高氣爽，朵朵白雲飄浮在天空，連陽光似乎都多了一絲乾爽的味道。

蕭晗睜開眼看著床頂的帳幔，久久不想起身。

明兒個就是她出嫁的日子了，卻感覺有些不真實，回想起上一世的顛沛流離，如今的幸福安康不就像是一場夢嗎？只是這幸福裡還有著一絲遺憾。

莫清言的死如今成了未解之謎，這便是她心上的一把枷鎖，自從那一日葉衡說要幫忙調查後，好些日子她都睡不踏實，有時夜間還要蘭衣給她點上安息香。

這是心病，只怕要等到事情真相大白之後，她才能真正安心。蕭晗不由輕嘆一聲。

「小姐醒了？」蘭衣在帳子外問了一聲，蕭晗沒說話，她也沒敢撩開帳子，但卻是知道裡面的人有了動靜。

「醒了。」蕭晗應了一聲，緩緩坐起身來，蘭衣這才給她撩開了帳子，春瑩也端著水盆進了屋，兩人侍候著蕭晗梳洗穿衣。

「今兒個老夫人特意吩咐過，讓小姐好好歇息，就不用到她那裡請安了。」蘭衣手指靈巧，不僅繡功好，還梳得一手好頭，又問蕭晗。「給小姐綰個垂髻可好？」

蕭老夫人和徐氏的誥命雖然遲了劉氏一步，如今到底都下來了，讓蕭晗在出嫁前也多了幾分體面。

春瑩從首飾匣子裡挑出了一朵玉蘭花，在蕭晗頭上比了一下。「小姐穿這身翠綠色的衣裙，再配上這朵花，素雅又清麗。」

「都由得妳們。」蕭晗笑著點頭，又問起春瑩前些日子許福生來的信。

春瑩笑著回道：「他倒是將各莊子及鋪面都管理得很好，還查出了幾筆爛帳，這小子果然是個機靈的。」

「也是小姐看重他，給了他這個機會，不然他眼下還不知道在哪兒呢？」說起許福生來，春瑩眉眼帶笑，他們兩人這一來二去之下，都有了些情意，這些日子通信也沒斷，春瑩得空了還去看望許福生的老母，眼看著這好事要近了。

「讓他趕在年前回京，到時候就將你們兩人的親事給辦了吧！」蕭晗唇角一牽，又對春瑩道：「這次我就不帶妳去長寧侯府了，到時候替我守著辰光小築，等著妳成親後，在蕭家當個管事媳婦可好？」

「小姐大恩，奴婢終身不忘！」春瑩眸中閃過一絲驚喜，立刻給蕭晗跪地磕頭，一顆心激盪不已。

留在蕭府守著這個院子的確是個輕省的活計，蕭晗並沒有薄待她，她本就是個根基不穩、臨時插進來的丫鬟，若被蕭晗給帶著陪嫁到了長寧侯府去，只怕會引起不少人嫉妒。再說她不久後就要嫁給許福生了，許福生是蕭晗倚重的人，夫妻兩人一唱一和，這日子也絕對差不了。

蕭晗笑了笑。「行了，將來我出嫁了，還得靠妳來回照應著。」許福生在外為她管理著田莊和商鋪，在內又有春瑩照應，蕭家有什麼風吹草動她也能立即知道；再說，帶在身邊的人貴精不貴多，如今有蘭衣、梳雲，還有枕月這個管事媳婦已是綽綽有餘。

不過世子夫人的規制嘛，還要再尋兩個陪嫁丫鬟……雪芽、雪蘿這兩個十五歲後便要贖身回家的，這就帶不得。

徐氏倒是選了幾個白淨的丫鬟送過來，枕月瞧了幾日後，便挑了秀蓉與秀英兩個，蕭晗看過之後還算滿意。不過，這人要慢慢用著才知合不合意，眼下還說不準。

上午的光景一晃眼就過了，用過午膳後，蕭晗剛想歇息一會兒，孫若泠便來了，她是來送添妝的。

「明兒個妳起得早，又要一陣忙活，我怕妳都顧不上與咱們說話了，就先將東西給送來！」孫若泠說著話，讓丫鬟捧了錦盒過來，蕭晗身旁的蘭衣上前接過，兩人遂坐下說話。

「明兒個送嫁後，我便只能留在蕭家吃席，妳到了長寧侯府可要事事安順啊！」想著蕭晗就要出嫁，孫若泠還是有點捨不得，畢竟她今後是要做蕭晗嫂子的人，雖然年紀小她那麼幾個月，但到底有點當嫂子的自覺，未來小姑子都要出嫁，難免要唸叨幾句。

「瞧妳這模樣，真是急著想當我嫂子了？」蕭晗打趣著孫若泠。

孫若泠卻是一臉的理所當然。「本就是妳嫂子，不過早晚的事。」

「是，我的小嫂子。」蕭晗捣唇直笑，笑完後才拉了孫若泠的手道：「咱們家裡的情景妳也是知道的，妳嫁到蕭家後，夫人那裡平日禮數到了就好，不用多去在意，出了什麼事有老夫人給妳作主。我只願妳和哥哥好好地過，將來給我生幾個姪兒！」

「不害臊！」孫若泠嗔了蕭晗一眼，臉上的笑容卻是甜甜的，又道：「妳說的我都知道，我也不是不經事的孩子了，我娘也給我說了許多，和繼婆婆相處自然要多長個心眼，我又不是傻的。」

「妳知道就好。」蕭晗點了點頭，心中亦思量起來。

蕭昐如今也出嫁了，劉氏的心思便轉到了蘭香身上，聽說近來好湯好水地給蘭香滋補著，就盼著她快點懷上孩子，一時半會兒還不會將注意力放在他們兄妹身上。

想著蕭晗還要備嫁，孫若泠坐了一會兒就離開，蕭晗正準備歇息，春瑩卻稟報說蕭雨來了，她只能又從榻上起了身。「還好這衣服沒脫完，頭髮就披散著吧！四妹也不是外人。」說著便套上了一件家常的大衣。

蘭衣在身後為蕭晗順著頭髮。「今日孫小姐與四小姐都趕巧了，讓小姐不得歇息。」

「罷了，與她們這樣相處的機會也不多了，我原本也該去看看她們的。」蕭晗笑了笑，抬頭便瞧見蕭雨跨進了內室，手中抱著個黑漆描紅紋的匣子，不由指了那匣子道：「妳不是送了我添妝，眼下又抱什麼來了？」她一臉的奇怪。

「不是我的。」蕭雨左右看了一眼，見蕭晗跟前只有蘭衣便放心坐下，又將匣子推到了蕭晗跟前。「三姊看看！」

「不是妳的，又會是誰的？」蕭晗納悶地打開了匣子，只見黑色的絨布上靜靜地擺放著一對碧玉桃花簪，玉質相當通透，沒有一點雜質，拿在手中還有溫潤的觸感，雕功也很是精細，只怕價值不菲。

蕭雨的月例並不多，這樣的東西的確不是她能拿得出來的。

「這是誰送來的？」蕭晗合上了匣子，開門見山地問道。蕭雨歷來是個機靈的丫頭，來路不明的東西定不會往她這裡送。

「是大嫂……不，是瑜姊姊差人送來的。」蕭雨早跟著蕭晗一同改了口，畢竟上官氏已經不是蕭家的兒媳婦了，她們談起她時，都會稱一聲「瑜姊姊」。

「是她……」蕭晗怔了怔，旋即心頭浮上一絲暖意。「前兩個月我去看瑜姊姊時，她肚子已經顯了懷，如今孩子怕有六個月大了。」

上官氏如今住在京城近郊的一個田莊裡，蕭晗去看她時覺得她氣色紅潤了不少，整個人也開朗許多，還有閒情與她聊起後院裡新搭的瓜棚和夏日裡結出的葡萄，對生活明顯有了嚮往和追求，蕭晗真心替上官氏感到高興。

「真的嗎？我也想去看她，就是……」蕭雨顧忌著徐氏，自然不敢明目張膽地去看上官氏，她畢竟只是大房的庶女，身分和地位都比不上蕭晗，也沒辦法像她一樣自由、灑脫。想了想，轉而又問道：「那瑜姊姊和她娘家還有聯繫嗎？他們不想接她回去？」

「聽瑜姊姊說她娘家倒是找來過一次，不過瞧著她那模樣就……」蕭晗搖了搖頭，輕嘆一聲，話語裡有無盡的惋惜。「她說娘家人都當她死了，讓她再也別回去。」微微一頓，她咬唇道：「還將她在族譜裡除名了。」

「啊?!」蕭雨驚訝地捂唇。一個被宗族除名的女人，沒有了依仗，今後的日子不就更艱難？

蕭晗看穿了蕭雨的想法，淡淡地說道：「瑜姊姊本來也沒有想要依靠他們，青山綠水地活著也算瀟灑，她是難得的豁達之人！」她的話語裡藏有深深的感觸。

「我羨慕瑜姊姊，但是真要過那樣的日子，我卻不敢想像。」蕭雨搖了搖頭。她是從小養在閨閣的女子，在教條束縛下，她不敢任意高飛，所求的也不過就是一段美滿姻緣，為此她還要在嫡母面前孝敬恭謙，無所不從。

「咱們不是她，只怕任何一個女子在她的情況下，也不敢輕易做出那樣勇敢的決定。」蕭晗笑著拉了蕭雨的手，又說起那一日在蕭老夫人屋裡聽到的事情。「京兆尹趙家來問過妳的事了，我知道妳與他們家七小姐熟識。」

「這事我也聽說了。」蕭雨低下了頭，微微咬唇。「可提親的是他們家五公子，就是趙瑩瑩的親哥哥。」

「我知道。」蕭晗了然一笑。「趙小姐是庶出，她那哥哥自然也是。」

蕭雨一時之間煞白了臉色，頭垂得更低了，整個肩膀隱隱顫抖著。「三姊，我本是庶出，若是再嫁個庶出的公子，我……」說著眼淚便掉了下來。

「趙小姐我是認識的，她知書達禮、溫文爾雅，能夠教養出這樣的女兒，想來那位姨娘也是不差的。」蕭晗笑著說道。她聽說了這件事情後，便讓人著意打探了一下趙家五公子趙暉的背景。見蕭雨終於抬起淚眼看向她，便笑著抹了抹她的臉。「再哭可就不美了。」

「三姊笑話我！」蕭雨嗔了蕭晗一眼，破涕為笑，又有些期盼地看向蕭晗。「三姊這樣說，是不是打探到了什麼？」平日裡趙瑩瑩也守規矩得很，兩人雖然交好，可她也只知道趙瑩瑩有個親哥哥，並沒聽她多提過這個哥哥的事情。

「確實是知道了一些事情。」蕭晗翹了翹唇角。「趙暉早年便中了舉，聽說一直在京兆尹趙大人手下做事，很得他父親看重，文才學識都是極好的。明年的春試他也會參加，到時候若中了進士，那官職一任命下來，也算是年輕有為了。」

「聽三姊這麼說，這人倒還算是有點前途。」蕭雨心中微微一動，不禁多了幾分期許。她起初一聽是庶出的公子，便有些排斥，本沒有想更深地去瞭解這個人，可如今聽蕭晗一說，此人倒還有幾分可取之處。

蕭晗笑道：「再說了，趙小姐品性不差，一母同胞的哥哥自然心性相同，我瞧著你們該是合得來的。」

「那三姊的意思是……」蕭雨抬眼看向蕭晗，雖然眼眶仍然紅紅的，眼神卻有了幾分異樣的光彩。「這門親事作得？」

「我看行。」蕭晗笑著點頭。「若是成親後你們不願意住在趙家，那等趙公子考上進士後，再請個外調的官職，這一走幾年的時間，京城裡趙府的庶務也不用插手，就安心過你們倆的小日子，豈不快哉？」

蕭雨心中一想也是這個道理，她就是怕趙家人多口雜，兩人又都是庶出的身分，日子難過，但將來若能不住在趙府中，也還是可以期待的。

「前些日子母親還來問過我，但我沒有一口應下，只說先想想……」蕭雨說到這裡又看向蕭晗，有些擔憂道：「母親當時便有些不快了，若我眼下又去說同意的話……」

「四妹，妳是個聰明人！」蕭晗笑著看向蕭雨，眸中眼波深深。「若是有合適的機會，妳再與大伯娘說吧！眼下不著急。」

「三姊說的是，否則顯得我多急切似的。」蕭雨這話一說完，便驚覺自己說漏了嘴，忙摀了唇，又見蕭晗並不在意，這才笑著向她道謝。「多謝三姊為我打聽，我知道妳的眼光定是不差的。」

「大姊也是希望妳能嫁得好的。」蕭晗突然提起了蕭晴，蕭雨微微一僵，又有些不自在地看了她一眼，欲言又止。

「怎麼了？」蕭晗微怔，不明白蕭雨這是怎麼了，明明剛才還好好的，又想到自己說的話，不由目光一凝。「難道是大姊出事了不成？」

「大姊上個月不是懷孕了嗎？」蕭雨猶豫了一陣才道：「也是因為有孕，才沒能來參加三姊的及笄禮。」

「這事我自然知道。」蕭晗點了點頭，突然腦中電光一閃，似是想起了什麼。

前世就是因為蕭晴有孕，李沁才將在外養著的那個女子給接進了府裡，兩人懷孕也就是前後腳的事，而之後蕭晴因傷心而提前生產，生下個女孩也是不足之症，年紀小小就去了，那女子卻是生了個兒子，母憑子貴在李家很是受寵。

「大姊才剛懷孕不久，大姊夫就從外抬了個女子進來，更可氣的是那個女子還懷了身孕……」蕭雨說到這裡，忍不住開始抹淚。「這件事大姊只與我說了，還讓我瞞著母親沒告訴她，李夫人那裡也避著母親，所以她眼下還不知道呢！」

蕭晗搖了搖頭，一聲輕嘆。前世的命運依然沒有改變，她很擔心蕭晴。「那大姊現今如何了？」

「大姊我看著還好，也沒怎麼激動，連吵都沒與大姊夫吵，李夫人對她便更愧疚了，我去時還瞧見李夫人在房裡給大姊安頓這、佈置那的，體貼得不得了。」蕭雨說到這裡，稍稍安心了些。「好在李夫人是母親多年的老友，如今李家有愧於母親，定會多護著大姊的。」

「大姊一直很堅強。」蕭晗點了點頭，不由回想起蕭晴曾與她說過的話。

這是蕭晴自己選擇的路，不管痛苦還是傷悲都會自己去承受，斷沒有退縮的道理，別人或許不知道，蕭晗卻是明白的，蕭晴一直是個驕傲的人。

大婚前的一天過得極快，又像是過得極慢，夜裡蕭晗在床榻上翻來覆去地睡不著，總覺得剛剛睡著便聽見公雞鳴叫，蘭衣與春瑩已經候在床帳外等著她起身了。

蕭晗眨了眨眼，瞧著窗戶外仍然是漆黑一片，不由打了個呵欠，啞著嗓子問道：「幾時了？」

「剛到卯時。」蘭衣回了一聲。「給小姐上妝的喜娘已經在屋外候著了。」

蕭晗應了一聲，心裡想著今日的事情多，便忍著疲倦起了身，由著蘭衣與春瑩在一旁侍候她穿衣。

喜服內三層、外三層的，成親之日也不怎麼能進食，蕭晗早上只喝了一碗燕窩粥，便坐在雕花鏡前任由喜娘打理起來。

「小姐的皮膚真好，絞了面後抹上淡淡的一層粉便好了，粉若上得太厚、太白，還沒有您原本的膚色好呢！」喜娘手腳伶俐，這嘴皮子也討喜，一邊與蕭晗說著話，手中動作依然不停。

蕭晗只是眼皮虛抬，應了一聲，便又聽那喜娘道：「小姐若睏了，閉眼歇息就是，我也給好些小姐化過妝，莫不都是因為成親前一天夜裡睡不著，第二日精神都要差一些，不過難熬的時候還在後頭呢！您得坐上一天等著。」將手上的黑髮俐落地綰了個結別在頭上，一頓又道：「成親嘛！雖是大喜，可這滋味也只有受過的人才明白，小姐心裡可要有個準備。」

「咱們給小姐多備些點心，餓不著的。」春瑩在一旁接了句話。

喜娘笑著點頭。「是要備一些，不然這一天滴水難沾，鐵打的身子都熬不住。」

眾人在一旁說說笑笑，蕭晗倒是睏倦得直想打瞌睡。等天大亮後，蕭老夫人與徐氏一同來辰光小築看蕭晗，在中途遇到了劉氏。

「弟妹也是去看晗姐兒的？」徐氏笑著看向劉氏，眸中的嘲諷一閃而過，到底不是自己的親閨女，估計劉氏今日是不想露面的吧！

「瞧大嫂問的，晗姐兒出嫁，我自然要對她提點一番。」劉氏皮笑肉不笑地說道，又在一旁扶了蕭老夫人的手。「媳婦扶老夫人一同去。」

蕭老夫人點了點頭，婆媳三個便一同往辰光小築而去，等見到蕭晗時，她已經梳妝、穿戴整齊。

瞧見蕭晗一身紅色喜服，襯得她更豔麗了些，即使是濃妝淡抹，亦比其他女子還要出挑許多，蕭老夫人不由欣慰地點了點頭。

「晗姐兒就是生得好，怎麼打扮都比別人美上幾分！」徐氏在一旁點頭誇讚，蕭老夫人的眸中也滲出笑意來。

劉氏則在一旁癟了癟嘴。

蕭晗起身對著蕭老夫人三人行了禮，又將她們引到一旁坐下，這才對蕭老夫人道：「如今孫女這裡一切都弄好了，只怕一會兒道賀的人就要上門，祖母您與大伯娘她們還上我這裡來，待會兒怕道賀的人就找不到您們了。」

「就是想來瞧瞧妳！」蕭老夫人笑著擺手，又拉了蕭晗的手一同坐下，看著眼前這張宜喜宜嬌的臉龐，眸中有晶瑩閃爍。「好啊！總算是等到妳出嫁的這一天了……」

「晗姐兒嫁得好，於咱們一家都有榮光！」徐氏在一旁附和了一句，還不忘記搭上劉氏。「弟妹妳說是吧？」

「當然。」劉氏乾笑了兩聲。「晗姐兒嫁得好了，她的姊妹們也跟著沾光。」表面上這樣說，她心裡卻有些不以為然。

幾人坐了一會兒，便聽到有丫鬟來報，說是有客人道賀要來拜見蕭老夫人，徐氏忙又扶著蕭老夫人起身，還不忘記叮囑劉氏一句。「弟妹有什麼要向晗姐兒交代的，可要快些說，一會兒也出來幫忙。」

「行。」劉氏不冷不熱地應了一聲，送了蕭老夫人與徐氏出門後，這才轉過身來面對著蕭晗。

蕭晗只是淡淡地站在那裡，眼睛半瞇著，似是有些睏倦，卻更有些不帶正眼瞧人的意味。她與劉氏真沒什麼好說的，若不是在人前，她連維持著表面的平和假象也懶了。假如她的猜測正確，真是劉家人害死了母親，那她與劉氏之間便有著殺母之仇，不共戴天！

如今她缺少的只是一個證據，或是一個證人！

劉氏瞧見蕭晗這番作態，心中暗恨，面色不由繃了起來，輕哼一聲道：「沒外人在咱們也就不用說些客套話，我知道妳向來是個主意大的，想來也不用我教妳什麼！」

「不用，夫人自去忙就是。」蕭晗掃了劉氏一眼，也不願意再與她說什麼，轉身便回了內室。

劉氏冷笑一聲，拂袖而去。

枕月看在眼裡有些著急，卻只能跺腳追進去，對蕭晗道：「小姐啊！您不該氣走夫人，如今您出嫁，她到底有些事情要交代給您，別人不好說！」說罷也有些糾結起來，那些事情總輪不到她與蕭晗說吧！

「不用她教我。」蕭晗不以為意地說道，撥弄起手上的一串珊瑚珠子來。

「小姐，您不懂！」枕月還在一旁著急想勸說蕭晗，便見春瑩撩了簾子進屋，一臉好奇地抱了個匣子進來。「小姐，是大夫人命人送來的。」說著便擱在了蕭晗跟前。

「大伯娘？」蕭晗怔了怔，旋即有些不解地打開匣子，卻見裡面放的是一個用紅綢包著的東西，打開來看是一本書，只是這書是黃綠色的封皮，竟然還沒有書名。

蕭晗隨手翻了兩頁，一下子便又將其蓋住，一張臉頓時變得通紅。

春瑩隔得遠沒有瞧見，枕月卻就在蕭晗邊上，剛才她也瞧見了書中畫著的小人，不由放下了心。「虧得還有大夫人記掛著小姐，奴婢這就安心了。」

蕭晗飛快地將書重新放進了匣子裡，這才紅著臉對枕月道：「妳懂什麼，一邊去！」

「小姐不用害臊，是女子都要走這一遭的。」枕月笑咪咪的，春瑩卻在一旁聽得一知半解，見兩人的表情曖昧難言，心中也明白了幾分，遂笑著退了下去。

來蕭家道賀的賓客絡繹不絕，孫若泠姊妹還有趙瑩瑩、蕭雨她們都一同過來了。

瞧著蕭雨與趙瑩瑩的關係似乎又親近了不少，蕭晗心裡自有幾分明白，不由對蕭雨暗暗點了點頭。

蕭雨心領神會，今兒個與趙瑩瑩在一起，旁敲側擊地倒是問了好些關於她哥哥趙暉的事情，兩家人或許會成為親家，也讓這對從前的好姊妹更加親密了起來。

「咱們都是用過午膳才來看妳的。妳肚子餓不餓，要不要吃些東西墊墊底？」孫若泠偷偷從袖袋裡取出用油紙包著的點心，遞給了蕭晗。「嚐嚐，這是我自己做的。」

「那我就留著，不過眼下還不餓。」蕭晗笑著接過了點心，又讓蘭衣端來茶水。「也就妳們幾個能陪我坐坐了，今日來的人倒真是不少。」

「那自然少不了，也不瞧瞧妳嫁的是什麼人，那可是京城第一貴公子！有多少人羨慕著妳的好運啊！」孫若泠說著便對蕭晗豎起了大拇指，隨即左右瞧了一眼，問道：「怎麼沒見到妳家大姑奶奶與二姑奶奶？」

蕭晗淡淡地說道：「我大姊有孕了，不能到處走；二姊……或許在前面迎客吧！」

「妳大姊的事情我都知道了。」孫若泠對著蕭晗擠了擠眼，又端了錦凳坐到蕭晗跟前，低聲道：「還是我娘告訴我的呢！」他們家與李家的關係不好，孫二夫人自然是巴不得看李家的笑話。

「這件事……許多人都已經知道了？」蕭晗面色一凝。她明知道這事情是瞞不住的，卻也想著能多拖一日算一日。

「知道的人也不算多，咱們家與李家有些過節，我娘自然也就打聽得勤了點。」孫若泠說到這裡，訕訕地吐了吐舌，又道：「不過妳大姊也怪可憐的，李家人真不是東西！」她狠狠地罵了李家人一頓，倒是讓躲在一旁說話的蕭雨與趙瑩瑩都抬起頭來，不解地看著她。

「妳就少說兩句吧！」孫若萍扯了扯孫若泠的衣袖，孫家人都知道的事情，她自然也是知道的，不過眼下是蕭晗大喜的日子，說這些不是晦氣嗎？

「晗姐兒又不是外人，我也只是為她大姊抱不平嘛！」孫若泠噘了噘嘴。

蕭雨卻是聽得白了臉色，她先將趙瑩瑩引到一邊去，這才走到近前央求孫若泠道：「還請不要將這件事告訴我母親，我不想母親難受！」說罷又看了蕭晗一眼。

蕭晗自然明白蕭雨的意思，若徐氏真知道了，跑到李家去理論，於蕭晴來說也不見得是好事，既然事情都已經發生了，還是息事寧人得好；況且蕭雨她自己還在說親的當口，也不想因為這件事而被耽擱了。

「我自然不會亂說的……」孫若泠話音剛落，猛然想起什麼，喊道：「不好！回頭我得與我娘說說，免得她嘴快說漏了。」她轉身急急地奔了出去，孫若萍對著蕭晗姊妹幾個飛快地行了一禮，也跟著追了出去。

「希望母親沒那麼快知道。」蕭雨咬了咬唇，雙手合十地拜了拜。

在不遠處站著的趙瑩瑩有些不明所以，探詢的目光一直往她們這邊望來。

蕭晗便對蕭雨使了個眼色。「我這裡沒什麼要緊的事了，妳先陪著趙小姐出去坐坐吧！不要怠慢了人家。」這才送走了蕭雨她們。

蕭晴的事情總歸是瞞不了多久的，蕭晗如今只期望徐氏知道後不要太過失望，畢竟是已經嫁過去的女兒，若是娘家人去大鬧一場，那麼蕭晴在婆家也不好過的。

「小姐別太過擔心，依奴婢看大姑奶奶也是有脾性的，斷不會隨意讓人欺負去的。」蘭衣在一旁勸著。

蕭晗只能輕嘆一聲，心裡隱隱有些不安。蕭晴如今不動也不爭，是不是在心裡已經有了其他的謀算？無論如何，她是希望蕭晴好好的。

吉時一到，蕭府門外便鬧翻了天，鑼鼓聲響，鞭炮震天。

梳雲早跑到外院去觀望了，回來還不忘記對蕭晗描述外面的場景。「當真是熱鬧極了，錦衣衛與宮廷侍衛兩旁開道，沿途都鋪了紅毯，除了世子爺，還有葉家的幾位公子他們也都來了，另外還有……」她喘了一口氣後才穩住心裡的震驚。「還有太子爺也陪著世子爺一道迎親來了！」

「太子爺?!」除了蕭晗之外，屋裡所有人都震驚得合不攏嘴，半晌她才回神道：「太子爺是世子爺的表弟，如今他來迎親，也不算是違了規制。」她心裡的驚訝自然也是不小，能夠請動太子爺前來迎親，放眼這京城能有幾人？確實是給了她天大的面子。

「小姐今日的婚禮必定讓人終生難忘！」幾個丫鬟在一旁激動得眼眶都紅了，紛紛向蕭晗道喜。

等著蕭晗向蕭老夫人等人磕頭拜別時，老夫人一度哽咽，一旁的莫老太太更是紅著眼睛說不出一句話來，長輩們都默默地受了一禮，又搶著扶蕭晗起來，叮囑再多，也不及那萬千期盼與祝願匯聚而成的一個眼神。

「要好好地過日子！」莫老太太顫抖地握住了蕭晗的手，與蕭老夫人對視一眼。「我與親家老夫人一同給晗姐兒蓋上蓋頭吧！」

「好，親家老太太先請！」蕭老夫人點了點頭，兩位老人一同將紅蓋頭蓋在了蕭晗的頭上，她的視線中一下子便只剩腳背上的紅纓，淚水抑制不住地滴落在地。

這個養育了她十幾年的地方，今天她終於要走出去了，去到一個新的家，一片不同的天地。好在她對未來沒有什麼害怕與徬徨，好在她嫁的那個男人與她心意相通，他們曾經一起經歷過生死，未來的一切都是可以期待的！

拜別了家中的親眷和長輩後，蕭晗知道是蕭時揹著她跨出的門，蕭時的肩膀很寬闊、很溫暖，是值得她信任和依賴的，更是她一生不變的親人。

蕭晗鼻頭一酸，忍不住輕輕靠上了蕭時的背。

這一幕前世的她期盼過很多次，卻沒有實現過，今天她總算親自感受到了。

身邊不知何時突然多了幾雙黑色的方頭履，伴著男子哄笑的聲音，甚至還有人在輕聲調侃葉衡，他低沈含笑的嗓音不急不緩地回了過去，就像在她心頭涓涓流過的溪水，一下一下發出咚咚的迴響。

聽到這個熟悉的聲音，蕭晗蓋在蓋頭下的臉一下子就紅了起來，沒想到他們竟然迎進了二門，還與她這樣近，不過她哪裡敢與他說話，只是儘量地將身子縮在蕭時的背上。

「妳放心，咱們一會兒就到侯府！」葉衡湊上前來，本是想與蕭晗多說幾句的，可人前人後的免不了遭人打趣，他又知道她向來臉皮薄，便也沒有多說。

「表哥這是心疼表嫂了！」有人在一旁笑著說話，那聲音聽起來有幾分清朗，又喚葉衡為表哥，蕭晗暗想這該是太子。

「太子說的是。」葉衡倒是沒有否認，大方地應承下來，又換來大家的一陣調笑，他理所當然地上前扶了扶蕭時，並不介意他們的打趣。

「師兄，不礙事的。」蕭時也只是笑著看了葉衡一眼。今日是蕭晗大喜的日子，沒有人知道他這個做哥哥的有多麼高興和驕傲，他的妹妹那麼好，如今總算嫁得良人，母親在天之靈也一定能感到欣慰。

「師弟慢些走，別顛著！」葉衡此刻是巴不得將蕭晗給接過來，可娘家兄弟送親卻是必要的環節，他只能看著她的身影被蕭時輕輕地放進了轎子裡，隨著轎簾一落，他這心也踏實了。

「起轎，走！」葉衡興奮地跨上馬背，又對著太子拱了拱手，這才意氣風發地在前開道。

兩旁圍觀的人群不時爆出一陣陣熱烈的掌聲，隨著馬隊和花轎走過，還有手持花籃的丫鬟朝人群中抛撒喜餅、喜糖，引得人們爭相撿拾，場面一度熱鬧非凡。

蕭晗坐在轎中也能感受到轎外人群的呼喊與熱情，她好笑地搖了搖頭，別人的婚禮也能這般鬧騰，果然人都是愛熱鬧的。

她手上動作微微一收，又握緊了臨出門時，蕭老夫人拿給她的寶瓶。這寶瓶聽說還是蕭老夫人出嫁那一年捧過的，玉質清透、觸手生溫，是多年的老玉，因著有人不時滋養，這玉質越發平滑通透，沒想到老夫人連蕭晴都沒有給，竟然在她出嫁時塞給了她。

想到蕭老夫人在她耳邊的那幾聲叮囑，蕭晗不由紅了眼眶。

一個外祖母愛她、疼她，一個親祖母憐她、護她，雖然她如今沒有了母親在身邊，可兩位老夫人的愛卻像大海般廣博，如驕陽般溫暖，撫慰著她那顆曾經千瘡百孔的心。

回想過往的點滴，她更慶幸如今的擁有，得到與失去原來都是天賜，她會更珍惜今天的一切。

不知道喜轎在京城裡繞了多久，就在蕭晗捧著寶瓶有些昏昏欲睡之際，便聽到有人踢響了轎門，她一個驚醒，人一下子便坐直了。

轎門打開，一隻大手伸了進來，是葉衡低沈的聲音，夾雜著一絲掩藏不住的笑意。「熹微，我扶妳出轎！」

「好！」蕭晗抿唇一笑，旋即將一隻手放在了葉衡寬大的掌心裡。

原本該是喜娘扶著她下轎的，這樣雖然有些不合規矩，不過葉衡向來就是個不守規矩的人，她自然是夫唱婦隨，等著下轎後，葉衡才將蕭晗交給了喜娘，喜娘還在一旁恭維道：「世子爺與少夫人真是恩愛！」聽得蕭晗臉上一紅，就著喜娘攙扶的手跨過了紅漆木製的馬鞍子，又走過了紅氈，這才被引著步入了喜堂。

喜堂內一切準備就緒，蕭晗能夠感覺到周圍是滿滿的人，卻不能分辨誰是誰，只能按部就班地與葉衡行了拜堂之禮，站起身來時腦袋還暈乎乎的，手裡便被塞入了一截紅綢。

梳雲適時地上前提醒了一句。「少夫人，拉穩紅綢，您跟緊世子爺就是。」

蕭晗只能「嗯」了一聲，跟上了葉衡的步伐。

葉衡走得並不快，想來是遷就著她的步伐，這分體貼又惹來不少人的打趣。

蕭晗低著頭、紅著臉，心中愈加甜蜜，她嫁的男人自然是與別人不同的。

曾經她瞧見過蕭昕與上官氏成親時的場景，蕭昕步伐邁得極大，有幾次上官氏差點跟不上要摔倒了，幸好有身旁的丫鬟給扶住，這才沒有出醜於人前，但可以想像當時上官氏蓋頭下的那張臉得有多紅，心裡又得有多難受啊！

相較之下，葉衡處處以她為先，什麼都會先想到她、先看到她，以她的感受為第一，得夫如此，夫復何求？

蕭晗心緒輾轉，胸中漸漸地盈滿了感動，淚水也匯聚到了眼睛裡。等著到了新房坐定後，葉衡在眾人起鬨中撩開了蓋頭，瞧見的便是那一雙浮現出霧氣的桃花眼。

「怎麼哭了？」葉衡一瞧見，立刻心疼地扔掉了手中勾著紅綢的桿子，只顧著給蕭晗擦眼淚，倒是忘記了一旁還有許多人站著圍觀，也不知道他們是被蕭晗的美貌給驚得呆住了，還是被兩人這樣親密的態度給嚇到了。

「不是哭的，是高興的！」蕭晗破涕為笑，抹乾了眼淚後，瞧見一身喜服、昂揚瀟灑的葉衡時，一雙眼睛不由笑得瞇了起來。「你穿紅色的衣服也挺好看的！」

「還是娘子更美！」葉衡笑著輕輕地撫過蕭晗柔嫩的面頰，直到被一旁的一聲輕咳給打斷。

著一身明黃色錦衣的太子率先開口道：「表哥，你與表嫂親熱也不急在一時，這不眼下舅母和二夫人還等著給你們撒帳呢！不能讓全家老小都在一旁乾等著吧！」

這突兀的一聲倒是讓蕭晗驚了一跳，待轉過頭去瞧見那些或認識、不認識的人都將目光專注地投在他們兩人身上時，頓時羞得摀住了臉。

「你們別欺負我媳婦兒啊！都給我出去，一會兒前面喝酒去！」葉衡瞧見蕭晗這模樣，立即將屋裡看熱鬧的幾個兄弟給攆了出去。

葉家的公子們可都沒進來呢！就是太子臉皮厚帶著外祖家的兄弟進來起鬨，被葉衡半拖半推地打發出去了。

# 第六十九章　花燭

蕭晗這才敢抬眼，發現留下的除了羅氏母女以外，還有一位穿戴富貴、一臉威嚴的夫人，羅氏笑著道：「晗姐兒還不認識這位夫人吧？她是蔣夫人，是世子爺的舅母。」

「舅母好。」蕭晗紅著臉、咬了咬唇，有些不好意思地看了羅氏母女一眼，行了一禮道：「二嬸、蓁姐兒。」

「大嫂她們忙著在前面招呼客人呢！我與妳舅母一同撒了帳就去前面待客了。」羅氏也不囉嗦，接過了丫鬟遞來的果盤，抓了幾把便往床帳裡撒去，瓜子、花生、大棗鋪得滿床都是，蔣夫人也順勢撒了幾下，不過那態度卻是不冷不熱的，蕭晗甚至覺得她連正眼都沒瞧自己一眼。

這蔣夫人是蔣閣老的兒媳婦，在那樣的門第或許是要威嚴幾分的，又是初見不熟悉，哪裡能時不時地就給個笑臉呢，又不是與她親近的羅氏母女……蕭晗這樣一想，便也沒再多心，今後親戚間有的是時間走動，再慢慢培養感情也不遲。

葉衡攆了太子等人出去後，不一會兒才回來，蔣夫人正好讓丫鬟端了半生的餃子過來餵蕭晗吃，蕭晗咬了一口吐出來，喜娘便在一旁笑著問道：「生不生？」

「生……」蕭晗糾結了半晌，才紅著臉吐出一個字來，葉衡在一旁看得樂了起來。

蔣夫人瞧見葉衡回來，面色這才好了幾分。「世子爺在新房裡待一會兒，等著坐床的半個時辰過了，我再讓丫鬟來請。」又對羅氏母女示意道：「二夫人，咱們就先出去了。」話一說完，便帶著喜娘率先走在了前頭。

羅氏又與蕭晗叮囑了幾句，這才帶著葉蓁離去。等著所有人都退了出去，梳雲與蘭衣關上門後，葉衡才一把抱起了蕭晗，激動道：「媳婦兒，我終於娶到妳了！」說完便抱著她轉了起來。

蕭晗被轉得頭暈，趕忙拍打著葉衡的肩膀。「放我下來，咱們還沒有喝合巹酒呢！」

龍鳳喜燭在案頭搖曳著，火光映在蕭晗白玉般的臉龐上，襯得她比花兒還嬌豔三分。

葉衡執著手中的酒杯與蕭晗的手臂交纏而過，兩人互相凝視著，彼此眼中都能映出對方的身影，滿滿的都是化不開的濃情。

「與夫君共飲！」蕭晗唇角一勾，豔紅的唇瓣微啟，仰頭就將那杯酒水倒進了嘴裡。

這酒水初入口時倒是清淡，並不覺濃烈，只是吞入腹中後才覺得有些火辣，過了一會兒後勁上來，蕭晗一張臉已轉為了粉色。

葉衡一口飲進了杯中酒，扶著蕭晗到床頭坐下，將她看了又看，卻不說話。

「你一直看著我做什麼？」蕭晗嗔了葉衡一眼，又羞又惱，說著便一記粉拳捶在了葉衡的肩頭。

葉衡笑著握住了蕭晗的手，怎麼也不肯放開。「我千等萬盼這一天，如今總算是等到了。」

瞧著葉衡整個人靠她越來越近，蕭晗忙不迭地提醒了一句。「一會兒你還得出去待客呢！」

「傻丫頭，我就想抱抱妳！」葉衡一笑，旋即大手一伸將蕭晗攬在了懷裡，兩人順勢倒在了床榻上，卻只靜靜地躺著，當真沒有其他動作。蕭晗放心了不少，安心地靠在葉衡的懷裡。「這樣的感覺真好。」

「今後咱們日日都睡在一處了，妳可別嫌為夫煩！」葉衡輕拍著蕭晗的背，柔聲道：「昨晚想著終於要娶妳進門了，一夜都沒睡好，天沒亮我就起身晨練了。雖然沒睡多久，可總覺得一身都是勁兒呢！」

「傻樣！」蕭晗笑著打趣葉衡，片刻後才輕聲道：「我也沒怎麼睡呢！就想著今日要早起。」她害羞著將臉埋在葉衡懷裡，兩人的心思一樣，她自然歡喜。

「原來夫人與我一般啊！」葉衡大笑，胸膛震盪起伏。

蕭晗不由半撐著身子看向他，有些不解道：「怎麼我才嫁過來，大家都稱我為少夫人了？」

「自然要稱妳少夫人，為妳請封誥命的文書早在多日前便下來了，妳可不就是少夫人嗎？」葉衡調侃著蕭晗，又為她扶了扶頭頂上的鳳冠。「戴著這東西得有多重啊！一會兒把鳳冠給拆了，妳梳洗後換身簡單的衣裳在屋裡等著我就是。」他輕拍著蕭晗的臉蛋，側坐著起身。

「行，我一會兒就先梳洗更衣，你也別喝多了！」蕭晗叮囑葉衡，待他坐了起來，才瞧清他剛才躺過的地方竟然壓碎了許多花生和大棗，不由驚訝地捣唇。「剛才你就躺在那上面啊？背上疼不疼？」她伸手在他背上各處摸了摸。

「哪裡就疼了？妳夫君我是銅皮鐵骨，刀傷都受得起，區區幾顆花生、大棗算什麼？」葉衡爽朗一笑，還順勢拿了幾顆破殼的花生丟進嘴裡吃了起來。

瞧他那滿不在乎的模樣，蕭晗哭笑不得，這才將人給送到了門口。

葉衡捨不得離開，又將她給抱住，輕輕啄了啄唇角，溫熱的呼吸吐在她耳畔。「等等趁著有工夫自己先睡一會兒，到了咱們洞房之時，我可不准妳睡過去！」

「你壞死了！」蕭晗又羞又急，趕忙推了葉衡一把，看著他大笑著出了門，這才背過身去，一顆心跳得飛快，雙手也不覺抓緊了衣襟。

「少夫人。」蘭衣與梳雲隨即進了門，為蕭晗準備梳洗用的熱水，又替她備好換洗的衣物，好一會兒才收拾妥當。

「世子爺離去的時候，還說廚房裡有特意給少夫人準備的晚膳，奴婢已經讓秀英去取了。」蘭衣為蕭晗梳理著一頭長髮，洗過的頭髮擦得半乾，再梳一會兒便能全部乾爽了。

「枕月回去了？」蕭晗瞧了一眼窗外的天色已是不早，她出嫁時近黃昏，枕月是跟著送嫁來的，今晚不會留宿在侯府，要回家去。

「剛剛才走了一會兒，怕天晚了路黑。」蘭衣點了點頭。「咱們幾個也安頓了下來，就在少夫人正屋後面的倒座房裡，只是箱籠中的東西都還沒理出來。」

「以後天晚了就讓她別走了，萬一路上遇到危險怎麼辦？第二日一早回去也行的。」蕭晗吩咐了蘭衣一句，她應了下來。

「回頭奴婢與哥哥說說，讓嫂子當值三天再回家一天，不然日日回去，若是少夫人這裡需要什麼，也不好去找她。」梳雲在一旁接了一句。

蕭晗想了想，點頭道：「那回頭與妳哥好好說說，這樣枕月也不用趕著回去。」

「人家這是小夫妻恩愛，少夫人怎麼就不明白了？」蔣氏身邊的貼身丫鬟景慧一邊提著籃子走了進來，一邊笑著說道。

蕭晗自然是認識景慧的，只是在景慧身後還跟著一臉無措的秀英，秀英手腳都不知道該往哪裡放了，只對蕭晗急急行禮道：「少夫人，奴婢本要去廚房拿吃食的，可半路碰到這位姊姊，便被她一同喚著回來了。」她的言語中滿是著急，怕自己初領的差事便這樣做不成了。

蕭晗看在眼中，暗暗搖了搖頭。這秀英確實撐不起場面，還沒有秀蓉來得沈穩，只怕今後要好好調教，若是還教不會，就不好留在身邊侍候了；如今畢竟是在長寧侯府，比不得在蕭家，做人做事都要多長個心眼。

「世子爺給少夫人準備的吃食都在這兒呢！奴婢去廚房時剛好瞧見廚娘做好了，便順手提來了，也免得少夫人的丫鬟奔走，畢竟初來乍到的，她們怕還不熟悉府裡的環境。」景慧說著便將食盒遞給了蘭衣，又向蕭晗行了一禮。「夫人也讓奴婢來瞧瞧少夫人，看您這兒還缺什麼沒有？夫人今兒個太忙，怕是不能過來了。」

「有勞妳了。」蕭晗笑著點頭，又讓蘭衣給景慧打賞。「今日恐怕府中各處都不得歇，妳要照顧好夫人，切勿讓夫人太過勞累。」

「少夫人真是孝順，回頭奴婢一定與夫人說。」景慧俐落地給蕭晗行了禮，這才轉身離去。

蕭晗對著秀英搖了搖頭。「今兒個讓蘭衣值夜，妳與秀蓉先下去歇息吧！」

「奴婢做錯了事，還請少夫人責罰。」秀英卻沒走，「撲通」一聲跪在了蕭晗跟前。「奴婢沒用，走來走去找不著路，下次奴婢再不會這樣了。」說著便給蕭晗猛磕頭。

「還不快扶起來。」蕭晗微微皺眉，不過看著秀英那戰戰兢兢的模樣，便緩和了態度。「我也沒有怪妳的意思。」

蘭衣扶了秀英起來，立刻也向蕭晗認錯道：「也是奴婢思慮不周，咱們畢竟初來乍到的，對侯府乃至慶餘堂都不熟悉，秀英一時走錯也是難免。」

「怎麼這一個、兩個都認起錯來了？指望著我罰妳們不成？」蕭晗反倒樂了，又指了秀英她們先出去。

梳雲已經將食盒裡的碗盤都擺在了桌上。「少夫人，是一碗蝦仁薏米粥，還有一盤蒸餃和兩碟子醬菜。」

「足夠了。」蕭晗點了點頭，便讓梳雲下去歇息，等著用過吃食後，才對蘭衣道：「四個大丫鬟裡如今就妳管事，梳雲性子大大咧咧，但到底是有分寸的人，就是秀蓉與秀英兩個……」說著便眉頭深鎖，心裡細細琢磨了起來。

「秀蓉是從前大夫人院子裡侍候過的，雖然是二等丫鬟，但到底手腳還是俐落的，人也懂規矩，就是這個秀英……」蘭衣說到這裡也搖了搖頭。「人長得白淨秀氣，處事卻笨了些，到了蕭家後，也只調教了一個月就送到少夫人這裡了，原以為她還行，沒想到一遇事就亂了陣腳。」

「往後妳多提點她一些，若是還改不過來，便放在院子裡吧！不用在我跟前侍候了。」蕭晗這樣吩咐，蘭衣也明白了幾分，便點頭應了。

又聽蕭晗問起葉衡屋裡的人，蘭衣便將自己打聽到的說了一番。「慶餘堂裡有兩個管事的丫鬟，一個叫靜影，管著世子爺的書房；一個叫冬菱，聽說是管著院子裡的庶務，至於世子爺近身侍候的只一個小廝叫劉金子。」

「好，我知道了。」蕭晗點頭一笑。葉衡出門倒是甚少帶小廝，她熟悉的便是他的近身侍衛沈騰，另外兩個丫鬟嘛，只要不是近身侍候的倒不用太擔心。

「靜影與冬菱剛才都想要來拜見少夫人，奴婢將她們打發了，只說了明日少夫人自會召見她們，讓她們該幹麼就幹麼去。」蘭衣一邊為蕭晗整理著床鋪，一邊回頭說道。這兩個丫鬟的心思不難明白，又處在花信之年，眼看著蕭晗進門了，心裡難免不會有點其他想法，不過這些人的想法都不在蘭衣的考慮範圍之內，讓自己的主子舒服自在了，才是她該做的事。

蕭晗聽了滿意地點頭。「妳做得很好，我先歇息一會兒，等世子爺回來了再叫醒我。」說完便打了個呵欠，只覺得睏意來襲，倒在床榻上便睡著了。

蘭衣又小心地為她理了理被子，吹滅了圓桌上的蠟燭，只留了案頭燃燒著的龍鳳喜燭，這才輕手輕腳地退了出去。

昨夜蕭晗沒什麼睡，眼下挨著枕頭便睡得很是香甜，睡夢中卻總覺得有人在扯她的衣裳，眼皮沈重得她都不想睜開，只無意識地揮手呢喃。「別扯了，我要睡覺！」

「媳婦兒，不是說好等我的，妳怎麼能一個人睡覺？」葉衡帶著酒氣的呼吸噴灑在蕭晗的臉上，她打了一個激靈，人便清醒了大半。

她揉了揉眼睛才看清身邊的人，打著呵欠問他道：「怎麼現在才回來？」

「不把他們都灌趴下了，我可走不了。」葉衡無奈一笑，眼下他還有些頭重腳輕，若不是沈騰將他最後喝的酒都換成了水來唬弄那些個傢伙，眼下他還走不了呢！

「你喝了多少酒？要不要醒酒湯？我讓蘭衣去端。」蕭晗瞧著葉衡那模樣，便急著要起身，剛想越過他時卻被他一把摟了腰，拉進了懷裡，曖昧的呼吸隨即傾吐在耳畔。

「妳就是我的醒酒湯！」葉衡說完便覆了上去。滾燙而急切的嘴唇重重地與她吻在了一起，蕭晗整個人都繃緊了，在他的輾轉碾磨中才緩緩放鬆了下來。

這一夜，是他們的洞房花燭；這一夜，也是他們彼此裸裎相見的時候。

葉衡對這一天怕是已經期盼了許久，甚至來不及一件件脫去彼此的衣裳，那裂帛的聲音響在了蕭晗耳側，她只能羞怯地摀著眼睛不去看他。這人平日是那麼溫柔細膩，真到了關鍵時刻那叫一個粗魯，她那身才新做的紅綾褻衣就這樣穿不得了，連袖管都被扯成了幾條綾布，此刻正孤零零地掛在床畔。

蕭晗在心裡哀悼了一下她的褻衣，便又被葉衡的動作拉回了思緒，整個人像是飄浮在雲端，連腦袋都變得暈沈沈的。

「媳婦兒，我想妳了，好想、好想！」葉衡眸色深沈，那眸子最深處似乎點燃了一把野火，引得他一路向下摸索著。那裡是他曾經渴望而不能探尋之地，瞧著身下的人兒因他的動作或蜷曲、或舒展，就像嬌媚的薔薇靜靜地在夜色中綻放，這樣無聲的華麗，帶著屬於蕭晗特有的美豔與妖嬈，無一不在刺激著他的神經。

這一夜，他們終於完完整整地屬於彼此！

第二日一大早蕭晗便醒了，睜眼瞧見頭頂繡著石榴紋的大紅帳幔，她還有些陌生的感覺，想要抬一抬手，卻發覺四肢都痠痛得很，側身時觸及旁邊一具溫熱的身體，記憶一下子便在她腦中浮現。

昨夜……是她與葉衡的洞房花燭夜，她知道女子的第一次都是有些疼痛的，不過葉衡對待她卻是小心翼翼，雖然有些疼，但過程還是可以忍受的。

想到昨夜，她便覺得臉蛋熱乎乎的，昨夜的他是那麼有力，彷彿不知疲憊般地馳騁，帶著她墜入仙境，每每臨到高點都讓她幾乎失聲尖叫。最後也不知道是不是太累，她就這樣睡了過去，如今才覺得全身都重得很，根本不想動。

「醒了？」蕭晗緩緩側過身去，葉衡的聲音卻倏地從身後響起，接著一隻手臂從她腰間探來，一摟一帶便將她整個人都抱進了他的懷裡。

「原想讓你多睡一會兒的，怎麼也醒了？」蕭晗還想羞怯地躲開，可兩人抱在一起的感覺，驟然讓她想起昨夜的恩愛，這讓她心裡生出一種無法言說的親近，掙扎地動了動之後，便又安靜了下來。

「妳都醒了，我自然睡不著，一會兒還要帶著妳去認親！」葉衡打了個呵欠，唇角抵在蕭晗的耳後摩挲了幾下，輕聲笑道：「不疼了吧？」

「不告訴你！」蕭晗頓時紅了臉，他就知道調侃她！她將頭撇向了一旁，半晌後才咬唇道：「想來昨兒個我是疲憊極了，也不知道什麼時候就睡過去了，那……是你給我清理的？」身下是乾爽的，並沒有她想像中濕濡，這個男人比她以為的更加心細，蕭晗不由擁緊了身前的被子，甜甜一笑。

「看妳睡著了，總不能不管，再說侍候娘子，為夫樂意得很！」葉衡的手在蕭晗身前滑動著，又故意撓她的癢，兩人在被子裡笑鬧個不停。

「該起了，一會兒還得去拜見老夫人他們呢！」蕭晗推了葉衡一把。雖然她很樂意與他在被子裡待上一整天，可今日是他們成親後的第一天，侯府上下只怕都在等著見她這個新婦。

「行，等見完了他們，咱們再好好說話。」葉衡俐落地起身穿戴，又喚了蘭衣進來侍候蕭晗更衣，沒想到景慧也一早就守在了門外，跟著蘭衣一起進了屋。

「世子爺、少夫人，奴婢奉命來收元帕的。」景慧先給兩人行了禮，這才往床鋪那裡瞧了一眼，床榻上還亂得很，蘭衣忙快步走了過去，將元帕取出遞給了景慧。

瞧見元帕上那抹早已經乾涸的暗紅色，蕭晗的臉紅得好似要滴出血來，景慧自然也看出了她的羞怯，又與葉衡說了兩句話，便不再多留，退了出去。

「妳怎麼沒去休息呢？」葉衡自去淨房裡梳洗，蕭晗這才招了蘭衣到跟前說話，昨兒個她記得是蘭衣值夜的。

「昨兒個世子爺安排奴婢回屋歇息了，他說屋裡有他就行了，所以奴婢就……」蘭衣說到這裡便看了蕭晗一眼。「奴婢原本已經在外間鋪了被子準備歇息，可世子爺這一說，奴婢也不好多留。」

「行，這事聽他的。」蕭晗點了點頭，昨兒個他們兩人動靜確實有些大了，若是真留了蘭衣在這兒，只怕眼下她都沒臉見人了，葉衡的考慮也是對的。

梳雲與秀蓉幾個丫頭也很快趕到了蕭晗身邊，有的去廚房裡提食盒，有的給蕭晗準備今日要穿戴的衣服、首飾，還有派發給各人的見面禮也都一應備齊了。

蕭晗梳洗穿戴後，又與葉衡一同用了早膳，這才相扶著出了慶餘堂。

「今兒個咱們要去老夫人的院子裡，想來爹和娘已經候在那裡了。」葉衡牽著蕭晗的手，一路走一路與她說起侯府各院的佈置。「從前妳來侯府時，也沒去過其他院子，如今要慢慢熟悉了，府裡地方還是挺大的，平日裡不要走錯了。」

蕭晗笑著吐了吐舌。「走錯了不也還能找回來？橫豎都是在自己家裡，想來娘也不會怪我的。」

「就仗著娘寵妳是吧？」葉衡笑著輕彈蕭晗的額頭，又換來她一陣嬌嗔，兩人一路說說笑笑地往前而去。等到了老侯夫人張氏的屋裡，果真已經坐了滿堂的人，除了蕭晗來侯府裡見過的女眷之外，其他還有葉衡的叔伯、兄弟都在場。

「世子爺與少夫人真是讓人好等啊！」于氏就站在張氏身邊侍候著，此刻見蕭晗與葉衡攜手而來，覺得無比刺眼。

蕭晗面上的笑容一下子便斂了幾分，葉衡轉身對于氏道：「四嬸若是覺得等久了，就不該來那麼早，我們也是看著時辰才過來的，應該沒晚到才是。」

「是沒晚，只是大家急著想見新婦，所以來得急了些。」這大喜的日子蔣氏也不願意與于氏起什麼爭執，忙笑著打了圓場。

于氏一口氣憋在胸口沒有發洩出來，只能「哼」了一聲，撇過頭去。

「既然人都到了，那就先敬茶吧！」張氏不冷不熱地說了一句，手上輕輕撥弄著紫檀串珠，目光在掃過蕭晗時閃過一絲異色。這女子長得太好了些，一身大紅灑金的衣裙穿在身上豔麗又出挑，她也算是活了幾十年了，都未見過這樣的美人，比起宮裡的娘娘們可是絲毫不差。

很快便有丫鬟擺上了蒲團，蕭晗與葉衡先向張氏敬了茶，因著老侯爺久病臥榻，他那杯茶水也是張氏代飲，只給了蕭晗兩個薄薄的封紅。

蕭晗起身後又與葉衡轉了方向，這次是向長寧侯與侯夫人蔣氏敬茶。

蔣氏笑得歡喜；而長寧侯雖然目光威嚴，可也看得出面上也有幾分難得的笑意，特別是在喝蕭晗敬的茶時，這唇角拉上去就沒再下來過。

長寧侯與蔣氏給的封紅自然厚重，蕭晗拿在手裡一掂量便知道了，都一併交給了身後的枕月拿著，又將自己親手做的鞋子捧了上去。「媳婦手藝拙劣，還望爹娘不嫌棄！」

「不嫌棄，我喜歡還來不及了！」蔣氏當真是十分鍾意蕭晗的，此刻見她成了自己的媳婦，笑得眼中都有了淚花，忙不迭地將人給扶了起來，又引著她去二房眾人跟前認親。

二房的羅氏與葉蓁母女與蕭晗早就熟識，羅氏待她親近，等她見禮後又親自為她插上一支寶石點翠的髮簪，笑道：「新婦就該穿戴得喜慶些，圖個吉利！」

「多謝二嬸！」蕭晗笑著向羅氏致謝。

一旁坐著的二叔葉致文撫著鬍鬚，笑得雲淡風輕，他生得斯文儒雅，有讀書人的風範，對人態度也是和藹可親，是個令人尊敬的長輩。

蕭晗又與羅氏的兩個兒子見禮，這兩小子一文一武，是全然不同的性子。

羅氏的大兒子葉晉從武，比葉衡還大上兩歲，雖是武將卻長得並不粗獷，倒是更像文官的模樣，笑容豁達開朗，對著蕭晗時還有幾分靦覥，看得出不常與女子相處。

小兒子葉繁卻是有些滑頭，對著蕭晗嫂子長、嫂子短的叫著，這嘴巴可甜了，那油滑的模樣一點都不像剛中了舉的才子。

羅氏的兩個兒子各有千秋，倒是讓蕭晗開了眼。

剩下的便是四房的葉致堯，他可是張氏的嫡子，卻沒什麼本事，長得細眉細眼，模樣倒是不差，可眼底烏青、腳步虛浮，一瞧那模樣就是被酒色財氣給掏空了身子的，甚至聽他說話還有股濃濃的酒氣噴灑出來。

蕭晗不覺皺眉，葉衡趕忙擋在了她的前頭，拉她往于氏與葉芊這邊來。「四嬸與二妹妹妳是見過的，我就不多說了。」又轉身看向另一旁穿靚藍色錦袍的少年。「這是四弟葉斂。」

「二嫂有禮。」葉斂對著蕭晗拱手一禮，斜飛的眉眼倒是與他父親葉致堯有幾分相似，就是目光看著有些不正派，打量人的眼神太過直接輕浮，讓人不喜。

一番認親下來，蕭晗基本上已經記全了，除了從前熟悉的，也就府裡幾個男主子是生面孔，想必平日裡也不會接觸太多，她大致記在心上也就行了。

有長寧侯與葉衡在這裡，自然沒有人敢為難蕭晗，一番認親倒也進行得平順，之後便是開了祠堂、拜祭先祖，也算是蕭晗正式入了葉家的宗譜。

從祠堂出來後，葉家的人便各自散去。

「娘子辛苦了一上午，回房後可要好好歇息一番。」葉衡拉著蕭晗的手走在廊廡上。原本他是忙得腳不沾地的，不過因為大婚的關係才要到了三天的假期，這假期一過，他便又要上職當差了。

「辛苦倒不會，橫豎都要走這一遭的。」蕭晗笑著捶了捶肩膀，又說起四房的父子。「總覺得四弟有些不正派，如今沒考上科舉，家裡可有其他想法？」

「能有什麼想法？」葉衡嗤笑了一聲。「老夫人說他尚且年幼，再試兩年也行，我瞧著他就不是讀書的料，一顆心也沒用在正途上，倒真跟四叔是一個模子刻出來的。他們父子妳今後遠著些就是了，見面不過點點頭，雖說是親人也不比陌生人強上多少。」葉衡的話語中是滿滿的不屑。

她聽後緩緩點頭。「我聽你的，橫豎老夫人也不喜歡咱們，少碰面也能少些磨擦。」

「妳明白就好。」葉衡的拇指輕輕摩挲著蕭晗的掌心，眸中卻漸漸起了深思。

「怎麼了？」見葉衡有些心不在焉，蕭晗不由停下了腳步問他。「想什麼呢？」

「想妳！」葉衡回神過來，對著蕭晗抿唇一笑，又伸手刮了刮她圓潤的鼻頭，想了想還是又叮囑她道：「老夫人那裡妳也少去，若是她請妳過去，能推就推了吧！不能推再叫上娘一道去。」

葉衡擔心他往後要是一忙起來，不能經常回府，無法護著蕭晗，要是他心愛的娘子被欺負了，那可不行！

# 第七十章　拜見

「你是怕她為難我？」蕭晗想了想，忽而展顏一笑。「你媳婦我也不是吃素的，難道在你眼裡，我就是那種任人欺負的？」

「這倒不是。」想到蕭晗從前的種種作為，葉衡終是笑了，又捏了捏她的鼻頭，調笑道：「差點忘了妳這丫頭是隻小野貓，若是有人惹了妳，還不得伸出爪子撓人啊！只是她畢竟是長輩，若是拿輩分壓妳，怕妳反抗不得。總之要真有什麼事，妳就先應著、順著，咱們不吃眼前虧。」

「我知道的。」蕭晗笑著點頭，又問葉衡。「老夫人不過是我的太婆婆，我能遠著自然遠著。」一頓後又問道：「難不成她從前還為難過娘不成？」

「我娘即使有苦也不會說，再說她那性子對誰都好，能容得下就容了，斷不會與人起爭執的，所以也吃了不少的虧。」

葉衡嘆了一聲，為這件事長寧侯都沒少在他跟前發過牢騷，只願他今後娶的妻子能夠自立，至少性子不要像蔣氏這樣好拿捏，免得他們男人在外當差，還要擔心自己的女人被欺負了，這差都當得不踏實。

「放心吧！今後有我在，自然會護著娘的，你不用擔心！」蕭晗笑著保證，她倒是沒看出蔣氏曾被誰欺負過的模樣，許也是她這個婆婆性子太樂觀了，心胸放得開闊，自然別人的言語作為也就傷不了她。

俗話說吃虧就是占便宜，或許張氏得了一時的好，可蔣氏賢良的名聲卻也在外，有她這樣對繼婆婆的兒媳，恐怕全京城也挑不出幾個來。

「也不用妳護著她，我娘雖然性子軟了些，面上吃點虧但到底讓人傷不了她，妳自個兒小心點就行了。」葉衡笑著摟了蕭晗在懷裡，看著那嬌豔的臉龐近在咫尺，忍不住便親了她一口。

「這是在外面呢，當心被人瞧見！」冷不防被葉衡的親吻驚了一跳，蕭晗忙將他給推開了些，又紅著臉瞪他一眼道：「今後再這樣我可生氣了！」

「行，咱們在外面不這樣，回屋裡繼續！」葉衡一臉壞笑，拉著蕭晗的手便往慶餘堂而去，只是進了院子後，才發現站了滿滿的一群人，蕭晗一看便怔住了。

「世子爺、少夫人。」蘭衣帶著幾個丫鬟向葉衡與蕭晗行禮，又向蕭晗道：「是靜影與冬菱姑娘，她們說要給少夫人磕頭見禮。」

「這倒是應當的。」葉衡牽了蕭晗的手在掌心中輕輕摩挲了起來，蕭晗掙了幾下都掙不開，便也由著他了，卻沒發現人群中有一雙眼睛不甘地掃過他們交握的雙手，隨即目光又很快地垂了下來。

蘭衣讓秀蓉與秀英抬了椅子來，請蕭晗與葉衡坐下，那站在院子裡的人才齊齊跪下給兩人磕頭見禮。

「哪個是靜影？」蕭晗的目光掃了一圈，眾人都低垂著目光，倒是瞧不清樣貌，但當先的兩個丫鬟卻穿得要出挑一些，想來便是這院子裡的管事丫鬟。

「奴婢靜影，拜見少夫人。」當先走出來的丫鬟穿著一身絳紫色長裙，長臉，眼睛很明亮，安安靜靜地站在那裡便如同靜雅的花枝，秀氣溫良，比起一般小戶人家的小姐也不算差了。

「聽說靜影是管著你內書房的丫鬟，我看是個沈穩大氣的。」蕭晗笑著與葉衡說話，見他的目光並不在底下跪著的人身上，反倒還趁人不注意伸手撓了撓她的手腕內側，不由嗔他一眼。

蕭晗又轉向蘭衣道：「將我帶來的那套《清影江邊行》賞給靜影吧！」蕭晗笑著看向靜影。「本是套雜書，不過卻包含著不少處世的哲學道理，我想妳管著書房，定是個識字的，閒來看看這套書也好。」

「奴婢謝過少夫人。」靜影接過蘭衣遞來的書後，又恭敬地退了下去，這個過程中她的表情倒沒什麼變化。

「奴婢冬菱見過少夫人。」靜影退下後，冬菱自個兒便上前了一步，又看了葉衡一眼，這才繼續道：「奴婢管著慶餘堂的庶務，還請少夫人示下！」說罷抬眼直直地看向蕭晗，眸中有說不明、道不清的深意。

「妳就是冬菱……」蕭晗唇角一翹，似笑非笑。這個冬菱倒長得有幾分顏色，一身玫紅色的長裙穿在身上，更像是一朵豔麗的玫瑰，只是玫瑰通常都是帶刺的。

這丫頭看起來有些心高氣傲，眼下這般模樣，是來向她示威的不成？

「如今我初入侯府，有些東西只怕還要慢慢摸索，妳便先管著吧！」蕭晗說著站了起來，也沒說要單獨給冬菱什麼打賞，只對蘭衣吩咐道：「依著舊例全部打賞，妳看著辦就是。」說完瞅了葉衡一眼，笑意盈盈。「剛才回來時，你說什麼來著？」

「咱們回屋說去。」葉衡立刻精神地站了起來，有些話自然是不能當著下人面前說的。瞧見蕭晗走在了前頭，他立即便跟了上去，根本沒留意到身後那一雙不捨的目光。

靜影瞧了冬菱一眼，又看了一眼蕭晗離去的背影，暗暗搖了搖頭。想著蕭晗賞給她的那套書指不定就有什麼深意，眼下她拿著都覺得有些燙手，這個少夫人一看就不簡單，哪裡是那麼容易侍候的？

冬菱今日是太著急了些，當心少夫人第一個就拿她開刀！

到了新的地方，立威、立權是很必要的，靜影自然明白這一點，至於世子爺的態度，不說從前就沒留意過她們，如今有了少夫人這樣的珠玉在前，她們這些蒲柳之姿哪裡還能入得了世子爺的眼？

螢火之光比之皓月，她想想都覺得臉上臊得慌，不管是氣度還是樣貌，甚至是身分地位，她們完全沒有一點可比之處。在見到這位少夫人的真顏後，靜影的心已經涼了大半，再沒有昨日被冬菱煽動後的蠢蠢欲動。

「我瞧著也不怎麼樣嘛！」等到完全瞧不見蕭晗的身影後，冬菱這才在靜影跟前發起了牢騷。「也不知道世子爺看上了她什麼？」

靜影淡淡地掃了冬菱一眼。「小心禍從口出！我看這位少夫人也不是省油的燈，眼下沒讓咱們交權，也是在等著咱們犯錯。我管著書房倒不打緊，手上的事務也就那麼些，掰著指頭都數得過來，可妳不一樣。院子裡的大小事務多了去，妳得要謹慎些，不要讓少夫人逮到了把柄，不然當先辦了妳！」

「我是世子爺身邊得用的，還怕她不成？」冬菱好笑地「哼」了一聲，繃起的臉皮卻不由微微抖了抖，這些話她也就只敢與靜影說說。

「世子爺身邊得用的？」靜影搖了搖頭。「若是世子爺真看重咱們，就不會身邊一直不讓人侍候，只有那劉金子近得了身，這樣妳還覺得世子爺看重咱們嗎？」她自嘲一笑。「換個人不也一樣使喚，不過都是奴才罷了，妳還以為咱們能爬到主子頭上去？」

「妳等著，早晚有一天……」冬菱不甘地咬了咬唇，目光又轉回正屋那處，眸中閃過一抹異樣的火光。

她是志在必得！

回到屋裡後，蕭晗便被葉衡抱在了懷裡猛親，直到她喘不過氣來，葉衡這才作罷，又點了點她的鼻頭，笑道：「叫妳勾引我，妳這小妖精，看我今晚不放過妳！」

「夫君饒了我，我身上還疼著呢！」蕭晗可憐兮兮地看向葉衡，一雙桃花眼眨啊眨的，我見猶憐。

葉衡一陣大笑。「不要以為妳收起利爪就是綿羊了，我可不信！」

「不信拉倒！」蕭晗噘了噘嘴，又想到剛才在院中的情景，不由道：「你那兩個丫鬟在身邊侍候多久了？」

「不久，也就五、六年的光景吧！」葉衡想了想才道：「是我在錦衣衛任職後，事務繁忙，娘這才撥到我跟前來使喚的。靜影歸置書房，我那裡面的東西非要她經手才理得順；冬菱則管著院裡的庶務，這些年來倒沒出過什麼岔子。」

「看來還都是得用的。」蕭晗瞧了葉衡一眼，似笑非笑。「她們兩人年紀也不小了，你可有什麼打算？」

「能有什麼打算？按著府中的規制，年紀到了便配了人嫁出去就是，我也不能留她們一輩子。」葉衡笑著拉了蕭晗的手。「妳如今是她們的少夫人，妳如何說她們便如何做就是，劉金子與沈騰他們一向是在外院待著的，妳若有什麼事情要吩咐，便找人到外院喚他們。」

「行，這話可是你說的。」聽葉衡這一說，蕭晗也放心了，畢竟她也是初來乍到，若是地方不熟便妄動人手，難免會讓原本在慶餘堂當差的那些人心裡生亂。

「沈騰我倒是認識的，只是這劉金子……聽說是你的小廝？」蕭晗倚在葉衡的懷中，有一下沒一下地捲著他垂落的烏髮。

「他算是我的奶兄弟，不過他爹早亡，他娘前幾年也去世了，一直在我手下做事，是個能幹的。」葉衡說到這裡微微頓了頓，又低頭看向蕭晗。「我手上的產業原本都是他在打理，如今妳來了，自然也交給妳一併管著，回頭我便讓他將帳冊給妳送來，妳挨個查驗就是。」

「對我就那麼放心？」蕭晗眨了眨眼坐直了，心中卻是不勝歡喜，葉衡的舉動足以說明他信任她，什麼都可以交託給她。

「我不信妳還能信誰？」葉衡好笑地看向蕭晗，又輕輕捏了捏她的鼻頭。「連命都能交給妳，這些身外之物又算得了什麼？」

「夫君，你對我真好！」蕭晗跪坐在葉衡跟前，摟住了他的脖子，俏皮道：「既然你將全副身家都交給了我，看來今兒個我真要好好獎勵你了！」說罷便在他唇上重重地親了一口。

葉衡可樂了，美人主動投懷送抱這等好事，他自然不會放過。「行，咱們到床榻上好好談談。」他抱了蕭晗起身，引來她一陣嬌嗔。

「白日宣淫，若是被人知道了，我看你臉往哪裡放去！」被葉衡放在了床榻上，蕭晗踹了他一腳，笑著往裡躲去，他卻不罷手，又跟著追了過去，逮住她的腳踝便往外拖。

「娘子說了要獎勵為夫的，怎麼可以說話不算話？」葉衡說著便撲了上去，四處尋找著蕭晗的香唇。

兩人在床榻上一陣笑鬧，原本蕭晗只是想逗著葉衡玩的，要怎麼樣也得等夜深人靜時再說，可這乾柴烈火一經碰撞，葉衡哪裡等得了，三兩下就解了蕭晗的衣裳，全心全意投入了進去。

可憐他守了二十年的真身，一朝得遇蕭晗，那可不是如魚得水嗎？也幸好他今日沒喝酒，人清醒些，手下動作也溫柔了不少。可即使這樣，事後蕭晗仍覺得身下紅腫疼痛，忙讓葉衡給她上藥。

清涼的藥膏抹了上去，原本的疼痛驟然緩解了不少，想著剛才葉衡那瘋狂的舉動，蕭晗仍舊不解氣，又踢了他一腳。「誰叫你欺負我的！以後不准碰我！」

「這哪裡是欺負，明明是疼妳來著！」葉衡只能在一旁告罪求饒，又將蕭晗哄了好一陣才歇了氣，兩人相擁著躺在床榻上。

「妳這清涼的膏藥倒是備得好，若今後還疼了，我再幫妳上藥！」葉衡把玩著手中的白淨瓷瓶。他歷來只知道刀傷、劍傷需要上藥，卻不知曉這種事情做多了，也有藥物可以用來緩解疼痛，剛才他抹在手指上幫蕭晗上的藥，的確是清涼得很，這一上了藥，眼瞧著紅腫立刻就消了大半。

「你就不安好心吧！我如今這模樣，至少在好了之前你都不能碰我！」蕭晗輕哼了一聲。雖然她也體諒葉衡這些年忍得辛苦，不過這人一開了葷就沒有節制，最後吃苦受累的還不是初經人事的她？

「行，看著妳這模樣我也心疼不是？」葉衡抱著蕭晗，雖然心中難免還有些想法，但剛才也瞧見了蕭晗身下的那片紅腫，心裡早便自責不已，如今再讓他做什麼他也不敢。

「我想睡一會兒，有些睏。」蕭晗打了個呵欠，擦洗過後倦意襲來，沒一會兒她便在葉衡懷中睡熟了。

一覺睡醒後，已是下午，葉衡早已經不在身邊。她茫然地起身，喚了蘭衣進來更衣梳洗，又問起葉衡來。「世子爺可是到外院去了？」

「回少夫人的話，世子爺是去夫人屋裡了，聽說宮裡下了旨，宣世子爺與少夫人明日入宮覲見，世子爺想必是與夫人商量去了。」蘭衣話音剛落，蕭晗梳頭的動作便是一頓，面上更是閃過一絲驚訝之色。

這麼說她明日便要進宮了？

剛聽到這個消息，蕭晗還是有些緊張的，雖然她也曾經跟著魏老嬤嬤學過規矩，可宮裡森嚴，容不得出一點岔子，這事只怕還要等葉衡回屋後再作商量。

蕭晗坐在窗前的軟榻上沈思起來，屋外的天色漸暗，黃昏的最後一絲金色沈入了西邊，天空泛出一片深沈的暗藍色。

「少夫人，該用膳了。」蘭衣在一旁提醒了蕭晗一句，她微微一怔，又抬起頭問道：「世子爺回了嗎？」

「已經讓人去請了，想必很快就回了。」蘭衣說著便扶了蕭晗到桌旁落坐，飯菜還放在食盒裡保溫，要等到葉衡回來後，再行擺上桌。

「今日我雖然見了那兩個丫頭，卻也沒說要管著她們，平日裡妳可要多瞧著些，她們都是心氣高的，只怕心中不服咱們。」想到見靜影與冬菱時的情景，蕭晗又不免提醒了蘭衣兩句。

「少夫人說的是，奴婢會瞧著她們的。」蘭衣應了下來，又說起枕月。「今兒個枕月也早早回去了，怕是梳雲還沒來得及與她說呢！」

「她倒是來去匆匆，我想和她好好說句話也沒逮著機會，好在眼下也沒什麼事，等得空了再與她說吧！」蕭晗剛要站起來，便瞧見葉衡跨進了門檻，不由牽唇一笑，迎了上去。

「你怎麼才回來，我可等你多時了。」又轉頭吩咐蘭衣擺了菜。

「與娘說了一會兒話，想著妳怕是還在睡呢！便沒急著回來。」葉衡笑著拉了蕭晗坐下。

蕭晗一坐下，便問道：「聽說宮裡傳了話，讓咱們明日進宮？」

「是有這回事。」葉衡聽了，點頭道：「只要宮裡來人，咱們府裡包准傳了個遍，不過也不是什麼要緊的事，就是皇后娘娘想見見妳。」他一頓之後，又笑道：「我料想著也是太子回宮後向娘娘說起了妳。」

太子的性格葉衡自然是熟悉的，兩兄弟一同長大，關係非比尋常，他年幼時還曾做過太子伴讀，只是年紀稍長後，便上山學武了。

「皇后娘娘是什麼性子？我要不要特別注意些什麼？」說到進宮，蕭晗又開始緊張了。宮裡的貴人與平常人家的夫人、小姐又不一樣，可不能等閒視之。

「娘娘的性子與我娘倒是不同。」葉衡想了想才斟酌道：「我娘性子隨和，待誰都親切有禮；但娘娘是一國之母又執掌後宮多年，自然比一般人威嚴許多，那種感覺……許是有點像我舅母，但比舅母的氣度又要好上一些。」

「那明日見了再說吧！」蕭晗深吸了一口氣，葉衡這一說等於沒說，他與皇后娘娘甚至宮裡的其他貴人都是認識的，當然什麼都不擔憂，可她就不同了。

「別怕，我這不還在妳身邊呢！」葉衡笑了笑。「只要妳謹慎一點，別壞了宮裡的規矩，就沒有人能夠刁難妳，就算真做錯了什麼，皇后娘娘看在我的面子上，也會護著妳的，她畢竟是我姨母嘛！」他輕輕彈了彈蕭晗的額頭。「平日裡多古靈精怪的一個人啊！怎麼說起要進宮，整個人都不對勁了？」

「你不明白。」蕭晗癟癟嘴，輕哼一聲道：「你是天之驕子，是皇親國戚，而我只不過是個五品官員的女兒，我母親還是商賈出身，這種差距可不是三言兩語能夠彌補的。」

「那也沒瞧妳自卑過？」葉衡輕笑出聲，又安慰蕭晗。「以平常心待之，久了妳便習慣了。如今妳可是世子夫人，朝廷的一品誥命夫人，在整個京城裡都能橫著走，即使入了宮也不是別人可以輕易欺負的！要知道妳的身後可站著我，站著整個長寧侯府，放膽去就是！」

說罷還拍了拍蕭晗的肩膀。

蕭晗衝著葉衡做了個鬼臉，終是忍不住地笑了起來。

就像葉衡所說，即使天塌下來，不是還有他這個世子爺在前面頂著嗎？這樣一想，蕭晗便覺得寬心不少，又與葉衡用過晚膳，便早早地梳洗睡了。

# 第七十一章 入宮

入宮是有時辰的，第二日蕭晗一早便起了身，梳洗、更衣、用膳後，再與葉衡一同乘坐馬車進了宮門，進去之後還要遞牌子、換轎子，男女要分往不同的地方去。

「我要先去面見皇上，妳安心跟著許公公去就是，他是娘娘身邊信任的人。」看著蕭晗坐進了轎子裡，葉衡還叮囑了她兩句。「回頭我就去娘娘宮裡接妳，萬事小心。」又對許公公交代了兩句，這才往另一個方向而去。

瞧著葉衡離去，蕭晗穩穩地坐進轎中，心神倒是平靜了不少，入宮之前的緊張也一掃而空，反倒多了幾分期待。

不過皇宮裡真的很大，繞來繞去，蕭晗都有些暈了頭，直到在一座巍峨的宮殿前停了下來，她這才被蘭衣扶下了轎子。

「世子夫人可還好？」許公公生得白淨細膩，聲音也是親切平和，全然沒有蕭晗想像中太監的阿諛奉迎，倒是讓人生出些好感。

「第一次進宮，就怕失了禮數，還望公公不吝指點。」蕭晗說著便給蘭衣使了個眼色，蘭衣趕忙塞了個荷包過去。

許公公也沒有推辭，只笑著接了過來，又道：「世子夫人客氣了，勞您先在偏殿裡候著，等皇后娘娘召見時，奴才再命人來接您。」

「一切有勞公公了。」蕭晗點了點頭，看著許公公往正殿而去，她與蘭衣主僕則被宮女領著往偏殿而行。這一路遊廊婉轉，還可見花園裡種植的各色花草，有宮女、太監忙碌穿梭著，好不熱鬧。

蕭晗主僕在偏殿坐定後，宮女這才退了下去，不一會兒又有人奉上了茶水點心，蘭衣在一旁瞧著，等沒人時才與蕭晗說起了話。「奴婢還以為會有教習嬤嬤來呢！居然直接就被請入了皇后娘娘的宮裡。」

「想來是皇后娘娘特意吩咐過的。」蕭晗想了想才道：「原本一般命婦初次拜見娘娘，自然是要經教習嬤嬤指點宮裡的規矩，可咱們與娘娘的關係不一般，想必也就省下了。」說是這樣說著，她心裡卻有幾分疑惑。

「估計是這樣的。」蘭衣點頭道：「少夫人在娘家時便有魏老嬤嬤教導著，她也是宮裡退下的嬤嬤，好在奴婢之前跟少夫人也學了一些規矩，不然入了宮只怕是要給少夫人丟臉了。」

蕭晗笑了笑，又端起雕花方桌上的茶水抿了一口，是上好的安溪鐵觀音，這種茶湯水清黃而澄亮，香氣清雅，入口醇厚，回味悠長，是難得的好茶。

主僕倆在偏殿沒有等候多久，不一會兒便有宮女來請她，一邊走還一邊解釋道：「剛才是各宮嬪妃前來拜見咱們娘娘，如今倒是走了大半。」話到這裡微微一頓，又提醒蕭晗道：

「不過也有人知道世子夫人來了，特意留下的。」

「喔，都有誰？」蕭晗頓了頓，著意打量了一眼這個帶路的宮女，圓臉，長得並不算出挑，很平常的一個人，但一雙眼睛甚是靈活，想來也是個機靈的。

「留下的人有呂貴妃與四公主，還有陳妃娘娘，另有安樂公主與平邑縣主母女倆。」宮女對蕭晗據實相告，又輕聲道：「奴婢曾受過世子爺恩惠，若是世子夫人待會兒有什麼麻煩也能託奴婢傳信給世子，奴婢叫做紅珠。」

「多謝妳，我知道了。」蕭晗笑著點了點頭，心思卻飛轉起來。

陳妃的父親是蔣閣老的門生，陳、蔣兩家向來交好，陳妃雖然育有子女，但在宮裡卻並不是爭權之輩，如今顯然是依附於皇后娘娘，倒不用過於防範。

而呂貴妃卻是如今後宮裡唯一能與皇后娘娘相抗衡之人，她娘家的父兄都鎮守邊城，是手握兵權的一方顯貴，呂貴妃育有一雙龍鳳兒女，便是四公主與五皇子，今年好似都有十七歲了。

至於安樂公主卻是先皇之女，是當今皇上同父異母的妹妹，只是如今守寡，還帶著個女兒平邑縣主，母女倆時不時地會來宮中小住一陣子，皇上都沒說什麼，皇后自然也不好逐客，是以成了後宮的常客。

皇后娘娘的坤極宮是後宮中最高之處，居於整座皇宮的主軸線上，青磚鋪地，琉璃為瓦，一派氣勢。

蕭晗深吸了一口氣跟著宮女入內，而蘭衣只能候在殿外。

殿內的大理石光可鑒人，蕭晗垂著目光上前，甚至能夠瞧清自己額頭上垂下的瓔珞在地面上留下的倒影。她屏息寧神，恭敬地與上座之人行了一禮。「拜見皇后娘娘！」

「起吧，這地上可涼了！」上方響起了一道溫和的女聲，她的聲線並不柔美，甚至還帶點男性的剛硬，可聽在耳裡卻並不排斥，反而讓人不由得肅然起敬。

蕭晗站了起身，緩緩抬起了目光。

皇后娘娘坐在上位主座，一身真紫色雲紋長裙拖曳在地，彰顯著無聲的低調與華麗，頭上的邀月髻上簪著一支紅翡滴珠鳳頭釵，紅翡豔麗如血，垂下的瓔珞又在面頰邊輕輕晃蕩著，耀出的光芒墜入她那一雙如琉璃般明亮剔透的眼睛裡，相映成輝。

這樣的皇后娘娘與蕭晗想像中霸氣威嚴的形象有些不一致，但她眉毛濃黑細密，長飛入鬢，卻又平添了幾分英氣。

「果然是個少見的美人呢！」蕭晗在打量皇后之際，皇后娘娘也在細細看她，不由輕聲一笑。「衡兒確實是有眼光的。」

今日的蕭晗並沒有著世子夫人的正裝入宮，而是穿著一件正紅色繡蓮瓣纏枝紋的遍地金長裙，髮鬟高聳，金釵耀眼，往殿裡一站便如明露朝霞般光彩照人，不知耀花了多少人的眼。

「世子爺向來眼光不差！」陳妃在一旁輕輕頷首，她穿著一身鑲了藍邊的長裙，站在皇后娘娘身邊顯得素雅得很，陳妃在後宮眾多嬪妃中並不出挑，但她眉眼溫柔，看人便帶著幾分善意與親切。

「是啊，世子爺向來眼光高，連本宮的女兒都瞧不上呢！」呂貴妃輕哼了一聲，保養得宜的臉龐上竟是有幾分不以為然的神色，她穿著一身真紅色的緙絲長裙，華麗而貴重，又以黑色壓邊，金絲提色，繁複的花紋在裙身上閃耀著，倒是比皇后娘娘穿得還要貴氣了幾分。

蕭晗看了一眼呂貴妃，心下兀自一沉。

呂貴妃的張揚跋扈她早便聽說過，但讓她有些詫異的卻是呂貴妃這話裡的意思，難不成四公主還瞧上了葉衡？

想到這裡，蕭晗不由抬眼掃過呂貴妃身邊的四公主。

四公主一襲牡丹煙水紅長裙將她襯得身形窈窕、姿容秀美，只是臉上的神情卻不那麼和煦，眼角微挑，帶著幾許輕蔑地向她看來，眸中光芒更是變幻不定。

蕭晗低垂了眉眼，心中也明白了大概。這位四公主論模樣、氣度，也算是人中龍鳳，偏偏十七歲還未出嫁，想來就是一直在等著葉衡，可多年心願未達成，對她當然是又嫉又妒。

一旁的平邑縣主卻是輕輕扯了扯安樂公主的衣袖。對於葉衡這樣的貴公子，鍾意他的女子自然不在少數，除了四公主之外，在場的平邑縣主也心儀於他。

只是安樂公主雖然知道平邑縣主的心思，卻更明白自己的背後沒有什麼依仗，哪裡敢提出與長寧侯府結親呢？今日她們母女出現在這裡，也是想要瞧瞧這位長寧侯世子夫人到底長得什麼模樣，讓長寧侯世子非她不娶？

如今瞧過了，美是美的，只是娘家的身分地位卻又不怎麼樣，這讓平邑縣主的心思又活絡了起來，與安樂公主使了眼色後，便忍不住插進話來。「我瞧著世子夫人挺可親的，與我年紀相仿，正該投緣才是。」說著已是步下了臺階，走到蕭晗跟前來。

「我今年已經十六了，聽說妹妹是及笄後就出嫁，那比我還小上一歲呢！」平邑縣主拉著蕭晗的手左右瞧了瞧，誇讚道：「果真是人比花嬌、豔麗無雙，姊姊與妳一比都要黯然失色了。」

「縣主謬讚，臣妾愧不敢當！」蕭晗不著痕跡地抽出了自己的手來，四公主對她有敵意，這一切都清清楚楚地寫在了臉上，絲毫不加以遮掩，但平邑縣主表現得這般親切隨和，焉知道她不是另有所圖？

「瞧妳們姊姊、妹妹的叫得親熱，倒是將咱們都顯老了。」皇后娘娘輕輕扯了扯唇角，又對蕭晗道：「這是平邑縣主，還有她的母親安樂公主。」又指向呂貴妃母女。「這邊是呂貴妃與四公主，這位是陳妃娘娘。」又特意拉了陳妃坐到身邊來。

「見過兩位娘娘，見過公主、縣主！」蕭晗聽了皇后娘娘這話，便一一向各人行禮，態度倒是不卑不亢，落落大方，全然沒有一點膽怯。

皇后娘娘原本是不贊成葉衡娶一個五品翰林之女的，蔣家與長寧侯府都是她與太子的依仗，她自然想讓葉衡娶個家世地位對他、甚至整個家族都有幫助的人，可無奈這孩子性子太拗，連長寧侯夫妻都由著他了，她這個做姨母的又怎麼好強人所難？

第一眼瞧見蕭晗時，皇后娘娘心裡其實是不喜的，這模樣長得太好了點，甚至已經蓋過了後宮眾多嬪妃的光芒，這樣的女子若是安分守己還好，若是不然，只怕會招惹許多禍端。

「平邑，虧得今日柴郡主陪著太后禮佛不在宮裡，不然聽到妳這話她該有多傷心啊！」四公主嗤笑了平邑縣主一句。

平邑縣主立刻便急紅了眼，咬唇道：「四公主這話說的不對，難道我說的不是實話嗎？若非世子夫人長得明豔動人，又如何入得了世子爺的眼？」又轉向皇后娘娘。「娘娘給平邑評評理，我與世子夫人投緣，偏生四公主看不過去還要拿郡主來壓我，豈不讓人傷心？」說罷已是拿了絹帕沾向了眼角，一副傷心的模樣。

安樂公主自然是明白女兒心思的，聽了平邑縣主這話，也順勢接了上去。「貴妃娘娘也不要欺負咱們母女無人照應，平邑不過說了實話罷了，哪裡就惹得四公主這般挑剌了，回頭讓長寧侯府上下知道，還不得笑話您？」

「誰敢笑話本宮？」呂貴妃面色一變，坐直了身子，對著安樂公主冷笑道：「妳們這對母女興風作浪倒是有一手，回頭本宮便向皇上稟報，還是早日將公主嫁出去得好，以免待在後宮裡，平白浪費了大好年華！」

「妳……」安樂公主一聽這話便哭了起來，那模樣好不悲切，又拉了皇后娘娘評理。「娘娘是不是也覺得咱們母女礙眼了？我是個不祥之人，皇兄憐惜，這才讓咱們母女在宮中長住，可偏偏有人看不順眼，娘娘可要給我作主啊！」安樂公主與平邑縣主就這樣旁若無人地哭了起來，一唱一和的模樣倒是讓蕭晗嘆為觀止。

皇后娘娘覺得頭痛，只大喝一聲道：「夠了，本宮今日想好好地見見長寧侯世子夫人，原是自家外甥的媳婦兒，妳們一個、兩個偏要來湊熱鬧，眼下還吵了起來，丟不丟人？」話一說完，便繃緊了面色。

「娘娘息怒！」陳妃率先跪了下來，蕭晗見機也跪在了一旁，接著是安樂公主與平邑縣主。

「娘娘息怒。」這下連呂貴妃都坐不住了，不情不願地站了起來，拉了四公主與大家一起跪著。

皇后娘娘居高臨下地掃了眾人一眼，這才沈聲道：「都下去好好反省，今日就不治妳們的罪了。」說罷只讓蕭晗留下，又對眾人揮手。「都退下！」

瞧著呂貴妃她們都離開後，皇后娘娘才對蕭晗招了招手。「到本宮這兒來。」

「是，娘娘。」蕭晗心下說不出是什麼感覺，剛才皇后娘娘藉故發的火，又不像是真生氣的模樣，恐怕只是威嚇的一種手段罷了。

「剛才嚇著妳了？」皇后娘娘拉了蕭晗坐下，近看才覺得眼前的女子膚若凝脂、眉目精緻如畫，反覺得自己的確是老了。

「沒有，只是覺得驚擾了娘娘。」蕭晗搖了搖頭，靜靜地打量著眼前這位後宮裡權勢最高的女子。

皇后娘娘是蔣家的嫡次女，出嫁後便是國母之尊，把持後宮近二十年，聽說當年皇上還是太子時便曾拜在蔣閣老門下，與皇后娘娘是青梅竹馬的戀人，繼位後便娶了她做皇后。

「妳倒是個實誠的，與妳這模樣可不相符。」皇后娘娘輕輕一笑，又放開了蕭晗的手，接過宮女遞來的茶水抿了一口，這才不疾不徐地說道：「後宮裡的女人都是各懷鬼胎的，別瞧著她們在妳面前唱作俱佳，背地裡卻不知道在打什麼鬼主意呢！」

「臣妾惶恐。」蕭晗心神一凜，垂下了目光，她不知道皇后娘娘在她面前這樣說是什麼意思。

「在我面前妳無須遮掩。」皇后娘娘唇角微翹，笑意無聲。「今日妳也瞧見了呂貴妃與四公主，還有那位平邑縣主，甚至還有太后跟前最得寵的柴郡主……她們當初可都是想嫁給衡兒的，可本宮沒應下，卻不想衡兒挑來挑去竟選了妳。」她的目光轉向了蕭晗，眸中含著幾許深意。

「娘娘……」蕭晗咬了咬唇角，任誰都聽出了這話裡的不對勁。皇后娘娘面色如常，但目光犀利，就像一把鈍刀似地緩緩割著肉，讓她心裡很不舒服。

「妳也別覺得本宮這話說得不客氣，事實便是如此，太子正處在最緊張的階段……而衡兒也需要對他有益的助力，但妳能帶給他什麼？」皇后娘娘直言如是，倒是將一切都剖開在蕭晗面前，沒有一點見外，或許更是對她血淋淋的提醒。

蕭晗胸中氣血翻湧，好幾次都想將話給頂回去，卻也知道她面前坐著的是大殷朝的皇后，容不得她有一點放肆。她深吸了幾口氣後，這才緩聲道：「娘娘此言差矣。」見皇后娘娘微微挑了挑眉，她接著道：「據臣妾所知，呂貴妃所出的五皇子歷來就與太子爭寵，如今在陛下面前也頗得賞識，您與呂貴妃本就是對手，又如何會讓世子爺迎娶四公主？這不是將自己的靠山往對手懷裡扔？」

「倒是有幾分明白。」皇后娘娘唇角一翹，不動聲色地點頭。「妳繼續說。」

「平邑縣主孤兒寡母本就不成氣候，攤上她們母女也無甚助益……」蕭晗微微一頓後，唇角露出一抹笑容，自信而從容。若是拋開了家世地位不說，她有再世為人的經歷，城府和歷練自然不能同與一般同齡的女子相提並論，即使在皇后娘娘跟前，她也能侃侃而談。「而柴郡主，若郡主不是喪父喪母、無依無靠，也不會被太后給接進宮裡撫養，雖然她們都愛慕我家世子爺，卻不是可娶之人！」

「我倒是小瞧了妳！」皇后娘娘輕哼一聲，看向蕭晗的目光漸漸變得有些不一樣了。

「不敢，臣妾只是實話實說罷了。」蕭晗站了起來，緩緩退到臺階之下。「今日得娘娘一番教誨，臣妾自是明白了。」

「妳明白就好。」皇后娘娘緩緩點頭。「衡兒非妳不娶，本宮也莫可奈何，但妳要知道，若是妳不賢慧，本宮有的是辦法為衡兒找到合意的側夫人，到時候可就不是由妳說了算的。」

蕭晗沈默地低下了頭，袖中的拳頭卻是收緊了，皇后娘娘這帶刺的話，一字一句都敲擊在她的心頭；不過葉衡既然已經選擇了她，那就不是皇后娘娘可以隨意改變的，他們雖是姨母與外甥，但她與葉衡是夫妻，關係更加親密。

蕭晗對這一點還是有自信的。

有宮女快步進入了殿中，目光掃過蕭晗後，這才匆匆向皇后娘娘稟報。「娘娘，太子與世子爺一同來了。」話音剛落，太子與葉衡已是踏進了殿中。

見蕭晗站在臺階之下，而皇后娘娘高居主位之上，葉衡還有一時的詫異，忙向蕭晗使了個眼色，得到她安然的笑容後，這才鬆了口氣。

就在他知道呂貴妃與四公主她們都在這裡時，還暗自為蕭晗捏了把汗，就怕這些個貴人偏要挑他媳婦兒的錯處，他是恨不得插上翅膀趕過來，可皇上不放人他也沒法子走，幸虧太子過來了，他這才藉機一道出來，馬上心急如焚地趕往坤極宮。

「瞧瞧你這著急的樣子，你媳婦在本宮這裡，難不成本宮還能吃了她？」皇后娘娘好笑地看向葉衡，當真是一個慈愛姨母的姿態，哪裡有方才對待蕭晗時的鋒芒畢露、眉眼含霜。

「娘娘說笑了，熹微在您這裡，微臣自然放心。」葉衡與太子向皇后娘娘見了禮後，蕭晗這才向太子行了一禮。

太子笑著擺手。「表嫂不用與我客氣，都是一家人。」他的態度要比皇后娘娘親切隨和了許多。

葉衡順勢拉了蕭晗起身，又覺得她小手冰涼，免不得要嘘寒問暖一番，皇后娘娘看在眼裡，眸中光芒微微一閃，卻沒說什麼。

「我沒事的，別讓娘娘笑話。」蕭晗的態度依舊如常，沒表現出什麼異樣。

葉衡對皇后娘娘拱手道：「今日在娘娘這裡叨擾了半天，微臣先帶著她回去了。」

「本宮與你媳婦倒是一見如故，她是個聰明的姑娘……」皇后娘娘說到這裡，飽含深意地看了蕭晗一眼，又對葉衡笑道：「你們新婚燕爾，本宮自然不好多打擾，回頭便讓許公公將賜給你媳婦的東西送到侯府去。」

「謝娘娘賞賜。」葉衡笑著對皇后娘娘行了一禮，蕭晗亦在她身後曲膝一福，兩人這才相攜著出了正殿。

太子遙遙看著他們離去，由衷稱讚道：「表哥與表嫂當真是一對天造地設的璧人！」

「你懂什麼？回頭本宮為你好好挑個太子妃才是正理。」皇后娘娘沈下了臉色來。「從前你總說你表哥不娶，你便不娶，如今他已經娶親，你也不要推三阻四，早日娶妻、誕下皇孫才是正理。」

太子臉上的尷尬一閃而逝，又知道皇后向來說一不二，便也不多加反駁，只恭敬地應了聲「是」。

# 第七十二章 回門

回侯府的馬車上，蕭晗一路沈默著，任誰被皇后娘娘這一番說道，心情都好不了，她不求皇后娘娘也如蔣氏一般真心喜歡她，但也不用第一次見面就這般給她下馬威，著實讓人心頭不快。

葉衡摟了蕭晗在懷輕聲哄道：「是誰讓我媳婦不開心了？回頭我也一定不讓她好過！」

若是皇后娘娘讓我不開心了，難不成你還能報復回去？

蕭晗好笑地看向葉衡，心裡如是想著，面上不由緩和了幾分，只癟嘴道：「我是沒想到夫君竟然這麼受人喜歡，如今還有人對你念念不忘呢！」

「瞧瞧這吃醋的模樣……」葉衡嘖嘖兩聲，見蕭晗眼睛一瞪，立即改口道：「不過我喜歡得緊。若是她們惹妳不快了，回頭我就收拾她們！」

蕭晗不信地挑了挑眉。「那可是公主與縣主，難道是你想收拾就能收拾的？」

「本山人自有妙計！」葉衡眸色深深，來而不往非禮也！

蕭晗瞧見葉衡這模樣，只是輕輕搖了搖頭，又倚在他胸前閉目歇息起來，半晌才問道：「公主、縣主的身分尊貴，也都傾心於你，你可否覺得我配不上你？」

「娘子怎可妄自菲薄？」葉衡微微一怔，這才搖頭道：「她們即使身分尊崇，可在我心裡，一千個她們都比不上一個妳，我的心裡只有妳，可要為夫將心掏給妳看看？」

「我自然知道自己好，可就怕有些人被浮華權勢給迷住了眼。」蕭晗垂下了目光，她口中的那個人自然是指皇后娘娘。

可葉衡卻以為說的是他，趕忙否認道：「那個人可不是我！」

「我知道。」蕭晗笑著點頭，又輕輕撫過葉衡的臉龐。「我的夫君知我、敬我、愛我、憐我，只要你始終站在我這一邊，別人的閒言碎語便不能傷我分毫！」

「我家娘子乃奇女子，別人是比不上的。」葉衡與蕭晗不由對視一笑。

回到長寧侯府後，宮裡的賞賜不一會兒便到了，看著這些華麗的珠寶首飾、錦緞布疋，蕭晗只是晃眼而過，便讓蘭衣登記造冊，收到庫房裡去了。

知道蕭晗回來後，蔣氏將她叫到跟前說話，問起宮裡的情景。「娘娘雖是我的妹妹，可在宮中生活那麼些年，她又向來是要強的性子，脾氣也比我硬一些，若是有什麼讓妳不開心的地方，妳可別在心裡生氣。」

蕭晗笑著搖頭。「娘說的哪裡話？皇后娘娘不比尋常人，又是自家姨母，就算說了什麼也是為了我好，我又怎麼會在心裡怪她？」

「妳這樣想就最好了。」聽了蕭晗這話，蔣氏笑著點了點頭。

「娘娘想來還是很看重妳的，這不，妳一回府賞賜就到了，沒有比這更高的殊榮了。」

蔣氏說著便湊近了蕭晗，低聲道：「妳沒瞧見剛才老夫人與四弟妹都在羨慕妳呢！」

「娘說的是。」蕭晗心中苦笑，這樣的殊榮卻也不是平常人能夠受得起的。

「我聽說了今兒個四公主與縣主她們都在娘娘那裡，妳也別理會她們，她們怎麼想是她們的事情，我的兒媳婦可就妳一個。」蔣氏又絮絮叨叨地安慰了蕭晗好一會兒，還讓景慧將剛蒸好的點心裝好拿給她，這才送了蕭晗出門。

回慶餘堂的路上，蕭晗總算輕鬆了不少，皇后娘娘與蔣氏這一對姊妹倒真是不大像，也幸好她的婆婆是蔣氏，不然她以後的日子可就真不好過了。

「少夫人慢些走，小心腳下臺階。」蕭晗不小心身形一晃，蘭衣趕忙上前將她扶住。

「今兒個一天下來，我都昏了頭了。」蕭晗失笑地搖了搖頭，又一手扶額，吐出一口長氣來。「明兒個回門，我倒真想在家裡好好待上兩天，再去看看外祖母他們。」她無奈一笑，轉身便坐在了迴廊的美人靠上。

蘭衣站在一旁，擱下手中的食盒。「少夫人歇息一會兒也好，您今日著實是夠累的。」

「午膳我只是匆匆吃了兩口，總覺得沒什麼胃口。」蕭晗擺了擺手，有些疲倦地撐頷看著園子裡的景色。

蘭衣見蕭晗無精打采的，不由關切道：「回頭少夫人想吃什麼，奴婢讓廚房弄去。」

「想吃一碗酸的、辣的，特別提味爽口的麵條，也不知道廚子會不會弄……」蕭晗輕嘆了一聲，今兒個她是提不起勁下廚的，這心情不好，什麼都不想做。

「真想吃酸喝辣的？」一個聲音突然在頭頂響起，蕭晗猛然抬頭，一見是葉衡，不由綻開了一抹笑顏。

「你怎麼來了？」蕭晗瞧了蘭衣一眼，見她已經適時地退開了。

「見妳一直不回，我便找來了。」葉衡笑著拉了蕭晗的手。「妳想吃酸辣味的東西，我倒知道有一家的吃食還不錯。」見她疲倦的模樣，他不由伸手撫了撫她的臉蛋。「妳先回房裡梳洗一番，我去去就回。」

「你去哪裡？」蕭晗拉住了葉衡的手。

他笑著道：「給妳買些吃食回來，總不能餓著妳了！」說完便往前走去。

「那我等著你回來！」蕭晗站了起來，又指了蘭衣提來的食盒。「娘還特意讓我提了點心回來，一會兒咱們一起吃。」

「行，妳乖乖回去等著就是。」葉衡點了點頭，這才轉身離去。

「走吧，咱們回去！」蕭晗笑著走在了前頭，蘭衣不由快步跟了上去。

三朝回門，這對蕭晗來說是值得期待的日子，她早早地就準備好了回府後要送給各人的禮盒，蔣氏那裡還讓人添了些東西，蕭家每個人都沒有落下。坐在回蕭家的馬車上，蕭晗的心情還有些激動雀躍，這次回娘家除了能夠見到自己的親人外，聽說蕭晴也要回府一聚。

葉衡無奈一笑。「瞧瞧妳這模樣，真是回蕭家比在自己家裡待著還開心。」

蕭晗興奮地掰著手指頭算著。「我畢竟在那裡生活了十幾年，姊妹們都在，哥哥也要回來，還有祖母他們，我總覺得好久都沒瞧見他們了！」

「那要不要在蕭家住上幾日再走？」葉衡提起這事，蕭晗立即眼睛一亮，直直地點頭道：「好啊！大姊出嫁後回門也是住了幾日呢。」一頓後，又有些捨不得地拉住了葉衡的手。「就是你明日要上差了，不能與我一起住。」

「妳住幾天我再來接妳也是一樣的。」葉衡笑道：「這幾日歇息，只怕錦衣衛衙門裡的公務又堆了起來，我明日怕有得忙了。」

「那你也要注意身體，若是想來看我，你隨時來就是，如今也不用翻牆爬窗了。」想到兩人從前夜會時的情景，蕭晗不由抿唇一笑。

「那我夜夜都回蕭家，只怕妳消受不起！」葉衡意有所指地揉了揉蕭晗的柳腰，她立刻便繃直了，趕忙躲到一邊去，嗔怪道：「你就知道拿這個欺負我，才不理你！」

「放心，妳夫君我有節制的。」葉衡咧嘴一笑，又拉了蕭晗在懷，湊近了她低聲道：「總要等娘子身子好了再……」

「你別說了，我不聽！」蕭晗趕忙摀住了葉衡的嘴。這人越發大膽起來，她都羞得想要鑽進地洞裡去了，瞧了葉衡一眼，又紅著臉埋進了他的懷中，輕聲道：「夫君，你不知道我有多喜歡你！」

「妳自然只能喜歡我，別人還不行呢！」葉衡笑著將蕭晗緊緊抱住，面上的笑容幸福而滿足，原來能夠擁有一個相愛的人是這般快樂，虧得他活了二十年了，卻是如今才明白這個道理。

蕭晗帶著葉衡回門，受到蕭家人的熱情相迎，劉氏奉了蕭老夫人之命，還親自在二門相迎，又將兩人給帶了進去：「大姑奶奶和二姑奶奶也回府了，就等著見你們夫妻呢！」

「二姊也得空？」蕭晗牽了牽唇角，面容淡淡的。「她倒是有心了。」

劉氏瞧了葉衡一眼，訕訕笑道：「就是二姑爺在上差，今日怕是來不了了。」

季濤與葉衡同在錦衣衛衙門裡當差，季濤的職位遠在葉衡之下，對這位上峰是又敬又畏的，如今兩人成了連襟，劉氏提起季濤也是想讓葉衡多關照他幾分。

「近來衙門裡事多，季濤想必正忙著。」葉衡接了一句，又苦笑著看向蕭晗。「我若不是在婚期中，只怕也要被拉回去的。」

「不過許了你三日的假，我記得二姊夫與二姊成親時，至少都陪了二姊十天有餘呢！」蕭晗掃了葉衡一眼，那語氣似怨似嗔，倒是讓葉衡有些哭笑不得，又顧忌著劉氏在場，到底沒有多說些什麼。

等到了蕭老夫人的屋裡，果然家裡人都在，連蕭志傑都特意告了假一同等在家中，見了葉衡夫妻到來；蕭志謙坐著沒動，蕭志傑卻是當先迎了上去，一番寒暄後竟是比親岳父還投機的模樣。

蕭晗不禁在心裡暗嘆蕭志傑會做人，反觀蕭志謙卻還想端著岳父的架子。

葉衡見過了蕭老夫人，又被老夫人逮著問了幾句，這才跟著蕭志謙兄弟往書房而去，蕭時與蕭昀也在一旁作陪。

蕭晗這才抽出空閒來打量蕭晴。蕭晴瘦了許多，小腹看上去仍舊平坦，三個月的身子還不是那麼顯懷，蕭晗不由走了過去，輕聲喚她。「大姊可還安好？」

蕭晴有些木然地抬頭，看了蕭晗一眼後，便移開了目光，輕輕頷首。「我一切都好，勞妳掛心了。」

「三姑奶奶，妳可別聽她說的，這丫頭有苦都往自己心裡嚥，我都不好說她！」徐氏在一旁臉色戚戚，又見蕭晗詫異的望了過來，不由抹淚道：「原是姑奶奶回門的日子，我不好說些喪氣話，可攤上這樣的人家，我是有苦說不出啊！」說罷抱著蕭晴便痛哭起來。

蕭晗還沒弄清楚是怎麼回事，便聽到蕭老夫人開口。「老大媳婦，既然知道今日是三丫頭回門的日子，妳還鬧這一齣是怎麼回事，讓世子爺知道了豈不笑話咱們家沒了禮數？」

徐氏這才悲悲切切地收了眼淚，再看蕭晴雖然紅著眼，卻硬是沒有掉下淚來，雙唇也是緊緊地咬住，顯得十分倔強。

劉氏與蕭昐對視一眼，眸中都是幸災樂禍的笑容，便聽劉氏閒閒地說道：「大嫂，其實這事也怪不得李家……」

徐氏立刻抬起了頭來，與劉氏怒目相對。「不是發生在妳女兒身上，妳自然有閒情說這風涼話！」

「話可不是這麼說的。」難得能看一場徐氏的笑話，劉氏可沒打算就這樣放過她。「雖然大嫂與李夫人交好，可李夫人也不能為了妳讓李家的骨肉流落在外，這豈不讓人笑話？」又看向蕭晴道：「也是大姑奶奶胸懷寬廣，今後與那妾室一前一後生下孩兒，若都是男孩那還好，若是一男一女，總還有個男丁能歸到自己名下來養著，也是皆大歡喜！」

徐氏面色青黑，忍不住拍案而起，正要與劉氏辯駁兩句，蕭晴卻攔住了她，轉向劉氏道：「二嬸說的對，再怎麼樣妾室生下的孩兒也算是我的孩子，為了讓李家開枝散葉，我有什麼不能忍的？只是我還比不上二嬸，為了留住二叔，連身邊丫鬟也能奉上，二嬸才是好氣魄、好手腕！」

「妳……長輩也是妳能說道的嗎?!」被蕭晴這一說，劉氏臉都要氣綠了。

「是妳為老不尊，怨得別人什麼！」徐氏站了起來與劉氏對峙，眼看著兩人又要吵起來，蕭老夫人猛然端起桌上的茶盞摔在了地上，「砰」的一聲後，整個屋裡都安靜了下來。

「祖母息怒！」蕭晗原本在一旁看著想要勸阻幾句的，可徐氏與劉氏妳來我往，她根本插不進話頭，眼下蕭老夫人發火了，大家總算是能消停一陣。

「還讓不讓人好好說話了？都給我回去！」蕭老夫人繃著一張臉，徐氏與劉氏立刻不作聲了，帶著各自的女兒向老夫人行禮後，快步退了出去。

蕭老夫人獨留了蕭晗在屋裡，蔡巧喚了丫鬟進來收拾地上的碎片，又給老夫人換了一盞新茶，這才退到了茶水間去。

蕭老夫人長嘆一聲，召了蕭晗坐到跟前來。「原本是不想妳瞧見這些糟心事的，可前兩天妳大伯娘從孫二夫人那裡知道這件事後，就去李家鬧了一場，兩家人臉上都不好過，不然今日大姑爺本也要來的。」

蕭晗抿了抿唇。李沁不來更好，她打心眼裡不願意再瞧見這個人渣，不過她沒想到孫若泠那一日趕著去阻止孫二夫人說出這件事，可到底還是沒阻止得了，徐氏知道後得有多痛心啊！那畢竟是自己嫡親的女兒，任誰碰到這種事都不能忍受。

蕭晗默了默才道：「大伯娘這樣一鬧，只怕大姊在李家也不好做。」

「那可不是？」蕭老夫人嘆了一聲，點頭道：「若非如此，今日大丫頭怕也不會回蕭家來，看這模樣是要在娘家住上幾天的。」

「正好我也想在家裡住上幾日，到時候再好好勸勸大姊。」蕭晗這話剛一說完，蕭老夫人便詫異的看了她一眼。「妳要住在娘家？世子爺同意了？還有妳婆婆呢？」

蕭晗笑道：「他自然是同意的，我婆婆那裡也知會了一聲，她還讓我儘管待著呢，想什麼時候回來便喚世子爺來接我就是。」

「妳這是碰上個好夫婿、好婆婆了！」蕭老夫人感嘆了一聲。原以為蕭晴會一切順遂，沒想到李家卻出了這起子骯髒事，實在讓人心裡堵得慌。

「妳在家裡住上幾日也好，得空了多開解大丫頭幾句，如今她又懷有身孕，可不能憂思過度。」蕭老夫人又與蕭晗說了幾句，才放她離開。

蕭晗原本是想回辰光小築的，想到葉衡恐怕還在與蕭志謙他們說話，腳步一轉便往蕭晴的院子而去，卻恰好在路上與她相遇。

「大姊！」蕭晗遙遙站定。

蕭晴目光有些恍惚地看了蕭晗好一會兒，眸中的光芒閃爍變幻，似有追悔，似有痛苦，似有無盡的話想要言說，最後卻緩緩化作了一抹堅定。她扯了扯唇角踏步上前，對著蕭晗綻開了一抹笑容。「三妹，好久未見妳了。」

「大姊清減了許多。」蕭晗輕輕頷首。「不若咱們在園子裡走走？」說罷已是側身讓出了一條路來，眸中含著幾許期待的看向蕭晴。

蕭晴略微遲疑，還是緩緩走了過去。「行，咱們一起走走。」當先便走在了前頭，蕭晗又對身後兩人的丫鬟吩咐了一番，只讓她們遠遠地跟著，這才追上了蕭晴的步伐。

「我才多久沒回來，總覺得物是人非，都變了模樣……」蕭晴伸手緩緩撫過青石板路邊上探出的枝椏，輕輕一折便折斷了一根枯枝拿在手中。

「大姊如今懷有身孕，應該多注意自己的身體才是，憂思傷身啊！」蕭晗踱步在蕭晴身後，想說些安慰的話語，卻覺得一切話語都顯得那麼無力。

「三妹說的是，妳當初不也勸過我幾次，不過事已至此，我也不能後悔！」蕭晴沈沈一嘆，又轉過身來看向蕭晗，扯出一抹笑容。「當日妳及笄我都沒有歸來，妳可不要怪我。」

「大姊說的是哪裡話，妳是有身子的人，自然該事事以孩子為重，咱們姊妹什麼時候都能相見，又不急在那一時。」蕭晗不甚在意地一笑。

蕭晴滿臉苦澀，有些羞愧地低下了頭。「妳總是那麼豁達，讓我有些無地自容了。」

「大姊……」蕭晗伸出了手，想要握住蕭晴的手，可片刻間有些遲疑了，那手僵在了半空中，欲退不退，卻被蕭晴伸出的手握個正著。

蕭晗驚訝地看向蕭晴，只見她笑著望向自己。「是大姊不對，只要妳不怪我，咱們永遠都是姊妹！」

「我怎麼會怪妳呢？我只願妳事事順遂，一切安康！」蕭晗搖了搖頭，眼眶漸紅。「咱們是姊妹，一筆寫不出兩個『蕭』字，就算嫁了人也該要互相扶持才是，姊姊有事，妹妹絕對不會置之不理的。若是大姊有需要妹妹幫忙的，但說無妨。」

蕭晴笑著搖頭。「就只是我娘知道後去李家鬧了一回，不然這件事定也能瞞一陣子。」

「大姊真不介意了？」蕭晗擔心地看向蕭晴，想要從她的眼中看出些許變化來。

「說不介意是假的。」蕭晴苦笑一聲，但因心中已經有了覺悟，倒也沒有那麼難受了。「初時嫁給他或許還有幾分期待，想將夫妻倆的日子好好過下去，可越與他在一起便越失望……好在有這個孩子在，為了孩子，我還可以忍下去！」

蕭晗咬了咬唇，欲言又止，若蕭晴知道自己懷的是個女孩，而那妾室生下的卻是男孩，到時候的她會不會又經歷一次難言的痛苦？

「怎麼，妳也想勸我不成？」蕭晴看著蕭晗這番模樣，不由淡淡一笑。「妳什麼也別說了，該想的我都想到了，剛才二嬸說的話雖然難聽，有些卻還在理。」說罷輕哼了一聲，眸中光芒漸漸變得深沈了起來。

「妳別聽她說的，她不過是幸災樂禍罷了，哪裡會真心為大姊打算？」對劉氏的心態蕭晗再瞭解不過，她們母女都是恨人強、怨人好，別人落魄倒楣了才正合了她們的心意。

「我知道。」蕭晴笑著點頭，心中並不介意。「如今我已經想通了，也就是住在家裡幾日安撫我娘罷了，回頭我還得回李家不是？誰叫我肚裡的孩子是李家的嫡子呢！」

「大姊能想通最好。」蕭晗扯了扯唇角，不忍打擊蕭晴這個美好的想望，或許懷著這樣的期待能夠讓她振作起來，將來即使誕下女嬰，情況也不會如前世那般糟糕吧？

「這幾日我也要在娘家住著，大姊得空了可以來找我，咱們姊妹也有好些日子沒聚在一起了。」蕭晗對蕭晴道：「到時候再將四妹也叫來吧！」

「行。」蕭晴點頭應承，又說起蕭雨的親事。「我倒是聽四妹說起了與趙家的親事，只是母親那裡既未回絕、也未定下就是。」她看向蕭晗道：「妳覺得可行？」

「聽說趙五公子一表人才，學識才幹都是不差的，來年春試時若能高中，只怕到時候想與趙家結親的就多了去了。」蕭晗這樣一說也是間接提醒蕭晴一句，趙暉是人才，過了這個村就沒有那個店了，若是徐氏那裡還沒有下定決心，指不定就要被人捷足先登，到時候可追悔莫及。

而能夠影響徐氏作決定的，蕭晴也算其中一個，她這個姪女反倒不好去說些什麼，若她這一提，徐氏又記起了她曾經阻止過蕭雨遠嫁這件事，那這門親事就恐多生阻礙了。

蕭晴點了點頭。「行，我聽你的，回頭就與娘說這事。」

「我扶大姊往回走吧，妳有孕也不宜多走動，適當就行了。」蕭晗扶著蕭晴調頭往回走，兩人的丫鬟便守在不遠處，等著她們走了過去，這才又跟上主子的腳步。

今日與蕭晴談了一陣，兩姊妹的關係緩和了不少，蕭晗心裡也開心，又聽蕭晴打趣她道：「我瞧著世子爺對妳就沒移開過眼，你們夫妻感情一定很好。」

「他對我確實不錯，能夠嫁給他也是我的幸運。」蕭晗笑著點了點頭，自動略過了昨日進宮的那些糟心事，有著別人欽羨的幸福，那麼就要容得下別人無法理解的苦楚。

「三妹是個有福之人，不過妳好了，咱們姊妹今後的日子也差不了，總是要沾沾妳的福氣的。」蕭晴說到這裡便露出了幾分真心的笑容，許是想到今後肚子裡的孩子有個如蕭晗這樣的姨母在，他的前程必定也是可以期望的。

# 第七十三章　訂親

這幾日蕭晗住在娘家倒也自在，除了空閒時與蕭晴姊妹倆聚聚，便是陪在蕭老夫人跟前閒話幾句，她還抽空去看望了莫家兩老。

京城的冬天是很冷的，莫家兩老決定十一月初便啟程回江南，那個時候河面還沒有結冰，客船應該能夠行走，再說走水路也少了馬車的顛簸，上了年紀的人的確有些吃不消。

「年底各處商鋪都在結帳和盤點，堂哥兒手頭上事忙就先走了，到離開也沒能與妳說一聲。」莫老太太領著蕭晗走在院中的迴廊上，又指了不遠處那一棵桂花樹。「這園子原本就沒怎麼打理過，沒想到還結了桂花，聞著正香呢！」

「外祖母選的這處院子本就是宜人之地，您若是走了我還捨不得……」蕭晗拉著莫老太太的手。她自然不希望兩老離開，一邊在江南，一邊是京城，若想要經常來往也十分不便。

「傻孩子，我們總是要走的。」莫老太太嘆了一口氣，眸中也有些不捨。「不過眼下瞧著妳已經成了親，我與妳外祖父也安心了，更何況世子爺還對妳這般好。妳是個有福氣的，比妳母親好，將來我還等著妳給我生個曾外孫呢！」

故土難離，特別是對於老一輩的人來說。蕭晗見勸不動莫老太太，便順著她道：「那您走的時候一定要與我說一聲，到時候我與世子爺一起來給您二老送行。」

「行啊！」莫老太太點了點頭，又說起范氏來。「堂哥兒前腳才離開，妳舅母後腳就跟著回了應天府，說是要去給堂哥兒相看一門媳婦，瞧那樣子是等不及了。」

「舅母急功近利，她相看的媳婦您一定要好好斟酌才是。」蕭晗也不是說范氏的壞話，只是范氏本就目光短淺，今後莫錦堂的媳婦可是莫家的宗婦，若人沒選好，那可是遺禍無窮。

「妳說的是，她選中的，還要讓我與妳外祖父過過眼，若是咱們都沒瞧上，那可不行。」莫老太太笑著看向蕭晗，眸中光芒深深。「果真是嫁了人的，想得更周全了，倒是有幾分從前妳母親的精明勁！」

「那外祖母多與我說說母親從前的事情，我想聽。」蕭晗瞧見了不遠處的涼亭，便拉了莫老太太過去坐下。老太太也喜歡與她說起從前的事情，便滔滔不絕的講了一個下午。

「當時好些商家大戶的少爺都想要娶妳母親為妻呢，可妳母親只願招婿上門，這一點便將他們給嚇退了，不然親事也不會一直往後拖，最後卻是嫁給了妳爹……」莫老太太說到最後不禁搖頭一嘆。「從前看著他也是一介文質彬彬的後生，怎麼如今臨到兒女都成親了，還偏生養起了小妾，羞是不羞！」一說起蕭志謙，莫老太太便直搖頭。這個男人的確沒有一點可取之處，真是可惜了她的女兒，竟然配了個這樣的男人。

這話蕭晗倒是不好說些什麼，畢竟是她的父親，她不好評說，便只在一旁聽著，莫老太太也知道是這個道理，也不覺得蕭晗不附和她有什麼不對，末了才道：「他是妳爹，我也不好多說他的不是，總之如今蕭家已經烏煙瘴氣了，也幸得妳嫁了出去，不過時哥兒就……」

「哥哥是男子，平日裡又不在後宅，影響不到什麼的。」蕭晗搖了搖頭，又說起孫若泠來。「那孫家小姐也是個活潑可愛的，外祖母那日可瞧見了？」

「瞧見了，這丫頭還特意往我跟前湊呢！」說起孫若泠來，莫老太太也是滿意得很，不禁笑道：「這姑娘好，時哥兒本來就是個悶葫蘆，若是再娶個唯唯諾諾、不敢說話的小娘子，兩人在一起豈不是要一同悶死，如今這個剛剛好！」

蕭晗笑著點頭，她自然也認同莫老太太的話，又道：「那我哥哥成親時您與外祖父也一定要來喝喜酒！」

「自然是要來的！」莫老太太點頭道：「妳母親就留下了妳與時哥兒這兩個血脈，妳嫁人來，時哥兒娶親也來，咱們兩個老東西還能看著你們幾年？能來的都會來的。」

「外祖母不許說這種話！」蕭晗佯裝生氣地看向莫老太太。「您說過還要抱上曾外孫呢，可不准食言！」

「好！」莫老太太呵呵一笑，祖孫倆又說了許多趣事，臨到葉衡來接蕭晗時，莫老太爺還特意留了他們用晚膳。

莫老太爺平日裡也是不怎麼飲酒的，酒逢知己才能喝上兩杯，葉衡恰巧就入了他的眼，在應天府時葉衡拜訪過莫家，當時莫老太爺便很是欣賞他，如今成了自己的外孫女婿，那關係自然又往前邁進了一大步。

「今日那麼晚了，不如就留在這裡過夜，明兒個一早你們再回去吧！」莫老太爺喝在興頭上，不由拍了拍葉衡的肩膀，如今他是越看這個外孫女婿越喜歡。

蕭晗瞧了葉衡一眼，也不知道他明日是否休沐，便聽他想也沒想地應承道：「行啊，明日反正休沐，就好好陪陪外祖父，」又端起酒杯敬莫老太爺。「上次咱們的那盤棋可還沒下完，明日接著擺上！」

「好，我早等著呢！」莫老太爺咧嘴一笑，布滿皺紋的老臉上滿是紅光，看得出來興致很高。

莫老太太在一旁看著也是笑意滿滿，又拉了蕭晗去廚房。「我再讓廚娘給他們備幾個下酒菜，老頭子好久沒這般開心了，這個外孫女婿倒是貼心！」

去了廚房後，莫老太太交代廚娘做了幾個爽口的下酒菜端了上去，蕭晗還親自給他們下了兩碗麵條，一碗清淡的蔥花煎蛋麵是給莫老太爺的，一碗酸辣肉絲麵是給葉衡的。

莫老太太笑道：「妳倒是清楚他們兩人的口味，這喝了酒、吃了麵，回頭老頭子鐵定睡得香。」便與蕭晗一道將食盒給提了過去。

酒足飯飽之後，莫老太爺直接就昏睡在了花廳裡，還是莫老太太讓人將他給抬進了房裡；葉衡雖然能走動，可腳步卻是虛浮的，整個人都靠在了蕭晗的身上，歪歪斜斜地往屋裡而去。

「能喝也不是這麼個喝法，瞧瞧你眼下這模樣！」蕭晗擰了把熱帕子給葉衡擦臉，酒意作用下他一張臉紅似火，伸手碰去那溫度都有些燙人。

「我沒醉……」葉衡仰倒在床榻上，握住了蕭晗的手，黑眸半瞇著向她望去，眸中的光芒迷離如燈火，透著點點細碎的星芒。

「還說沒醉，剛才人都站不直了。」蕭晗嗔他一眼，順勢將帕子蓋在了葉衡的臉上，問他道：「明日你當真休沐，不是哄外祖父的？」

「既然答應了，怎麼也要休息一天好好陪陪他老人家。」葉衡一把抹掉了臉上的帕子，拉了蕭晗入懷。「他們兩老不是再過幾天便要離京了？他們來了京城也沒能好好陪陪他們，如今就算沒空我也要擠出空來。」

「你倒是個孝順的，怪不得外祖父這般喜歡你。」蕭晗笑得甜甜的，依偎在葉衡胸口靜靜地聽著他的心跳聲。

「外祖父喜歡我還不是因為妳，因為我娶了他們的寶貝外孫女。」葉衡胸膛震動，笑聲低啞，惹得蕭晗不由撐起下頷看向他。「喝些茶水吧，剛才那酒勁也不小。」說著便起身給葉衡倒了杯茶水。

茶水潤喉，葉衡頓時覺得舒服了不少，又晃晃悠悠地站了起來。「我去淨房裡梳洗一番，不然這一身酒臭，一會兒妳不讓我近身怎麼辦？」他曖昧地拉了蕭晗在耳邊低語。「娘子，咱們可好久都沒有……妳好些了吧？」這幾日葉衡是侯府與蕭家兩頭跑，遇到忙的時候他便託人給蕭晗帶信去，自己則歇在了衙門裡，又顧忌著蕭晗身體不適，一直沒有再強求與她行房，眼下已過了好些日子，他心裡早就癢癢的。

「不告訴你，你先去洗了再說！」蕭晗紅著臉推了葉衡一把，他呵呵一笑，心領神會，去淨房裡迅速地把自己全身上下都給洗刷了乾淨。

夜，很靜，桌上燈火昏黃，將床帳裡的身影照成了纏綿，兩人的衣衫在地上隨意散落著，一室的靡靡花香。

第二日一早蕭晗醒來時，葉衡已經不在身邊了，她招了蘭衣來一問，才知道他已經陪著莫老太爺出門去了。

「那麼早就出去了？」蕭晗有些詫異的起身，由著蘭衣給她穿好了衣裳。

「聽說是去買早膳來著，世子爺說有個地方的煎餅特別地道，他與老太爺要去買回來給您與老太太吃呢！」蘭衣說著笑了起來。「老太爺倒是好興致，兩人說說笑笑就走了，還說一會兒回來要接著擺棋局呢！」

「他們兩人倒是投契。」蕭晗失笑地搖頭，又揉了揉自己有些痠疼的腰。昨兒個被葉衡折騰了大半夜，她眼下還有些睏倦呢！沒想到這人卻是精神大好。

等著梳洗妥當後，蕭晗便去了莫老太太屋裡，恰好莫老太爺與葉衡也歸來，老太太忙讓丫鬟擺了碗碟，四人在一處吃了頓高興的早膳。之後葉衡果真與莫老太爺去書房裡下棋，蕭晗便陪著莫老太太去安排今日中午的菜色，一天的時間很快打發了過去，等回到蕭家時，蕭晗才知道今兒個趙夫人來了府上，說的就是蕭雨與趙暉的親事。

趙暉的娘親原來是一個沒落的官家小姐，學識修養都是有的，只是家族沒落、身分低微，這才不得不與人做妾。好在她生來低調內斂，倒是沒遭趙夫人的嫌棄，反倒將府中內院的事務交了一半給她打理，想來在趙府中也是極有臉面的。

「那這親事該是說定了……」蕭晗暗自琢磨了一陣，因著天色已晚，她不好去問蕭晴或是蕭雨，便準備明兒一早去求證，若真是定下了，她也好為蕭雨高興。

夜裡葉衡拉著蕭晗的手說著話。「明日我就不來了，後日晚些時候我來接妳回家，眼瞧著蓁姐兒出嫁的日子也沒幾天了，妳也該回府準備一番了。」

「娘也沒來催我，你也日日都見得著，害得我都以為住娘家與在家裡沒兩樣了。」蕭晗笑著吐了吐舌，又側過身窩在葉衡的懷裡。「這些日子過得真舒坦，差點忘記蓁姐兒婚期近了，她可是侯府第一個出嫁的大小姐，又是嫁的忠義侯府，到時候定會很熱鬧的。」

「妳這般高興幹麼？」葉衡感覺到懷中人兒的震動，不由抱緊了蕭晗問道：「可是為妳四妹開心？」

「為蓁姐兒開心，也為四妹高興，希望她們都能嫁得如意郎君。」蕭晗笑咪咪地依著葉衡。「天色不早了，咱們也歇息吧，明日你還有得忙呢。」兩人遂也不再多言，不一會兒便相擁著進入了夢鄉。

第二日一大早，蕭晗就去找了蕭晴，蕭雨恰好也在她屋裡，瞧著她來都有些不好意思。

「四妹這是怎麼了，見到我還害羞不成？」蕭晗心裡琢磨著這親事估計是成了，看蕭雨一副含羞帶怯的模樣，當真是比春日的新芽還要嬌嫩。

「她這是有喜事了，不好意思與別人說。」蕭晴在一旁打趣著蕭雨，她更是沒處躲去，捣著臉便往外跑，只留下了蕭晗與蕭晴兩姊妹在一塊兒。

瞧著蕭雨的身影消失不見，蕭晗這才轉向了蕭晴，笑道：「大姊快與我說說，昨兒個我聽說趙夫人來了府中，可就是來談四妹的親事？」

「那可不是。」蕭晴笑著點頭，又吩咐丫鬟上了茶水，便拉了蕭晗一同坐下。「趙夫人對這門親事是極滿意的，言語中對那位五公子也很是推崇，雖然不是趙夫人所出，可我聽她這一說，倒是比他們家嫡子還能幹幾分呢！」

「聽說嫡子是前頭那位趙夫人所出，與如今這位繼夫人可沒什麼干係。」蕭晗輕笑一聲，若真是趙夫人自己的嫡子，只怕就不會這般貶低，而抬高其他的庶子了。

「是，趙夫人是原先那位夫人的族妹，只是嫁過來後沒有生下嫡子，倒是挺看重趙瑩瑩兄妹倆的。」蕭晴也是後來才知道了這個消息，不過越發顯得這門親事使得，不是嫡親的婆婆那就少了許多顧忌，到時候蕭雨嫁了人，跟著趙暉出外任職，那日子的確是能過得自在許多。

「那大伯娘怎麼說？」蕭晗眼下最關注的是徐氏的態度，前些天徐氏還在為蕭晴的事情傷心傷懷呢，不知道眼下轉過這道彎沒。

「我娘本來是無心理事，不過祖母見過了這位趙夫人，也覺得趙家這門親事不錯，便督促著我娘點頭答應了。」又見蕭晗挑眉望來，蕭晴便笑開了。「自然也有我在裡面推波助瀾的，到時候娘還要為四妹打理嫁妝，到底騰不出那麼多心思來關照我了。」說罷一癟嘴道：「再說我也嫁人成家，出了什麼事也有自己的主意，她總不能擔心我一輩子吧！」

「大姊說的是。」蕭晗認同地點頭，不過卻也有些羨慕蕭晴。她倒是想有個為她操心的母親，可這卻是不可能的。

「眼下四妹的親事定下，我也該安心地回李家了。」蕭晴撐了撐腰眼，懷孕的肚子便向前挺了幾分。

蕭晗不由好奇地用手摸了上去。「聽說孩子過了四個月便會在肚子裡動呢，到時候大姊可要多留意。」

「我也聽說了，怕是不久這小傢伙便要鬧騰起來。」蕭晴笑得甜美，眸中也多了幾分期待與希望，這輩子靠不了丈夫，她還能靠孩子不是嗎？

「真好！」蕭晗不無羨慕地說道。

蕭晴見了便打趣她。「喜歡就快些自己生一個，到時候我這個姨母給他個大封紅！」

「那我可等著了。」蕭晗笑著應承下來，不過懷孕生子還是要看緣分的，強求不來。

葉蓁將要出嫁，整個侯府裡又忙碌了起來，她是侯府孫輩裡出嫁的第一位小姐，是老侯爺的長孫女，雖是庶出二房的女兒，但因著二房與長房向來關係和睦，所以蔣氏也幫著羅氏一同操辦起來，務必要將這場婚禮辦得熱熱鬧鬧。

蕭晗一回到侯府，已見著各處張燈結綵，好不喜慶。

她回房梳洗後，便先去見了蔣氏，恰巧蔣氏正同羅氏研究著成親當日的菜色，羅氏見了蕭晗到來，趕忙招了她坐下，又將手中的單子遞了過去，笑道：「衡哥兒媳婦來得正好，幫嬸娘看看還用不用增減什麼，那些食材這兩天倒是陸續備齊了，就怕有些地方還未考慮到，妳再幫我瞧瞧！」

「行，我看看。」蕭晗笑著點頭，接過菜色單子仔細地看了一遍。侯府宴客，燕翅鮑參自然都是桌上菜，還有新鮮的蝦蟹、各色的時令水果與蔬菜，以及涼菜、熱菜的拼盤，該有的都齊備了，倒是不用特意添加什麼。

「不怕多了，就怕不夠。」蔣氏笑著與蕭晗說。

蕭晗擱下了手中的菜單，點頭道：「娘說的是。」又轉向羅氏。「二嬸備的菜色都齊，要不我再添幾個辣味的菜，到時候抄了菜譜給廚娘一併讓他們做了，也是圖個新鮮。」

「我看行！」羅氏想也沒想就點了頭。「這川菜啊是越吃越有味道，我原本也是怕辣的，現在卻時不時地想吃上兩口；再說，來作客的人之中，大都是北方人，偶爾能吃到川蜀之地的菜色，他們定會覺得稀罕呢！」

「那我回頭就去選幾道菜交給二嬸過目。」蕭晗又與羅氏閒話了幾句。

蔣氏這才問道：「這幾日在娘家可還過得好？我聽說府上四小姐與趙家訂親了。」

「一切都還好，勞娘掛心了，我四妹確實與趙家五公子定了親事，明年出嫁。」說到蕭雨的親事，蕭晗倒是真心替她高興，她們姊妹幾個從表面上看來嫁得都不差，門第雖然有高有低，但嫁人後日子是自己在過，所以再多的榮耀與地位，都比不上一個與自己心意相近的丈夫來得好。

「趙家也就那個老五有些出息，若說親的是他們家嫡子，我還要勸親家大夫人別應下呢！雖然是庶女，那也是養在自己跟前的，嫁得不好也心疼不是？」蔣氏暗暗給蕭晗使了個眼色。她是聽說了李家那起子糟心事，蕭晴嫁了那樣的人家也是有苦無處訴，還懷了李家的孩子，就算有再多的苦果怕也只能自己嚥下去。

「好在姊妹們都好，我大姊因我回娘家的關係也留宿了幾日，眼下已經回李家去了，她懷的是李家的孩子，自然在婆家養胎也好上一些。」蕭晗這話也算是間接回了蔣氏，果然蔣氏聽了，便不再多問。

幾人又說了一會兒話，蕭晗便起身去看葉蓁。葉蓁倒還如尋常一般，除了繡手頭上的刺繡以外，便是在隔間的書房裡看書，恬靜安然的模樣都不像是個待嫁的新娘。

「我猜妳準是在偷閒呢！」蕭晗讓蘭衣擱下了從廚房帶來的新出爐的點心，香噴噴的芙蓉酥往桌上一放，便散發出陣陣香味來，引得人食指大動。

葉蓁聞到香味也無心看書了，笑著道：「正巧二嫂過來，我剛才還讓人去取了新釀的桂花蜜呢！一會兒咱們泡水喝。」

「行啊，反正妳二哥今日也不回府，若是醉了，今晚我就歇在妳屋裡。」蕭晗與葉蓁相攜著坐下。

葉蓁便問起她在娘家的情景。「二嫂只顧著自己舒坦了，卻沒想到我就要出嫁，咱們還能再聚幾日？」說罷佯裝不滿地嗔了蕭晗一眼。

「也是我的錯，妳出嫁前我原本都應該在的，只是回娘家後出了些事情，我一時走不開，又去看了我外祖母他們，妹妹莫怪！」蕭晗說著便搖了搖葉蓁的手。

葉蓁哪裡是真的生氣，沒兩下便笑了起來。「我又不是真心怪妳，橫豎待在家裡的時日已經不多了，我還想向妳取經呢，也不知道我未來的婆婆會不會如我娘或是大伯娘這般好相處？」

蕭晗便握了她的手輕聲道：「這人之間的感情都是相處後培養出來的，閔夫人如何咱們也不好評說，但妳對她好一分，她總能感覺得出來；再說閔譽是次子，不用繼承家業，對妳這個二兒媳婦想必也不會怎麼為難的。」一頓後又笑道：「妳可是長寧侯府出來的小姐，怎麼著他們閔家人也要看葉家人幾分面子吧！」

「妳這一說我倒是放心不少，不過我也不是傻的，該怎麼和公婆、小姑、妯娌們相處，我也自有掂量，人敬我一尺，我敬人一丈，總不會丟了咱們葉家的名聲。」葉蓁的性子就是這般張馳有度，有不安是真的，緊張也確實，但真讓她處在那樣的環境中，自然會分析利弊，做出對自己最有利的選擇，這一點蕭晗倒是從未操心過。

「早知道妳是個心思通透的，哪裡還用我教？」話到最後蕭晗笑了起來，兩人又說了一會兒話，她還瞧了一眼葉蓁親手縫製的嫁衣，那嫁衣華麗璀璨，又鑲了珠寶與金飾，倒真是金光閃閃。

「也不全是我親手做的，那麼繁複的手藝，我就是繡了些簡單的花紋罷了，那些個珠寶和飾品都是我娘讓繡娘重新加上去的，我覺得重死了。」葉蓁將嫁衣拿在手上還有些發愁，又看向蕭晗道：「出嫁那日真要穿著這麼重的衣裳嗎？二嫂妳到底是怎麼熬過來的？」

「忍忍就過了唄，每個女人都要走這一遭的；再說那日我也是頭暈眼花的，身上、頭上到底披得有多重也記不清了。」蕭晗又與葉蓁說了許多成親的趣事，兩人嘀咕了一晚上，直到公雞鳴叫了，這才沈沈睡去。

# 第七十四章 冬遊

長寧侯府嫁女兒這一日是熱鬧非常，雖然沒有葉衡成親時的排場，但因結親的對象是忠義侯府，兩家侯府聯姻自然是要大辦特辦，京城因此又熱鬧了一回。

蕭晗作為世子夫人，也是忙得不可開交。除了要幫著接待、招呼客人，還要往廚房那頭去盯著，以免今日的菜色失了水準，惹來賓客們笑話。

這一個上午蕭晗是忙得腳不沾地，等賓客們用完午膳，都相約著往戲臺那處看戲去了，她這才得空喘了口氣，在花廳裡泡了杯溫茶歇腳。

「請問少夫人可在這裡？」屋外響起一個丫鬟的聲音，蕭晗給蘭衣示意，蘭衣便出去看了一眼，回來時還帶了一個熟人。

「孫小姐尋了少夫人好一陣呢！還是問了夫人跟前的丫鬟才找過來的。」蘭衣笑著將孫若泠引了進來。

蕭晗一見是她，笑著迎了過去。「今日太忙，我是瞧見妳與孫二夫人一同來的，只是沒空去打個招呼，沒想到妳卻找來了。」又吩咐蘭衣上了茶水點心。

「我瞧妳今日忙得很，所以現在才來打擾。」孫若泠坐了下來，又四處打量了一眼，這才笑道：「早知道侯府氣派，今日來我還到處逛了一圈呢！若是沒有你們府中的丫鬟領路，肯定會迷路的。」

「所以妳這才找了個丫鬟帶路來找我不成？」蕭晗笑著嗔了孫若泠一眼，她們兩人向來親近，再說這丫頭今後還是要做她嫂子的人，自然不是外人。

「還好遇到了侯夫人的丫鬟……我瞧這府裡上下對妳這位少夫人都很是恭敬呢！妳在這裡日子過得可還好？」孫若泠一副嫂子的模樣關懷起了蕭晗。

蕭晗心裡暖暖的，不由笑著點頭。「一切都好呢！夫婿敬重我，婆婆愛護我，嬸子、小姑都不挑剔，我與她們相處得都好。」

「如此我就放心了。」孫若泠這才點了頭，又道：「時哥哥也說世子爺是不會虧待妳的，可我想著他們男人哪有女人這般細膩，平日裡也都不在後宅裡待著，處在一起最久的還不是家中女眷，我問清楚些準沒錯的。」一頓又道：「那四房那邊呢，可有為難妳？我知道他們是老侯夫人一脈所出，跟你們長房世子爺可不是一個親祖母。」

「既然妳問了，我就給妳透個口風吧！」蕭晗左右瞧了一眼，蘭衣立刻會意地去守在了門邊上，她這才湊近了孫若泠小聲道：「四房如今勢弱，我四叔也沒什麼作為，只要男人們在前面鎮得住，後宅裡自然不會亂起來。再說老侯夫人平日裡也就守著老侯爺，四嬸那邊打交道的機會也少，他們礙不著我。」

「這樣便好了，妳有世子爺寵著、侯夫人護著，那在侯府的地位自然不是尋常人能比的。」孫若泠真心為蕭晗開心，只要蕭晗的日子過得好了，蕭時也能放心許多不是？

「所以妳告訴哥哥不用操心。」蕭晗笑著點頭。

孫若泠似又想起了什麼，臉色忽而一變，對蕭晗神秘道：「近來我倒是聽說了一件事情，老想與妳說卻找不到機會。」

「何事？」蕭晗挑了挑眉，又看孫若泠那一臉糾結的樣子，想來不是好事，不由也起了幾分好奇之心。

「聽說李思琪要訂親了。」孫若泠癟癟嘴，面上神情說不上有多好。「妳大姊沒告訴妳？」

「沒聽她說起過。」蕭晗搖了搖頭。「許是她自己懷孕都沒忙得過來，所以李家的事情有些疏忽了……」她又有些猶豫地問道：「那與她訂親的又是哪一家？」

「她運氣好，明明是庶女還退過親，沒想到還有那樣的人家瞧得上她，真正是祖上積德、福星高照！」孫若泠說起這件事來還是氣鼓鼓的，心中為孫若齊感到不平。她三哥多好的人啊！就是因為被家族牽連，遭李思琪嫌棄才退了親，沒想到轉過頭便要另攀高枝。

「到底是什麼樣的人家，難不成她是要遠嫁了？」蕭晗眉目微凝。按理說李思琪那樣的人，也就只有嫁得遠了，別人不知道她退過親還能容忍幾分，若是明白了其中原委，還有哪個男人願意娶這樣的女子？

「不是，是那個襲了爵的庶子，如今的定國公想要娶她！」孫若泠訕訕地說，蕭晗一聽還有些恍惚，下一刻卻也回過神來，不免震驚得瞪大了眼。

定國公鄧世君，那個庶出的五公子，在定國公去世後將原世子拉下馬來，又憑藉著老國公夫人的扶持而登上了定國公位置的那位？

居然會是他！

蕭晗緩緩定了神，卻也覺得這兩個人是真正的臭味相投。定國公府已經是窮途末路，若李思琪真要嫁給鄧世君，將來可也討不到什麼好，也就眼下暫時風光得意一陣子罷了。

這些事蕭晗自然不能說給孫若泠知道，只能慢慢勸解她幾句，讓她放寬心。

葉蓁出嫁之後，蕭晗頓時覺得侯府空落了不少，日子也好似單調了幾分。

葉衡倒是瞧出了蕭晗這百般無聊的模樣，沒過兩日便讓劉金子將外院書房裡的帳冊依次給搬了進來，這些帳冊裡記錄的都是他名下產業的營利和支出，臨到年關前正要清算，足夠蕭晗忙上好一段時日。

「你倒是會給我找事情做，眼下想歇息都歇息不了。」夜裡兩人同榻而眠，蕭晗不免抱怨了幾句，整個人一側身便窩進了葉衡的懷裡，使了使力氣掐著他腰間的軟肉。

「娘子快住手，疼……」葉衡腰身往後一扭，蕭晗的手便錯了開去，卻又接著找了過來，被葉衡一把給握住了手腕。

蕭晗輕哼一聲，抬頭看向葉衡，只見他一臉無奈的苦笑，委屈道：「還不是瞧著妳無聊得緊，才找些事情給妳打發日子嗎？」

「你這是給我找活幹呢！哪是讓我打發日子？」蕭晗心裡暗笑，面上卻不顯。「再說你名下的產業那麼多，我一本一本地理出來，等整理妥當了，也就離過年不遠了。」

「辛苦娘子，等妳清點妥當了，年前我帶妳出去玩玩可好？」葉衡哪裡不知道蕭晗不過是藉機發發牢騷，有事情做她才不會隔三差五地直呼無聊。

「好啊，去哪裡玩？」蕭晗即刻來了興趣，半撐著身子看向他，眸中光芒熠熠閃亮。

「去北郊的行宮吧！太子前兒個才與我提過。」葉衡想了想又道：「到時候我再叫上大哥與三弟他們，妳哥哥若是有空也一同來，還有妳的姊妹們若想邀約，也可一道來。」

「那敢情好。」蕭晗笑著應下，而後又微微遲疑。「那是北郊的行宮，咱們請那麼多人去，太子不會介意？」畢竟行宮可是皇室出行下榻之地，一般人哪裡能夠進得去？

「太子不會說什麼的，他性子隨和得很，越多人、越熱鬧他才喜歡呢！」葉衡笑著搖頭，又拉了蕭晗重新躺下，輕輕順著她的長髮。「這下妳開心了？我也是這段日子比較忙碌，等著年後就會好些了，到時候好好陪陪妳。」

「嗯。」蕭晗輕輕點頭，又說起葉蓁回門那日的情景。「我瞧著那閔譽言談中對蓁姐兒多有照顧，兩夫妻關係看著挺和睦的。」

葉蓁回門時與她說起過，新婚那日揭了蓋頭後，閔譽見著是她倒是愣了好一陣，之後兩人才說起初次見面的情景，彼此間的關係也親近了不少。

「閔譽人品還行，小時候霸道，長大了卻還仗義。」葉衡點了點頭，又輕輕撩起蕭晗的烏髮在鼻尖輕嗅。「娘子，說了這麼多別人的事，妳是不是該照顧一下妳夫君我了？」

蕭晗白了葉衡一眼，閒閒地道：「今兒個沒戲！」

「為什麼？」葉衡悲憤地起身。這幾日他都忙昏了頭，回到府中若不是蕭晗都睡著了，他又不忍心吵著她，這才一連禁慾了好些天，今兒個難得早回了卻不給他，天理何在？

「月信來了，你說行不行？」蕭晗眉眼一挑，滿含笑意，那姿態是說不出的撩人，偏生出口的話讓葉衡的心都涼了半截，原本撐起的身子驟然就塌了下去。

「睡吧，睡著了就不想了。」蕭晗捣唇一笑，又下床吹滅了燈火，這才自顧自地擠進了葉衡的懷裡安睡。誰叫他懷裡暖和呢！不做個正宗的暖爐都可惜。

看著懷中的人兒不一會兒便進入了夢鄉，葉衡只能咬緊了牙忍住。估計著這樣的日子還得再過幾天，他考慮著要不要這幾日就歇在衙門得了，不然夜夜摟著嬌妻卻不能得償所願，可是個甜蜜而痛苦的折磨。

蕭晗送走了莫家兩老之後，不到十一月中旬，京城就下了第一場雪，紛紛揚揚的雪花落下，妝點成一片純白色的世界，看著便讓人心情好了不少。

出遊的那一日，蕭晗穿得暖和極了，大紅金絲襖裙，脖子上的風毛簇擁著她嬌嫩小巧的臉蛋，一上了馬車便被葉衡給摟在了懷裡不放開。

「別人都騎馬，你卻上了馬車，讓他們瞧見了豈不笑話你？」蕭晗瞪了葉衡一眼，這人就是不安分，虧得從前每次見到他都還繃著一張正經的臉色，真是活脫脫的被他給騙了。

「誰敢笑我，妳沒瞧見太子爺還窩在馬車裡呢！」葉衡並不在意，上下其手地就摸了過去，昨兒個他們夫妻可是好好地溫存了一番，他眼下還想著那銷魂的滋味呢！

「我哥不是在騎馬？」蕭晗一手打掉了葉衡伸過來的手，又緊了緊衣襟。「還有大哥與三弟可都在馬上呢！你也好意思鑽進我馬車裡，羞是不羞？」說著食指已是在臉蛋上輕輕刮了刮。

「不羞！」葉衡百折不撓地繼續伸手過來，抱了蕭晗坐在他懷裡，連頭也靠在了她的肩膀上。「他們都知道我辛苦，為了能陪著妳出去玩上兩日，前些天我可是忙到半夜！」

「確實辛苦你了！」蕭晗想了想也是，便拍了拍葉衡的臉。「回去我再給你燉湯補一補，身子好了人才有精神。」

「還是娘子心疼我！」葉衡唇角一咧，又調整了位置，舒服地仰躺在了蕭晗的腿上，閉眼道：「我睡一會兒，到了妳再叫我！」

「行，你先歇息吧！」蕭晗點了點頭，再過一會兒看葉衡時他已經睡熟了，蕭晗不由伸手輕輕畫過他濃黑的眉、挺翹的鼻梁……手指輕輕地勾勒出他的五官。

葉衡的長相算不得特別俊美，他的五官立體，但平日裡不苟言笑，在外人眼前便是冷峻威嚴的形象，又因他身分地位特殊，自然就帶了一種與生俱來的貴氣，這才成為了京城中的第一貴公子，讓眾多名媛小姐們趨之若鶩。

「幸虧你眼下成親了，不然皇后娘娘指不定要往你府中塞些什麼人呢！」蕭晗輕輕癟嘴。「你真該好好謝謝我！」

有些事情她本不願意深想，例如……葉衡前一世所娶的妻子。

原本她以為記憶沒有那麼清晰的，可不知道為什麼自從那日進宮之後，有些畫面便不時地跳出腦海。

長寧侯世子在前一世的確是成了親的，只是聽說他成親之時年紀已經不小，至少不是現在這個年紀，而他娶的人正是……柴郡主！是那個太后捧在手心裡呵護著的柴郡主！

蕭晗面色微微一凜，攥緊了手中的錦帕。

柴郡主的父親是皇上一母同胞的兄弟，只是當年與王妃外出時不幸出了意外，這才留下了柴郡主一人，小小年紀便養在太后跟前，甚得太后喜愛。

只若是柴郡主真與葉衡心心相印，怕也早就嫁他為妻了，不會平白拖了那麼多年，或許這裡面有著她不知道的原由，但眼下蕭晗並不想去探究。

因為這些已經不可能成為事實，葉衡的妻子是她，只能是她！可為什麼一想起來，心裡還是會有些不安呢？而這些她都不能說給葉衡聽，蕭晗的心裡始終有些糾結的苦楚，像一根刺卡在心頭。她強自改變了命運的軌跡，不知道會引發什麼樣的後果，不過這一切都是她努力得來的，不管怎麼樣，她都不會輕言放棄！

蕭晗的目光又重新落回熟睡的葉衡身上，眼神溫和了起來。當她不懂得愛為何物時，禁不住奸人的慫恿與柳寄生私奔，還沒有品嘗過愛情的甜蜜，就已經被生活的磨難摧折得不成樣子。

如今遇到葉衡，與他相知相守，與他共歷生死，她才知道原來這世間上還有一種愛情，能夠這般轟轟烈烈、生死相隨，他們的骨血都已經融在了一起，連死亡都不能將他們分開，她還懼怕什麼呢？

蕭晗自問不是膽怯之人，她可不是平白地走到今天，她愛的她會不顧一切地守護，而她的幸福別人也休想要輕易奪去！

這一次來北郊行宮的人不少，因著太子喜歡熱鬧，還讓葉衡夫妻邀請多一些人，所以蕭晗除了叫上孫若泠、葉蓁等人，還請了蕭雨和趙瑩瑩一同來。到達目的地後，蕭晗這才喚醒了葉衡，歇息了一陣後，他的精神好了不少。

「路上有雪濕滑，馬車都走得慢，眼下都快晌午了。」蕭晗撩了馬車簾子向外看了一眼，今日太陽正好，照在雪堆上白晃晃的一片，耀得人睜不開眼。

「太陽大的時候不要一直盯著雪看，妳可聽過雪盲症？」葉衡為蕭晗披上了狐狸毛的斗篷，這才不疾不徐地扶了她下車。

「聽是聽過，可卻沒見過，就這樣一直盯著雪看，說是眼睛會瞎呢！」蕭晗扶著葉衡的手下了馬車，又四處瞧了一眼，他們一行人的馬車陸續停穩了，車上的人都被攙扶著下車。

「這是真的，我前些年就見過，那人還瞎了好一陣子，不過後面休息了幾日不去見光，這才慢慢地好轉過來。」葉衡站在雪地上為蕭晗理了理衣襟，又接過身後蘭衣遞來的銀質仙鶴紋手爐，塞進了蕭晗的懷裡，叮囑她道：「妳別不信，小心些準沒錯的。」

「我知道了。」蕭晗笑著點頭，又見那邊太子對葉衡招手，便推了他一把。「你去吧，我與姊妹們一會兒跟著過去就是。」

「行，照顧好自己。」葉衡點了點頭，招呼著蕭時和葉晉幾個人往太子那處而去。

這一頭葉蓁與孫若泠幾人聚了過來，與蕭晗熱絡地寒暄起來，想來冬日裡她們都不常出門，這北郊行宮也是第一次來，個個都興奮得很，也就趙瑩瑩有些靦覥，幾人裡只有她是未訂親的小姑娘，連蕭雨都趕在了她的前頭，而孫若泠又向來百無忌諱的，不一會兒竟然自個兒跑到了蕭時那邊去。

「趙小姐不用拘束，都是家裡的兄弟姊妹們，我四妹出嫁後也就是妳的嫂子了，咱們都是沾親帶故的。」蕭晗笑著看向趙瑩瑩，她一直挺喜歡這個姑娘的，能夠審時度勢，又進退有度，在一眾姑娘中實屬難得。

「多謝世子夫人請我一道來，您叫我瑩瑩就好。」趙瑩瑩對著蕭晗福了福身，笑容甜美又落落大方，見蕭晗對她含笑點頭後，便退了兩步與蕭雨站在一處。她目光左右一掃，卻不自覺地往某一處瞟去。

那是一個站在堆滿了積雪的大松樹下的男子，他正背對著他們，仰頭像是在看著樹上的什麼東西，一身織錦藍的袍子穿在身上顯得俐落挺拔，頭上戴了個貂絨的帽子。一看這身形打扮，蕭晗便知道是葉晉，又見趙瑩瑩的目光飛快地收了回來，之後又似不捨地望了回去，帶著一絲小女兒的嬌態，心中頓時一陣了悟。

趙瑩瑩這是有些中意葉晉？

說起蕭晗這個大伯，也的確是個一表人才的硬漢子，雖然年過二十二了仍未娶親，但房中卻乾淨得很，連個通房丫鬟也沒有，也是羅氏夫妻教養得好，可不像四房的小叔葉斂，不過才十六歲的年紀，通房丫鬟都安排了好幾個，想想都讓人覺得臊得慌。

「呀！」蕭晗腦中思緒剛過，便聽得趙瑩瑩一聲輕呼，回過頭去竟然見到葉晉飛躍而起跳入了樹叢之中，幾個起落便攀上了高高的枝椏，過了好一會兒才又穩穩飄落而下，滿樹的雪花隨著他這一縱一跳的力道紛紛揚揚飄散而下，落在他的身上猶如下了一場美麗的雪雨。

「葉大哥逮著松鼠了！」不遠處的孫若泠一聲歡喜的驚呼，拉著蕭時便當先奔了過去。

蕭晗掃了趙瑩瑩一眼，不動聲色地點頭。「咱們也過去瞧瞧。」說罷便率先往前走去，這個天氣還能逮著松鼠，她也是好奇得很。

「二嫂等等我。」葉蓁笑著跟上，今日閔譽當差沒有陪她一同來，不過與蕭晗還有眾多兄弟姊妹在一起，她也是一樣的開心。

蕭雨拉了趙瑩瑩一把。「瑩瑩，咱們也過去瞧瞧，我還沒見過松鼠呢！」眸中也升起一抹興味，趙瑩瑩輕輕點頭，壓著心中的一點雀躍，跟著蕭雨快步而去。

今日她與蕭雨從府中出發時，就是這個人來接她們的，她知道他是長寧侯府二房的大公子葉晉，是世子爺葉衡的堂哥，也是蕭晗的大伯。雖然是庶出二房的公子，可侯府二房的兒子向來不弱，能文能武的都有才幹，這樣的人離她的生活很遙遠，但卻讓她不可抑制地生出了一絲幻想，再加上葉晉如今還沒有娶妻，小姑娘一顆心就不由蠢蠢欲動起來。

眾人都圍了過來，連太子與葉衡他們都走了過來，見著葉晉手中抓著的小松鼠，太子笑著打趣。「大表哥好身手，要不回頭你當差時，將這松鼠給放進宮裡去，也讓宮裡的娘娘們樂樂！」

葉晉在禁軍中當差，如今是四品帶刀護衛，要帶一隻松鼠進去自然不難。葉晉也知道太子在說笑，只微微拱手，又轉向了葉蓁與蕭晗那方。「要不是剛才這小東西拿了松子扔我，我也不會上樹將牠逮下來，妳們要的話裝在籠子裡玩玩就是。」

「大哥難得露一手，妳要不要，我幫妳抓著？」葉衡走到了蕭晗面前。

蕭晗連忙擺手。「這小傢伙毛茸茸的，又靈活，爪子又厲害，我看看就是，不養牠！」又問了葉蓁，葉蓁也不要，孫若泠倒是在一旁躍躍欲試，但蕭時只對她輕輕搖了搖頭，她癟癟嘴便作罷。

葉晉瞧了瞧手中正不停掙扎的小松鼠，若是放了又有些不甘心，誰叫這小傢伙剛才竟然敢戲弄他，可不放又不能一直攥著，正當他不知道該如何是好時，突然有一道女聲輕輕開口道：「要不將牠給放回樹上吧！牠天生屬於森林，若是強自把牠帶回去養著，只怕養不活呢！」

葉晉轉過頭去，這才瞧見在人群最後面有個穿粉藍色襖裙的女子，正亭亭立於雪地上，她身上披著的羽緞斗篷在陽光下折射出五彩的光芒，一雙明亮的眼睛正一眨不眨地看向他，美麗得就如同天邊的星子，如水的波光如漣漪般一圈圈地泛了開來，他突然就怔住了，想起了這姑娘是誰。

「瑩瑩說的是，雖然這小傢伙惹了大哥，不過今日大哥抓住了牠也算是解了氣，瞧瞧牠那可憐巴巴的模樣，也許心裡正後悔呢！」蕭晗適時地插進話來，若再由著這兩人對視下去，只怕所有人都要覺著不對勁了。

被蕭晗這一提醒，葉晉才回過神來，也意識到自己剛才的目光太過專注，不免有些尷尬地轉過了身去，趙瑩瑩也紅著臉、低了頭，一顆心怦怦地跳個不停。

「那大哥就放了牠吧，就你那手勁，小心再捏就把牠給捏死了！」葉繁上前碰了碰葉晉的手，他「嗯」了一聲，大手一揚，眾人便見一團毛茸茸的東西直接蹦進了樹叢裡，吱吱喳喳地叫個不停，樹枝上的積雪被牠這一擺弄，又落下了不少。

# 第七十五章 情動

樹下的人紛紛笑著躲開，葉衡也護著蕭晗退開老遠，一邊笑道：「沒想到這小傢伙還挺記仇的，牠這是在報復大哥呢！」

「松鼠有靈性，想來是不適合養在家中的，能抓住牠一會兒也是難得了。」蕭晗笑著拍落葉衡肩膀上的積雪，葉衡也為她理了理頭髮上的雪渣子，兩人旁若無人的站在一處，惹來好些羨慕的眼神。

「時哥哥，你瞧見沒，世子爺對晗姐兒可上心了，如今你可以放一百個心了。」孫若泠挨著蕭時站在一處，若是可能，她還想挽著他、拖著他呢，只是眼下人多，這些個心思也只能在心裡想想。

「他們要好，我也開心。」蕭時點了點頭，眸中的笑意舒展開來。

太子與葉繁肩並肩站在一處，瞧著這溫馨的一幕幕，心裡頗有些感觸，都不由長嘆了一聲。

「你嘆個什麼氣，想成親了回頭立刻讓你娘下聘訂親去，不也和他們一樣了？」太子看了葉繁一眼。

葉繁卻酸酸地回道：「我也想啊，可不就還沒有看得上眼的姑娘嗎？」又對太子擠了擠眼。「等您納太子妃了，估計我也就快了。」說罷還一臉嬉笑地搓了搓手。

葉繁就是這性子，明明是新科的舉人才子，私下裡卻沒有個正經樣，一點也沒學到他父親那種讀書人該有的文質彬彬。

「我的事你就別操心了！」太子輕哼一聲，背過了身去，面色緩緩沈了下去。若是不能與自己真心喜歡的人在一起，那與誰成親還不是一樣？

另一邊葉蓁與蕭雨站在了一處，都各自在清理著身上的積雪，誰也沒瞧見剛才的趙瑩瑩為躲落雪，向後退了一大步，差點跌倒，而一手攬住她的腰身扶著她站直了的人，正是葉晉。

趙瑩瑩目瞪口呆地看向葉晉，明明剛才瞧他還離得遠遠的，怎麼一眨眼的工夫他便到了自個兒跟前。

「妳小心些，剛才差點就摔在石頭上了。」葉晉放開了趙瑩瑩，自己也往後退了一步，又用眼神示意她看向身後。

趙瑩瑩回身一看，這才驚得捣住了唇，在她身後的雪地裡的確有一個凸出的尖銳石塊，若是剛才沒有葉晉救她，她又恰巧跌倒，包不準腦袋就要磕在尖石上了。趙瑩瑩不由一陣後怕，忙向葉晉道謝。「有勞你了，葉……大公子。」

「既然是弟妹娘家的親戚，妳也稱呼我葉大哥吧！」葉晉看了趙瑩瑩一眼。離得近了才覺得這小姑娘真的好纖細瘦小，大略只到他的肩膀高，模樣也是稚嫩嬌美，恐怕還未及笄；

又想到剛才他摟住的楊柳細腰，那麼纖細的腰身，只怕他一隻手都能折斷，他從來不知道姑娘家竟是這般的柔弱纖瘦，感覺一碰就會碎似的。

「葉大哥……」趙瑩瑩羞澀地點了點頭，又留意到頭頂的目光並沒有離去，臉蛋有些微微發紅。

「雪地裡危險多，今後要謹慎些。」葉晉又瞧了趙瑩瑩一眼，這才轉身離去。才走到半路他便頓住了，有些鬱悶地抿緊了唇角，剛才他在想什麼呢？這丫頭比葉蓁還小，頂多是個小妹妹罷了，難不成他真到了想女人的年紀，連個小姑娘也不放過？

葉晉立刻鄙棄自己的想法，又有些懊惱地搖了搖頭，想著身後那小姑娘指不定要用什麼奇怪的目光看他呢！腳下的步伐不由快了起來。

午膳是擺在行宮的偏殿裡，因為都是熟悉的親戚，所以沒有那麼多忌諱，連原本擱在中間的花鳥屏風也被太子勒令撤了去；男女雖然分桌而食，但左右回望也是一目了然，何況有許多人還不想被分開呢！

不想分開的自然包括了葉衡與蕭晗，還有蕭時與孫若泠等人。

趙瑩瑩有些希冀地瞧了葉晉一眼，卻發現他的背影繃得筆直，連一個眼風都沒往自己這邊望來，不僅有些失望地垂下了目光，自顧自地撥弄著碗裡的米飯。

「瑩瑩妳怎麼了，不合胃口？」蕭雨坐得與趙瑩瑩最近，見著她這模樣，不由關切地問了一句，在座幾人的目光也都跟著轉了過來。

「不是，就是還不餓……」趙瑩瑩慌忙解釋了一句，恰巧肚子在這個時候咕咕的叫了起來，她羞得無地自容，連隔壁男桌都發出了一聲輕笑。

蕭晗瞪了葉繁一眼。也就這人沒個輕重，不知道女孩子矜持害羞，被他這一笑只怕幾天都不敢見人了。

葉晉這時突然站了起來，一言不發地拎了葉繁的衣襟就往外走。「看來你是吃撐了，出去陪我練練！」

「大哥你說什麼……」葉繁微微一怔，片刻後臉色一變，掙扎著向葉衡他們求助。「二哥快來救我，大哥要欺負人了！」

「你就是欠抽，收拾一下就聽話了！」葉衡呵呵一笑，雙臂交叉坐在圓凳上，那模樣的確是不打算出手幫忙。

蕭時見葉衡沒動，他自然也就不動，太子則悠閒地啃著炙烤的兔腿，像是一點也沒留意到一般。

另一桌上孫若泠卻是笑得止不住，又用手肘碰了碰葉蓁。「妳三哥太逗了，還有妳大哥他怎麼說收拾人就收拾人啊！」

「我也不知道他們倆搞什麼鬼。」葉蓁攤了攤手。

雖然大家都不知道葉晉與葉繁這演的是哪一齣，不過經由他們這一鬧騰，趙瑩瑩的尷尬倒化解了不少，面色漸漸恢復如常。

蕭晗看了趙瑩瑩一眼，又想到悶不出聲的葉晉突然上演的那一幕，這怎麼看都像是在為趙瑩瑩解圍，難道說其實葉晉對趙瑩瑩也是有些意思的？

蕭晗暗自琢磨了一番，準備晚些時候與葉衡說說，若是這兩個人真有些情意，也不失為一對佳偶。雖然趙瑩瑩是庶出，但教養、氣度都不算差，這對恨不得立刻綁了兒子去成親的羅氏來說，或許正是一門天降的好姻緣呢！

用完午膳，各人便分別去房中安頓，稍稍歇息了一會兒後，又聚在一起，大家準備去行宮的後山賞雪景。聽說那裡有一片梅林，黃的、粉的、綠色的梅花競相綻放，在冬日的銀裝素裹之下，又是另一番美景。

到了後山，各人便分散了開來，葉衡要顧著蕭晗的安全，自然照顧在左右，這就讓葉蓁與蕭雨她們不好待在一旁，紛紛往山上而行。

「下了雪路面還有些濕滑，上山更是難行，妳抓著我的手要穩妥些。」葉衡片刻也沒放開過蕭晗，一會兒叮囑她腳下，一會兒又為她擋去樹枝上掉落的積雪，導致兩人的步伐都慢了下來，漸漸落在眾人之後。

「眼下好了，咱們落在最後面了。」蕭晗呼出一口白氣來，瞧見走在他們前頭的葉蓁拐了個彎便消失不見，索性停下了腳步。

「不怕，咱們慢慢走就是，出來就是為了賞景遊玩，可不是為了趕路的。」葉衡並不介意，又指了不遠處一塊石墩道：「在那裡歇息一會兒，咱們一邊賞景，一邊往山上去。沿途倒是有不少梅樹，妳若喜歡我便摘幾枝帶回去。」

「行啊，給我摘上幾枝好看的，回去插瓶子裡，第二日起來整屋子可都香著呢！」蕭晗笑著點了點頭，從石墩的位置向下看去，能夠瞧見整座行宮的全貌，這宮殿不算大，不過妙就妙在冬日裡可以賞雪、賞梅，殿裡還引入了山中的天然溫泉，晚膳後泡個溫泉再入睡，鐵定舒服得很。

「那妳坐在這裡別動，我去摘幾枝過來。」葉衡笑著點頭，又對蕭晗叮囑了幾句，這才往旁邊山道上探出的梅樹走去。

蕭晗左右看了看，山下的積雪很厚，沒有人經過的山坡上堆著厚厚的雪，連樹木都被點綴了銀白，遠遠看去景致不錯，山上空氣也很好，深深地吸一口進去，似乎還帶著一點雪的清甜。

上山的人漸漸都沒了影子，蕭晗失笑地搖頭。剛才孫若泠還說累得慌要歇息，這一到山上就跑得沒影了；葉蓁與蕭雨她們倒是走得不疾不徐的；太子與葉家兄弟則遠遠地走在了前頭，也就只有他們夫妻落後了幾分。

「咦，那是……」蕭晗舉目遠望，山腰處有一塊大石擋著視線，不過大石後面好似露出了一截粉藍色的衣角，距離有些遠了她也看得不是很真切。她怕自己看錯了，又站在石墩上好好瞧了瞧，那截粉藍色的衣角卻突然不見了，換作了一截織藍錦袍的衣角。

蕭晗微微一愣，這……是什麼情況？

見到這兩截衣角，蕭晗只能想到是葉晉與趙瑩瑩，可因著太遠了，她根本不可能跑去求證，又怕被發現了尷尬，這便想要縱身躍下石墩。

「妳幹什麼?!」葉衡的驚呼從不遠處傳來，兩個起落便奔到了蕭晗跟前，穩穩地攥住了她的手腕。「妳剛才在幹什麼？掉下去怎麼辦？」他的面色已經不自覺地繃了起來，細看他的眸中還有些恐懼，以致手都有些微微抖動。

葉衡攥住她的手很用力，蕭晗疼得皺起了眉。「快放開，弄疼我了！」

「妳先下來再說！」葉衡擱下手中的花枝，改成兩手抱了蕭晗下石墩，又瞪她道：「石頭上本就濕滑，這還是山崖邊，若是摔倒了滑下去怎麼辦？」言語裡滿是斥責，足以見他剛才有多擔心。

「我不過是……」蕭晗悶悶地咬了咬唇，也知道剛才的動作有些魯莽，害得葉衡擔心，見他繃了一張臉，不自覺地就認了錯，又猶豫了一陣才指向方才那處。「我像是瞧見大哥了，還有趙小姐……」

「大哥就大哥，也值得妳這般大驚小怪的！」葉衡緩緩平息著胸中的情緒。剛才他真的擔心極了，就怕她一個不小心出了意外，眼下聽她這樣一說，才慢慢回味起話中的意思。

「妳是說……還有趙小姐與他在一處？」

「是啊。」蕭晗點了點頭。

葉衡的目光這才移了過去，只是剛才蕭晗瞧見的那處地方早已沒有了人影，他不由又將頭轉了回來。「莫不是妳眼花了？」

「不對啊，剛剛明明瞧見了。」蕭晗有些不解，又揉了揉眼睛，難道真是她眼花？

「行了，今後別再做這般危險的事了，知道嗎？」葉衡沈下臉來自有一番威嚴的氣度，不過蕭晗知道他這也是擔心她，便也乖乖應承了下來。

等著兩人拿著梅花枝走上了岔道，往另一邊而去時，山腰處那大石塊後才閃出一道人影來，織錦藍的袍子挺拔俐落，不是葉晉又會是誰？

差一點就被葉衡給瞧見了，到時候他可是跳進黃河都洗不清。葉晉暗暗鬆了口氣，又看向身旁那恍若小鹿一般純淨明亮的眼神，清了清喉嚨道：「妳沒事走到這邊來幹什麼？」

「我是瞧見你往這邊走，所以跟了過來……」趙瑩瑩看了葉晉一眼，又低下了頭小聲地說道。她們原本是跟在後面的，可漸漸的，太子與蕭時他們走遠了，葉晉卻往另一邊的小道而去，她便找了個藉口停下歇息，任由蕭雨與葉蓁先行，自己卻拐向另一邊去。

趙瑩瑩也在為自己的大膽而心驚，此刻面對著葉晉，卻是緩緩鎮定了下來。葉晉自己也許不知道，他其實長得很好看，濃眉大眼，嘴唇的顏色很淡，抿起時便給人一種剛毅的感覺，看人的目光更是通透明白，彷彿他就是這樣一個直來直去的爽直之人，完全不屑於拐彎抹角耍心機。

自從瞧見葉晉之後，趙瑩瑩就發現自己的目光總會不由自主地追隨著他，這讓她覺得有些羞恥，更多的卻是暗暗的歡喜，她也希望他能夠注意到自己。

葉晉皺了皺眉，想要說些什麼卻不知道該如何開口，難道真要將眼前的小姑娘給斥責一頓不成？若是她哭了怎麼辦？

見葉晉遲遲沒再開口，趙瑩瑩也有些犯急，揪了衣角小聲道：「今日謝謝你為我解圍……」

「妳是說我三弟的事？」葉晉反應過來，擺擺手道：「他平日裡就是這般模樣，家裡也對他管得鬆了些，趙小姐別往心裡去！」

「沒有，謝謝葉大哥！」趙瑩瑩低著頭應了一聲，她不知道能再與葉晉說什麼好，卻也不想就這樣離去。

葉晉的心裡其實也有些矛盾，知道他是該離開的，可這步伐卻邁不開，他不常和女子相處，也不知道她們到底在想些什麼，不過是些無傷大雅的小事，也值得專程向他道謝？

心裡一番糾結後，葉晉剛想開口，便聽趙瑩瑩道：「那葉大哥……我就先過去了。」說罷又抬頭看了他一眼，眸中蓄滿不捨。

葉晉鬼使神差的喚住了她。「要不去那邊瞧瞧？剛才我便是瞧見那下面有個地方景色不錯，想去看看。」

「好啊！」趙瑩瑩驚喜地抬頭，一雙眸子泛著異彩，雙手也興奮地揪緊了衣襬。

「那就走吧！」葉晉轉過身去，一臉的懊惱，他怎麼就開口約了人家小姑娘？也不知道趙瑩瑩會怎麼看他？雖然瞧那模樣倒是挺開心的。

這樣一想，葉晉的心倒是寬了幾分。既然眼下已經這樣了，便走一步看一步吧！難不成他一個堂堂男子漢還怕一個小姑娘不成？

晚膳後，眾人又相約去泡溫泉，不過男女是分了池的，中間隔著一座大大的假山，哪邊也瞧不見哪邊。

泡在溫泉池水中一陣舒緩，將白日的疲憊都去了不少，蕭晗不由長長地舒了口氣，又見她身邊的人正是趙瑩瑩，便小聲問道：「瑩瑩，今日妳是不是在山腰遇到我大伯了？」說完她仔細留意著趙瑩瑩的臉色。

果然，趙瑩瑩神色一陣慌張，見蕭晗一眨不眨地看著她，又強自鎮定了下來，儘量使自己的口氣顯得輕鬆自然。「是遇到了，葉大哥往另一邊的山道去，我正在山腰那處歇息。」說罷有些心虛地垂下了目光。她當然不會告訴蕭晗今日她與葉晉兩人去賞景摘梅，那處地方就他們兩人知道，與葉晉相處在一塊兒，即使只是說說話、聊聊天，也比那些景色更讓她心情舒暢。

「喔，是這樣啊……」蕭晗拖了個長長的尾音，唇角的笑意帶著一絲洞察。

從山上下來後，她仔細回想了一陣，也確定自己沒看錯，那兩人真的是趙瑩瑩與葉晉，至於他們倆談了些什麼，她也不是非要打聽清楚的，不過看著趙瑩瑩這一番遮掩的模樣，恐怕兩人真有戲了。

夜了歇在床榻上時，蕭晗與葉衡說起自己的猜想。「若是大哥真對趙小姐有情意，回頭我便能與二嬸提一提，她定會高興壞的。」

「妳這樣一說……倒好像真有那麼回事。」葉衡想了想才道。「今日從後山回來時，大哥還帶著一身的梅香，可他手上卻沒有拿著梅枝……還有剛才泡溫泉那一會兒，大哥一直盯著假山瞧，說不定就是在想著假山另一邊的趙小姐呢！」

「你又知道？」蕭晗笑著撐起了身子。「我說今日在半山瞧見了他們你還不信，我定沒有看錯。」

「回頭我找大哥探個底吧！若真有這意思那便好，總不能我成親了還看著他單身，他可不知道有了媳婦的好！」葉衡說著便抱著蕭晗滾了一圈，將她壓在了身下，一雙黑眸晶晶亮亮，如有火光跳躍其間，下一刻不待蕭晗說話，便準確地吻住了她的紅唇，開始了一輪新的攻伐！

進京的官道已經被積雪覆蓋，不過第二日一早便又被人清掃了出來，留出一條暢通的大道。

一對相互攙扶著的母子正走在通往京城的官道上，他們衣衫破舊、形容邋遢，若是仔細看還能發現那位婦人是瞎了眼的，手中的枴杖勉強拄在前方探路，另一隻手則是穩穩地抓住了那少年的胳膊。

這少年長得很是清瘦，估計也就十三、四歲的年紀，臉色有些蠟黃，破舊的棉襖上還有幾個結實的補丁，人卻挺機靈的，一會兒叮囑婦人繞過石塊，一會兒又讓她避開積雪，忙忙碌碌的好不孝順。

「娘，我看見京城的大門了！」少年有些興奮地揉了揉眼睛，又看向不遠處巍峨的城樓，滿臉的激動。

「終於到了嗎……」瞎眼婦人也停下了腳步，用她那雙早已經瞧不見的眼睛茫然地看向遠方，除了黑暗她再也看不見什麼，可她的心回來了。

「小姐，奴婢終於回來了！」瞎眼婦人的嗓音有些哽咽，眼眶一時之間有些發紅，半晌才沈聲道：「袁彬，咱們進城！」

「是！」被稱作袁彬的少年重重地點了點頭，排在進城的隊伍裡往前走去。

等入了城門後，看著滿街佇立的小販和商家，還有那熙熙攘攘來往的人群，袁彬的激動終於收斂了一些，又小心翼翼地問那瞎眼婦人。「娘，咱們眼下就要找到蕭家去嗎？」

瞎眼婦人搖了搖頭。「不能！」

蕭家如今是個什麼境況她還不知道，萬一是那個女人當家作主，她這一回去豈不是羊入虎口？

不僅辦不成小姐的囑託，只怕她這條好不容易保下的命，也要賠了進去。

她並不是貪生怕死之輩，但當年那樣的景況她都沒有死，甚至掙扎著求生，今日如何能就這樣輕易赴死？

就算她死，也要拉上那個女人，還有她那一家子墊背！

# 第七十六章 尋訪

瞎眼婦人面上的表情一瞬間陰沈了下來，袁彬也不作聲，想了一會兒才道：「那咱們先找一處地方歇下，到時候兒子再去打聽打聽。」

「不住客棧，去東市那邊找個民居暫住，那裡清靜。」瞎眼婦人點了點頭，似乎回憶起了許多的往事，面色漸漸帶著傷感，扶著少年的手蹣跚而去。

這對母子在一戶民居落腳，而這戶民居恰巧是許福生他娘所住的地方，因著許福生要四處奔走，屋子空下來許多，許母便預備著將房子給租出去，可選來選去也沒合適的人來租，如今又臨近年關，租房子的便更少了。

袁彬也是一番打探才問到了這裡，許大娘見他們母子確實可憐，便將屋子便宜租給他們，讓他們暫時有了個落腳地。

當天夜裡，三人便聚在一起吃了頓晚膳，瞎眼婦人廚藝尚可，又有袁彬在一旁幫手，足足做了三菜一湯，一頓飯三人倒是吃得有滋有味。這讓許大娘很是滿意，暗想自己這房子可是租對了人，原想著是對沒什麼頂用的母子，卻不知還是個手腳麻利的。

閒聊時，袁彬便向許大娘打探起了京城發生的熱鬧事，當然並未明著探問蕭府的事情，畢竟這一介婦孺也不可能知道。

「要說起最近這京城中最熱鬧的事，倒真有那麼一件呢！」許大娘想了想才笑著道。「長寧侯府的世子爺終於娶親了，那一日可是萬人空巷，全都湧到蕭府門口看熱鬧去了！」

長寧侯世子是誰，瞎眼婦人並不關心，可聽著許大娘提到蕭家，她心中一緊，整個人從炕上坐直了，又怕自己太過驚咋讓人起疑，這才壓住心裡的激動，不急不緩地問道：「大娘說的是哪個蕭家？必是什麼權貴人家吧，不然如何配得上長寧侯府的世子爺？」

「說起這個蕭家啊，在京城一眾顯貴中並不出色，這世子夫人的父親還只是區區一個翰林呢！」許大娘見瞎眼婦人這般關注，不由也生起了說話的興致。「說起這蕭家三小姐啊，原本還是我兒的東家，她娘是應天府首富的女兒，當年嫁到蕭家來可是帶了好些豐厚的嫁妝，如今這些嫁妝大多成了蕭三小姐的……也就是如今的世子夫人的，我兒子便是她手下得用的掌櫃，如今四處奔波著，給她顧著店鋪和田莊呢！」

許大娘說起自己的兒子來，可是一臉的得意與自豪，如今這街坊鄰里，誰家的小子有他們家福生這般有出息？不說得了主人家器重，委以重任，就是年後她兒子要娶的那個春瑩，不也是一等一的標緻？那氣質、那水靈勁兒，比起一般小戶人家的小姐也不差了。

許大娘說得起勁，卻沒留意到瞎眼婦人已是一臉難以抑制的激動模樣。真是皇天不負有心人，他們母子原本就是要來找蕭家兄妹的，不想剛在京城落住便有了消息，難不成是小姐在冥冥中的指引嗎？

瞎眼婦人激動得熱淚盈眶，許大娘瞧見她這模樣不禁好奇了，又問袁彬。「袁大娘怎的哭了？」

袁彬摸了摸腦袋，有些不好意思地看向許大娘，苦笑道：「許是我娘聽著許大哥這般能幹，又想著我眼下沒什麼出息，這兩相一對比，不就悲從中來？」說罷又扯了扯瞎眼婦人的衣袖，喚她。「娘，您就別傷心了，兒子今後定會有出息的！」

「是啊！袁大娘，我瞧著袁彬精明能幹，定會有出息的。」許大娘又勸了瞎眼婦人幾句，見她這淚還是收不住，想了想才道：「要不等我家福生回來後，讓他找個差事給袁彬做，你們娘兒倆也算是有了依靠……」

「多謝您了！」瞎眼婦人抹乾了眼淚，對許大娘道謝，心中更是有了幾分期盼。聽這許大娘說蕭晗做了長寧侯府的世子夫人，外人看著倒是顯赫尊貴了，至少不像她娘一般，嫁了個什麼都不如自己的男人，最終還連命都丟在了那個家裡。

「不妨事，我也挺喜歡袁彬的。」許大娘擺了擺手，又見天色不早，便回自己屋裡歇息去了，瞎眼婦人這才小聲吩咐袁彬。「明兒個你先到長寧侯府去打探打探，看能不能給世子夫人捎個信進去。」

「行，明日我就去問問。」袁彬侍候著瞎眼婦人上床歇息，自己也回到隔壁屋裡歇下。

第二日一早袁彬便出了門，長寧侯府的位置很好問，一打聽就知道了，可袁彬到了侯府門前見著那森嚴的守門，停住了腳步，低下頭看了看自己衣衫襤褸的模樣，誰會幫他給世子夫人傳信啊？可若是這信傳不到，他娘不得著急上火？袁彬想了想後，將目光瞄準了下人們出入的侯府角門，在一旁靠向牆角守著，來來去去的人見到他人瘦小又穿得落魄，還以為他是要飯的叫花子呢！甚至有人給了他幾個銅板和饅頭。

袁彬笑著道謝接過，拿起饅頭蹲在牆角就啃了起來。在來京城之前，他不也是個小叫花子？若不是認了乾娘，如今也不會到這裡來，他們娘兒倆一路乞討著過活，就這麼走過來的。

袁彬一邊啃著饅頭，一邊留意著來往之人的對話，果然讓他聽出了些許有用的消息，他也沒再多留，拍拍手便往東市跑去。

「娘，世子爺帶著世子夫人出門遊玩去了，不過我聽說他們今日要回府，若是咱們在長寧侯府那裡候著，指不定就能見到世子夫人！」袁彬說這話時，自然是避開了許大娘，言語中也有難以壓抑的激動，若不是他們母子有這個信念在身，只怕也走不到京城來。

他娘雖然將從前蕭家的事情說得模稜兩可，但他知道她身上背負著血海深仇，那些壞人還差點要了娘的性命。他們能夠指望的也只有蕭家兄妹倆了，蕭少爺不好找，如今卻有個機會能夠見到蕭小姐，袁彬似乎看到了希望就在眼前。

「真的？」瞎眼婦人抓緊了袁彬的手，整個身體都在隱隱顫抖，忙不迭地點頭。「走，咱們今日就去侯府門前侯著！」

「行，不過還是等用過午膳再去，不然許大娘會起疑的。」袁彬想了想，又道：「再說只怕他們也要晚些時候才會回府，不會趕在中午前的。」

瞎眼婦人這才緩緩鎮定了下來，又扯了扯自己的衣衫，平靜地說道：「娘這就去做飯，你把廚房的菜葉都給摘出來，再蒸幾個紅薯。」

「好咧。」袁彬笑著點頭，又扶了瞎眼婦人到了廚房，母子倆這才忙碌了起來。

昨日與許大娘相談甚歡，許大娘便要求他們母子做每日的膳食，這樣可以減免部分房租，他們母子倆自然樂得答應，如今又或許可以見到世子夫人，兩人都十分有幹勁。

在北郊行宮用過午膳後，蕭晗等人便坐上了回京的馬車，因為冬日裡天黑得早，他們不敢太晚出發，以免還未到京城天就已經黑了；再說路面濕滑，白日裡還能瞧見幾分，到了夜裡幾乎是不能分辨的。

「昨兒個泡溫泉真舒服，若不是還有公務要辦，我都不想回去了！」葉衡依舊躺在蕭晗的腿上，他是難得這副懶散的模樣。

「你不想回，也得看太子爺樂不樂意留你？」蕭晗打趣葉衡，又伸手理了理他腿邊捲起的袍子，將袍角給捋直了。

「他是巴不得咱們多待幾日呢！他在宮裡也是挺無聊的。」葉衡說到這裡輕嘆了口氣，轉向蕭晗道：「皇上不久前接待了番邦的使臣，那使臣想與咱們大殷聯姻，而要聯姻的對象就是太子，只要太子娶了番邦公主，西北不需要一兵一卒就能平定！」

「太子要娶番邦公主？」初聞這個消息，蕭晗還有些驚訝，怎麼這兩日她完全沒瞧見太子有任何異樣，難道還不知道這個消息？

「也還沒確定，我瞧著皇上已經有些心動了，但娘娘那邊……」葉衡微微皺了眉。「娘娘倒是想為太子結一門有力的親家，原本看中的有內閣大臣的女兒，也有輔國公府的小姐，可眼下看來怕是不行了。」

「也不知道太子自己有沒有中意的姑娘？」蕭晗輕輕搖頭。皇上的想法是聯姻鞏固國力，皇后娘娘卻想為太子拉攏臂膀和助力。

「這我倒是沒有聽他提起過，估計是沒有吧！」葉衡想了想才沈聲道：「處在他那個位置都是身不由己的，若非我一直堅持不婚，也不可能會遇到妳、娶了妳，說不定早被家裡塞了好幾個人了！」

「你還想要好幾個？」蕭晗聽了拉長了臉，滿滿的不悅。

葉衡嘿嘿一笑，原本冷峻的臉龐笑成了一朵花兒似的。「我是說著玩的，那是他們的想法又不是我的，我只要妳一個就成！」說罷摟了蕭晗在懷裡輕哄。

蕭晗自然知道葉衡說的是玩笑話，沒幾下便又被他哄笑了。

突然間，拉車的馬兒一陣嘶鳴，馬車也是一個急剎停住了，若不是被葉衡抱在懷裡，蕭晗恐怕都要被甩出車去，還未回過神來便聽到車夫傳來一陣帶著怒意的驚罵。「你不要命了！敢擋在前面?!」

「請問……這是不是世子夫人的馬車？」袁彬早已經嚇得丟了魂，可不這樣他也攔不下馬車，剛才他就瞅準了，認出了這帶著長寧侯府標誌的馬車，又怕錯過了不知道要等到什麼時候，這才心下一橫衝了出來。

馬車裡的葉衡也是一陣惱怒，若不是有他在，蕭晗鐵定要摔傷的，剛想讓車夫教訓那人幾句，一聽見這話，他也愣住了。

蕭晗還覺得腦袋有些發暈，雖然沒有摔著、碰著，但確實讓她嚇了一大跳，此刻聽到馬車外的聲音，她還沒有回過神來。

「誰會攔了馬車來找我？」蕭晗眉目凝重地看了葉衡一眼。入了京城後，他們各人便分散回府，太子自然是往東宮而去，葉晉兄弟又分別去送葉蓁與趙瑩瑩她們，此刻只有他們夫妻倆在馬車上。

「我先去看看，妳在馬車上等著。」葉衡拍了拍蕭晗的手安慰了她兩句，這便撩起簾子跳下了馬車。

馬車外，袁彬正一臉忐忑地等候著，見著跳下馬車的是一個身著華服、一臉冷肅的男子，他心裡也拿不定主意，只揪緊了自己衣襬，又往馬車裡張望了一眼，緊張地問道：「這位大爺，請問馬車裡坐著的是世子夫人嗎？」

「你是誰？找我夫人做什麼？」葉衡眉頭緊皺。眼前的少年穿著落魄，人又長得清瘦蠟黃，若不是一身補丁衣服漿洗得還算乾淨整潔，他都要以為是哪裡的乞兒找上門來。

「原來是世子爺！」袁彬反應過來，趕忙向葉衡拱手作揖，又走近了兩步道：「還勞煩世子爺轉告夫人，故人尋訪，但求一見！」

「哪位故人？」葉衡還未說話，車裡的蕭晗已提起嗓音問了一句，她眉心隱隱顫跳，連神思都有些不守。

袁彬聽著心中一喜，暗想這世子夫人果然是在馬車裡，便又壓住心裡的激動道：「世子夫人，您可還記得當年的雲姑？」

袁彬話音一落，車簾已是「嗖」地一下被人撩了開來，蕭晗那張嬌豔的臉龐帶著驚喜地望了過來。「雲姑在哪裡？我要見她！」

「妳慢些！」葉衡趕忙扶穩了蕭晗，又叮囑她道：「人來了總歸是走不了的，什麼時候都能見到！」又轉過頭一臉審視地看向袁彬，眸中布滿了層層疑惑，蕭晗想見昔日故人的心情他可以理解，但不能因為這樣就被有心人給利用欺騙。

蕭晗扶著葉衡的手下了馬車，將袁彬看了又看，這才遲疑道：「你當真知道雲姑的消息？她眼下在哪裡？」

袁彬怔怔地看向蕭晗，還沒有從她的美貌中回過神來，在觸及葉衡那暗含警告的一瞥後，他猛然驚醒過來，連連點頭道：「我娘就在巷子裡，因為怕見不著世子夫人，所以我沒讓她出來，再說她行動也不便……」

「你娘？」蕭晗原本抬起的步伐倏地一頓，又警惕地看向袁彬，斬釘截鐵地說道：「雲姑不可能有兒子！」雲姑當年是未嫁之身，自梳（注）後便決定要侍候母親一輩子，沒有嫁人，更不可能有眼前這般大年紀的兒子。

「我是她認下的乾兒子。」袁彬撓了撓腦袋，有些不好意思地看向蕭晗。「您見到她自然就一切分明了。」

「走吧，有我在，任誰都耍不了詭計！」葉衡扶了蕭晗一把，這才率先往巷子裡而去。眼下已經在長寧侯府附近了，應該沒有哪個宵小敢隨意生事，他也不怕這個少年會有什麼企圖，護衛們都在左右，若是這少年使詐，他和他的同夥一個都跑不了。

蕭晗看了袁彬一眼，帶著幾分遲疑，跟上了葉衡的腳步。

瞎眼婦人此刻正倚在巷子裡的牆角邊上安靜地等待，聽到巷口有了動靜，立刻豎起了耳朵，待聽到好幾個人的腳步聲時，她有些慌了，大聲喚道：「彬兒，你在不在？」

「我在呢，娘！」袁彬越過了蕭晗等人，快步上前扶住了瞎眼婦人，又托著她轉向來人，開口道：「娘，我將世子夫人給請來了，還有世子爺也一道來的。」

「真的？」瞎眼婦人一陣緊張，只伸出手在空中胡亂揮了揮，卻茫然地找不到方向。

蕭晗有些不確定了，眼前的婦人不僅瞎了眼，頭髮也過早地變作了灰白色，容貌上或許有些相似的地方，但聲音卻不像了，整個人比她記憶裡的雲姑要蒼老了不止十歲。

「妳真的是雲姑？」蕭晗遲疑地踏前一步，下一刻便被葉衡牽住了手。

注：自梳，一般指女性把頭髮像已婚婦一樣自行盤起，以示終生不嫁、獨身終老。

葉衡對她輕輕搖頭。「若是雲姑還在，也不過是三十多歲的年紀，而這婦人看起來已經老邁，我覺得不是。」

「晗姐兒，妳真的不記得雲姑了？還記得妳小時候，最愛扯著奴婢的衣角，讓奴婢瞞著小姐，偷偷去買妳愛的奶糖回來，妳還老愛把奶糖藏在枕頭底下，生怕被小姐發現了。」瞎眼婦人雙手顫抖著，眼淚止不住地流了下來。「奴婢好不容易回到了京城，雖然眼睛瞎了、嗓子啞了，可奴婢沒忘記小姐的囑託，奴婢回來了啊！」說罷雙腿一軟跪倒在地。「小姐，定是您在天之靈才保佑三小姐與二少爺長大成人，如今三小姐嫁得如意郎君，您在九泉之下可安息了？」

「雲姑……」瞎眼婦人這話一出口，蕭晗的眼淚也止不住地流了下來，又拂開了葉衡的手道：「她是雲姑，雖然樣子變了、聲音啞了，可她是我的雲姑……」她走上前來扶起了瞎眼婦人，心痛道：「妳怎麼變成這般模樣？」

「一言難盡！」雲姑哽咽著被蕭晗攙扶著起了身。

一旁的葉衡始終警惕防備著，瞧見她們這副模樣便對蕭晗道：「這裡不是說話的地方，有什麼事咱們回府再細說。」

回到侯府後，蕭晗急急地將人領到了慶餘堂，對於母親的死，她一直想要尋求一個答案，這一天她已經期盼了好久，原本找不著雲姑，她都要放棄希望，卻沒想到雲姑竟出現了。

「雲姑，妳快坐下！」蕭晗拉了雲姑便往軟榻上帶，又吩咐蘭衣上了茶水點心。

雲姑卻堅持著不肯坐，連連推辭道：「奴婢這一身的髒污，如何能坐得？」

「當年我與哥哥都是妳一手帶大的，妳就是我半個娘，如何坐不得？」蕭晗這樣一說，雲姑的面色也軟和了幾分，緩緩坐了下來。

「想當初你們年幼時，那才是最好的日子……」話語中有著許多的懷念與不捨。

「雲姑，妳怎麼會變成這般模樣？我娘去世後發生了什麼事？」蕭晗細看著雲姑的模樣，剛才一頭灰白頭髮遮掩著她看不真切，眼下離得近了，才發覺那五官樣貌的確是她認得的那個雲姑，只是比記憶中蒼老了許多，那一雙空洞無神的眼睛看著便讓人心疼。

「三小姐，這事說來話長……」雲姑搖了搖頭，緩緩道出了莫清言離世之後她的遭遇。

原本莫清言去世後不足百日，劉氏便入了門，雲姑當時並沒有想著要離開，因為她身負莫清言所託，還指望著她好好地看顧蕭晗兄妹倆。可好景不長，她雖然已是小心翼翼地避免犯錯，最後卻還是被劉氏連同一干莫家下人給打發了出去，她連想留下都找不到藉口。

「奴婢身負小姐的囑託，如何就能一走了之？可劉氏容不下奴婢，奴婢又怕她迫害三小姐與二少爺，只能先行離開再想辦法，卻沒想到這一走就差點沒能再回來……」雲姑說到這裡眼淚又湧了出來。劉氏遣走了莫家原有的下人後，她也趁勢假裝與他們一同離開，最後卻半路返回，想在京城郊外住下，可不知是她的行蹤因而被人發覺，還是那些歹人早起了害她之心，她被下了毒的湯水潑到眼睛而瞎了雙眼，喉嚨也因喝進了一些湯水被灼傷，最後在被這些壞人帶走的途中，意外地摔落懸崖而保住了一命。

「奴婢跌落懸崖後昏迷了一段時日，幸得好心人相救才活了下來，可眼睛瞎了找不著路，又一路輾轉各地，最後遇到了身為小乞兒的袁彬，便與他相依為命了！」

雲姑一番話語說得跌宕起伏，蕭晗卻覺得一顆心都揪緊了。「竟然還有人想要害妳，可知道是誰？」

「定是劉家的人！」雲姑說到這裡暗自咬了咬牙，一臉深入骨髓的恨意。「他們害了小姐還不夠，還想將奴婢給滅口，以免他們的醜事外揚，可蒼天有眼，奴婢終是活了下來！」

「這麼說，我娘的死也與他們有關？我恍惚記得一些，可娘去世前的那些日子也不怎麼見人，我根本不知道她病得有多重……」蕭晗聽得淚如雨下，又攥緊了雲姑的手，眸中閃動著猩紅的光芒，片刻後才咬牙道：「將妳知道的一切都告訴我！」

雲姑點了點頭，面容悲戚，不無傷感。「小姐的身體一直是很好的，不說小病沒有怎麼生過，大病又如何會有？還不是被那些奸人所害，中了毒！」

蕭晗手中的錦帕不覺握得更緊了，這是她一早的猜測，只是從雲姑的口中說出來，她聽了又是另一番心情。蕭晗又問雲姑。「我娘也知道是有人給她下毒了嗎？可那時劉氏根本還沒進門，連我都不知道她們母女的存在，難道我娘早已經知道了這一切？」

「小姐聰慧通透，自然看透了一切，可笑她還希望老爺能迷途知返，卻不知道那些壞心眼的人已經著手要她的性命了！」雲姑越說越激動，面上的表情幾乎糾結在一起，似恨，若是那仇人就在眼前，她一定會將他們給剝皮拆骨！

「是劉家人做的？是誰？」蕭晗面色緊繃，整個身體止不住地顫抖起來。

「是起復為官的劉敬，小姐說劉家只有他才有這樣的手段，劉氏做不出來！」雲姑咬了咬牙，嘴裡漸漸滲出一絲血腥味，不無悲痛地說道：「小姐雖然查出了事情的真相，可她中毒已深，無力回天，她也知道憑藉劉家的勢力，劉氏總有一天會進門，便交代了奴婢一切，卻沒想到小姐過世不到百日，老爺便將劉氏給迎了進門。」

「劉敬！」蕭晗的拳頭死死地握著，胸中的怒火翻滾了起來。

那個不聲不響的劉敬，那個就算劉家人被整治，任憑劉氏被送回娘家都一直不動聲色的劉敬，原來他才是那個隱藏最深的人。為了給劉氏鋪路，毫不留情地殺了莫清言，卻從來沒有想過他們這對莫清言留下的兒女會如何？

若沒有再世為人，他們兄妹的命運必定是淒慘的，而莫家受此事牽連，也會不得善終，原來一切的一切竟然是因為劉敬！

蕭晗一拍桌子站了起來，眸中燃起了熊熊烈火，若是劉敬就在眼前，她恨不得能剖開他的心看看，問問他為什麼能對素未謀面的莫清言下此毒手？

這樣的人如果不是冷血，便是冷酷到了極致，他的眼中只有利益的權衡和得失，這樣的人才是最可怕的！

# 第七十七章 勾搭

知道實情以後，蕭晗久久不能平靜，等葉衡歸來時，她還覺得腦中嗡嗡作響，就像漿糊般亂作一團。

她只想知道為什麼？為什麼劉敬要痛下殺手？他們無冤無仇啊！

若說非要有糾葛，那也是因為劉氏恬不知恥地做了蕭志謙的外室，還想要鳩占鵲巢入住蕭家！

可這一切與母親又有何干係？母親何其無辜！

蕭晗的心又亂又急，一方面她痛恨劉家人，恨不得立刻手刃仇人；可另一方面她也恨蕭志謙，恨她自己的父親！

沒有蕭志謙在外拈花惹草，又如何會招來劉氏以及劉家人？母親所遭受的根本是無妄之災，可她卻因此丟掉了自己的性命。

蕭晗緊緊握住了拳頭，只覺得心中有一把無名火在燒，因為憤恨，因為惱怒，她不得不來回在屋裡走動，以平息自己的怒火！

「好了熹微，別走了！」葉衡實在是看不下去，起身把蕭晗拉進了懷裡。蕭晗這模樣持續有小半個時辰了，就算她不顧自己的身體，他也替她心疼呢！

「我好難過、好氣憤，好恨那些人……」蕭晗埋頭在葉衡的肩膀上嚶嚶哭了起來，淚水很快便浸濕了衣衫，他只覺得肩頭濕濡一片，心中滿是不捨。

「別難過，這些仇我會替妳報的，但眼下還需要從長計議！」葉衡眸色深深，就在剛才他已經問過了袁彬，這小子知道的也的確不多，或許有些事情雲姑隱瞞了他，但從他們兩人的話語中，過去發生的事也能夠拼湊出一個大概。

當年若不是雲姑被害而跌落懸崖，昏迷了一陣子，讓別人以為她已經不在人世，只怕早就被那些不懷好意的人找到了，眼下哪裡還會帶著袁彬這個乾兒子尋到京城來？雲姑是不幸的，但她活了下來卻也是幸運的，或許冥冥中自有指引與安排。

「劉敬深諳權術，老謀深算，要麼不動，要麼我定要拉他落馬，但眼下還要計劃周詳，不能輕易行事！」葉衡說的話句句在理。

蕭晗緩緩鎮定了下來，點頭道：「我都聽你的。」

「還記得從前的綠芙還有老劉嗎？」葉衡突然提起了這兩人來，蕭晗還有些怔忡，片刻後才點頭道：「你突然提起他們做什麼？」

「既然要打擊劉家，必定要全面一些，這兩個雖然是小人物，卻也能在關鍵時刻起到不小的作用。我會從各個方面搜集劉敬的罪證，等到能將他一擊打倒時，我便會開始行動！」葉衡說完這話又看向蕭晗，伸手輕輕撫過她的臉龐。「所以在這之前妳要忍耐，仇不是不報，只是時候未到，待時機成熟，看我怎麼收拾他們！」

「劉家的人都很可惡，不過……」蕭晗微微一頓，不期然地想到了劉啟明，那個劉家唯一有著赤子之心的人。

她雖然痛恨劉家，但劉啟明何其無辜？當她大仇得報，會不會對劉啟明來說，卻是一場惡夢？

但眼下她已經無暇顧及那麼多了，母親的仇必須得報，不能讓那些作惡的人逍遙法外，不能讓他們以為沒有證據便能高枕無憂！

「妳是在顧忌劉啟明？」葉衡是懂得蕭晗心思的，見她面露猶豫，便知道她在想些什麼了。

「我只想讓真正壞心的人得到報應，並不想遷怒於他。」蕭晗點了點頭，報仇是必須的，但她想儘量減輕對劉啟明的傷害。

「我知道。」葉衡握緊了蕭晗的手。「我們都不是那種不分是非黑白的人，若真是，也就與他們無異了。劉家的人我會代妳懲罰他們，至於無辜的人我不會牽連在內。」

「嗯。」蕭晗點了點頭，心中稍定，又靠在葉衡的肩頭輕嘆。「幸好有你在，不然我真怕自己忍不住現在就跑去劉家找人！」

「妳眼下去了只會打草驚蛇，平白地讓他們起了疑心，還將雲姑母子置於危險之地。」葉衡提醒著她。

蕭晗認同地點頭，又道：「雲姑也算是幸運，能夠碰到袁彬，我看他這人挺機靈的，今後看看能不能在府中給他找個差事……」

「妳安排就是，我沒有意見。」葉衡點了點頭。「妳與雲姑在一起時，我也問過袁彬一些事情，這小子雖然機靈，但對我說話還算老實，沒有刻意遮掩什麼。他們眼下正住在妳手下那個叫什麼許福生的家裡，許大娘是他們的房東，妳說巧不巧？」

「真是這樣？」蕭晗有些驚訝，果真是無巧不成書。「怪不得剛才我留雲姑在這裡住下，她卻執意要離開，原來是在外面有了住處……」想了想又猶豫道：「不過我還是有些不放心，如果劉家人知道雲姑沒死，只怕會再對她下手！」她擔憂地站了起來，面色凝重。

「放心，我已經派人送他們回去了，要不一會兒咱們再去接他們回來。」葉衡安撫蕭晗道：「眼下時辰還早，妳先歇息一會兒，我去去就來。」說罷便出了門。有些事情他還要安排一下，對劉家人的盯梢也要再緊一些了。

晚些時候，蕭晗與葉衡親自到了許大娘的家，許大娘原本不認識他們，在知道就是許福生的東家後，立刻便將人給迎了進去，又端茶倒水的好不殷勤。

蕭晗本也無意多留，只與許大娘寒暄了幾句後，便逕自找了雲姑說話，又將事情原委及自己的擔憂細細說了一遍。

雲姑本就通情達理，想想也是這個道理，便不再推辭，答應跟蕭晗回長寧侯府暫住。蕭晗又叮囑許大娘不要將這件事說給外人聽，一行人這才乘著夜色回府去了。

此時劉家的人並不知道，一場顛覆在不久的將來便要來臨。

臨到過年前幾日，蕭晗還特意回了蕭家一次，蕭老夫人見蕭晗到來自然很開心，還特意留了她一同用午膳。

用過午膳後，祖孫倆又一同飲茶聊天，蕭老夫人還特意說起了前兩日蕭盼回府的事情。「又是劉家的醜事，原本我都不想與妳說的，又怕你們夫妻被蒙在鼓裡，二姑爺還是世子爺的下屬，這抬頭不見低頭見的，總要弄明白自己的連襟到底是個什麼樣的人。」

「祖母……」蕭老夫人一番話將蕭晗都給弄糊塗了，眉心微蹙。「到底出了什麼事？」

「說出來我都覺得臊得慌，偏巧二丫頭還有臉回來哭，還要劉氏去給她作主！」蕭老夫人說到這裡才長嘆一聲，說出了事情的來龍去脈。

原來是劉家大房那個在流放之地做了人家妾的女兒，與季濤勾搭在了一起，如今兩人已經有了夫妻之實，眼下正鬧著要去雲陽伯府給季濤做小妾呢！蕭盼面對自己的表姐，想哭又哭不出來，想罵也罵不出來，只能回蕭家來找劉氏為她作主。

「做了妾的女兒？可是劉繼東的二女兒劉啟霞？」蕭晗驚訝地合不攏嘴，真是奇葩到處有，劉家最是不缺。

「可不就是她，劉氏嫡親的姪女呢！竟然在背後擺了盼姐兒一道。」蕭老夫人說到這裡搖了搖頭。「也是他們自己家風不正，上樑不正下樑歪！」

蕭晗知道蕭老夫人這是在說劉氏，沒再多說，又問起雲陽伯府的態度。「如今這般季家也該給個說法，難不成真要納了劉啟霞不成？再說依著二姊的性子，也不是那麼容易善罷甘休的。」

「她們母女倆正為這件事上火呢！劉氏也回了娘家一趟，聽說在劉家鬧得挺厲害的，可劉啟霞卻是鐵了心要入季家為妾，真是誰也勸不了！」蕭老夫人抿緊了唇角，對於劉家這起子骯髒事她是絕對不會管的。

蕭晗挑了挑眉，眸中神色深沈難辨，半晌才道：「這事劉老太爺怎麼說？他可是一家之主！」

「他能怎麼說，總之沒有反對就是。」蕭老夫人不甚在意地擺擺手。「他的心態我也能夠瞭解，只怕覺得虧欠家人太多，怎麼也要依著他們不是？這個劉啟霞看來是他疼愛的孫女，不然回京城為什麼只帶了這個做過妾的二孫女？嫁了人的大孫女可還留在那邊呢！」

虧欠了家人？

蕭晗冷笑一聲。劉敬虧欠的人可多了，被他害過的人只怕兩隻手都數不過來。

「這事只怕還有得鬧騰，妳別摻和進去就是。」蕭老夫人又叮囑了蕭晗一句，末了才道：「還有世子爺那邊妳也提個醒，原本我瞧著二姑爺還不錯，可知人知面不知心，今後該遠著就遠著點，可別被這種人給帶壞了名聲！」

「多謝祖母提醒，回頭我就與他說去。」蕭晗點頭應下。劉家的爛攤子他們夫妻自然都不會參與。

待晚些時候回了長寧侯府，蕭晗便將今日聽說的事說給葉衡聽。「二姊夫看著挺正派的，沒想到卻是……」言語中倒沒有過多的惋惜，自然也不是真的為蕭昐難過擔心。

蕭昐的手段她是知道的，若劉啟霞注定要被季濤給納進府中，那她們這對表姊妹正好能夠各顯神通，鬥上一鬥。

「自古英雄難過美人關，不過勾搭上自己妻子的表姐，這季濤的人品也真是……」葉衡說到這裡嘖嘖搖頭，見蕭晗望了過來立即又正色道：「是說這人也算不得有多出色，不過仗著祖上的庇護才進了錦衣衛，妳若是不喜歡他，我今後將他調遠一些就是。」

「天下烏鴉一般黑！」蕭晗輕哼一聲，又拿了換洗的衣物入了淨房，聲音卻遠遠地傳了過來。「我對二姊夫談不上喜不喜歡，不過能找些事情讓二姊忙起來，也不是壞事。」

「娘子，我可不是那隻黑的烏鴉！」聽蕭晗這樣說，葉衡抗議起來，往淨房追了去。

「娘子要沐浴，為夫理當好生侍候一番！」說罷嘿嘿一笑，關上了淨房的門。

大年三十，蕭晗是在長寧侯府與眾人一同度過的，有雲姑陪在她身邊，這個年節圓滿溫馨了許多，讓她勾起不少兒時的回憶。

雖然對雲姑的到來，侯府裡的人覺得有些奇怪，但因雲姑的身分不方便暴露，對外葉衡便說成是劉金子家的遠親，不僅讓他們住在慶餘堂裡，還讓袁彬跟著劉金子做事。

「少夫人，世子爺還在侯爺那裡嗎？」雲姑坐在火爐邊上，身下是蕭晗特意讓人給她墊著的毛皮墊子，暖和又厚實，她微微側身聽著耳邊的動靜，原本蒼老憔悴的面容如今已是一片寧靜安詳。

「料想是還在。」蕭晗輕輕點頭，她坐在雲姑旁邊，一手拿鐵箸撥弄著爐子裡的炭火，火光跳躍起來映著她白皙明媚的臉龐，格外的動人。

「侯府裡人多也熱鬧，少夫人本該與他們在一起守歲的，偏偏來陪著奴婢，奴婢心裡有些過意不去……」雲姑抓緊了袖襬。雖然流落在外的日子讓她充滿了悽惶無助，但眼下的安寧來得太突然，她心中又有些不確定。

在外流浪的日子依稀在腦中閃過，她還記得自己失明後的痛苦不堪，還記得雨夜與袁彬縮在破廟裡的悲涼清苦，眼下是暖衣爐火，旁邊的小灶上還熱著祛寒的薑湯，一切都好似在夢裡一般。

「雲姑，妳在想什麼呢？」蕭晗接連喚了雲姑兩聲，她都沒有反應過來，只能扯了扯雲姑的衣袖。

「想著眼下的日子真好……」雲姑扯了扯唇角，露出一抹笑容來。

蕭晗握緊了她的手，遺憾道：「只是妳的眼睛不能治好，我心裡難過得緊。」

「這眼傷已經落下幾年了，治不好是常理，還勞煩世子爺為奴婢請了太醫，真是折殺奴婢了。」雲姑一臉感激，心裡是滿滿的欣慰。

莫清言嫁給了蕭志謙便是她不幸的開始，但蕭晗的姻緣顯然比她預想中的要好很多，葉衡待蕭晗很好，即使她眼睛看不到，卻也能聽得出他字裡行間的關切。

「妳說哪裡話呢！本就是一家人，醫治妳的眼睛也是應該。」蕭晗搖了搖頭，又對雲姑道：「如今世子爺已命手下四處尋訪名醫，只要有一絲希望，我都不會放棄！」她的話語很是堅定。

沒有失明過的人恐怕永遠無法體會雲姑的感受，光想著要一直生活在黑暗裡不見光明，就讓蕭晗覺得窒息，而雲姑卻是一過就好幾年，其中的艱辛難以言說。

「妳啊妳……」雲姑無奈地輕嘆一聲，心中是滿滿的感動，雖然一度覺得人生一片灰暗，但眼下她卻覺得希望和光明就在不遠處了。

「妳在外吃了許多的苦，如今就安心地在侯府過日子，袁彬和我都會孝順妳的……」蕭晗微微一頓，又道：「至於報仇的事情我自有打算，那麼多年都忍過了，不急在這一時，這一次我要劉家倒下了，就再也爬不起來！」她緩緩握緊了拳頭。

雲姑重重地點頭。「少夫人，二少爺那邊您先別同他說，這孩子實誠，奴婢就怕他心裡藏不住事，反倒讓劉氏瞧出了蛛絲馬跡。」

「這我明白，妳不用擔心。」蕭晗點了點頭，她心裡也是這麼想的，事情沒有解決之前，她是不會向蕭時或是蕭家任何人透露分毫的，說了也是徒增傷感罷了。

雲姑一直陪同著蕭晗守到大半夜，直到袁彬來接她歇息了，這才離開。

葉衡不一會兒也回屋了。

「你怎麼一去就那麼久，可是爹爹有事吩咐你？」蕭晗抱著葉衡的腰，頭輕輕地倚在他肩頭。經過了雲姑的事，她覺得兩人的心又貼近了一些，並且密不可分。

「也沒什麼，我與他談完就回了，只是瞧妳與雲姑聊得正投契，便沒有進來打擾。」葉衡一手輕撫著蕭晗的烏髮，兩人靜靜相擁了一陣，他才道：「今年可還想去松露臺觀景？」

去年的大年三十，葉衡他們一家應邀參加了宮宴，說是宮宴，也算是家宴，誰叫他們與皇后娘娘沾著親呢！不過葉衡卻是半途溜了出來找她，還將她帶進了皇宮，在宮裡最高的松露臺看煙花、賞雪景，那樣美妙的夜晚蕭晗怎麼可能忘記？即使過了一年仍然記憶猶新。

「今年就不去了。」想起過往，蕭晗牽唇一笑，又在葉衡懷裡搖了搖頭。「那一次與你出去也是想能待在一塊兒，可眼下我們已經成親了，與你待在哪裡都好，何必夜裡去宮中受凍？」她踮起腳尖輕輕地吻了吻葉衡的唇角。

「妳說的是，妳不想去咱們就待在家裡，一會兒累了，歇息就是。」葉衡笑著點頭，俯身在蕭晗額頭上落下一吻。

「再說了，明日初一要進宮朝拜，宮裡還擺了宴席要宴請百官呢！咱們明日去也是一樣的。」蕭晗牽了葉衡到火爐旁邊坐下，火光跳躍閃爍，映得她一雙漂亮的眼睛彷彿都染了金光一般，耀眼得如同太陽。

「明日天未亮就要進宮，眼下趁著還有工夫，妳先歇息一會兒？」葉衡笑道：「這是妳第一次以長寧侯府世子夫人的身分見百官家眷，指不定好多人都要打探妳的消息呢！」

「打探就打探唄，我還怕他們看不成？」蕭晗揚起了頭得意一笑，片刻後又瞅了葉衡一眼，癟嘴道：「也是夫君的名聲太大，讓我也跟著沾了光！」

「是嗎？」葉衡挑了挑眉。「我看妳這不像是沾光的模樣，倒像是嫌棄得不得了！」說罷大手一伸，將蕭晗拉入了懷中，伸手便撓她的癢。

蕭晗嬌笑連連，一邊躲一邊求饒，奈何葉衡將她桎梏著，她怎麼躲都逃不開他的魔掌，最後笑倒在了他的懷中。

兩人就這樣說說笑笑、打打鬧鬧，這個年夜當真是沒有睡上一會兒的覺。

天還未亮，蕭晗就起來梳妝打扮，接著坐上侯府要進宮的馬車，與蔣氏、羅氏一道往宮裡而去。

按理說老侯夫人張氏也是能進宮赴宴的，只是她知道自己在皇后娘娘面前討不得好，前幾次入宮討了個沒趣，便漸漸歇了心思，藉口自己要照顧著老侯爺走不開，由著蔣氏與羅氏他們夫妻幾個自己去宮裡了。

「昨兒個都沒歇息一會兒？」羅氏看著蕭晗略有些疲憊的面容，不由打趣她。「我記得世子爺回屋的時辰還早，怎麼你們聊了一宿不成？」她摀唇笑了起來。

「二嬸！」蕭晗嗔了羅氏一眼，又挽緊了蔣氏的手臂靠了過去。「娘，二嬸笑話我！」

「她哪裡是笑話妳，是說你們小夫妻恩愛甜蜜呢！」蔣氏也笑咪咪的，片刻後又道：

「不過年三十到初一這兩日的確有些辛苦，我與妳二嬸是過習慣了倒不覺得，就怕妳吃不消！」

「我沒事的，今兒個宴席過後便能回去歇息了，娘與二嬸都挺得住，我也行的。」蕭晗說著將自己的臉主動湊了過去。「你們瞧瞧我今日打的粉厚，瞧不出什麼異樣吧？」

「妝容倒是豔麗得緊，配妳這一身世子夫人的裙袍，自然是相得益彰！」羅氏笑著誇讚蕭晗。「妳本就是一等一的大美人，如今這一打扮，氣勢、美貌都有了，與咱們站在一處只有把咱們比下去的分。」說著又轉向蔣氏，撫了自己臉道：「大嫂妳瞧瞧我臉是不是有些發黃？昨兒個沒睡就成了這般模樣，早上走得太急又忘記撲粉了……」

「我帶著脂粉呢，讓景慧給妳撲些粉。」蔣氏說完便吩咐景慧找出了自己帶著的那盒脂粉，看著羅氏在一旁補起妝來。

蕭晗乘機閉目養神。這是自她上次去拜見皇后娘娘之後第三次入宮，第二次是隨著蔣氏一道去的，或許有蔣氏在旁，皇后娘娘倒沒再對她說出那些刺骨的話語，言語中很是親近和藹，倒是與嫡親的姨母沒兩樣，當然前提是必須要忽略她那高高在上的身分。

等著長寧侯府的馬車到達宮廷以後，已有好多命婦等在了那裡，有相熟的過來招呼兩聲，蔣氏便為蕭晗一一引薦。

蕭晗的容貌本就出色，一身世子夫人的命婦冠服更是顯得華麗尊貴，待人又客氣有禮，絲毫沒有因為身分而自恃甚高，在命婦中贏得了一片誇讚之聲。

# 第七十八章　撞破

等命婦們都到齊了，皇后娘娘及一眾嬪妃才露了臉。蕭晗瞧見皇后娘娘身邊還有一位著明黃色正裝、看起來雍容華貴的老婦人，端看氣度與穿著，她便知道這位老婦人必是太后，而一旁攙扶著太后的俏麗女子，想來便是柴郡主了。

蕭晗目光掃過柴郡主，心頭微微沈了沈。

即使知道命運已經更改，可一想到上一世葉衡的妻子就是柴郡主，她心裡仍抑制不住地滑過一陣不適，袖中的雙手也緩緩握成了拳頭。

柴郡主的目光在人群中掃過，待與蕭晗對上時，不由半瞇了眼，紅豔的唇角抿成了一條直線，想來也是知道了她是誰，下頷微微上挑，給了蕭晗一個挑釁的眼神。

蕭晗則是回以淡淡一笑，氣度大方。

如今她才是葉衡明媒正娶的妻子，或許在身分上她不如柴郡主，但她卻是唯一能夠名正言順站在他身旁的女子，柴郡主的心思不難明白，頂多就是嫉妒外加不甘罷了。

「那是柴郡主。從前她經常來侯府玩，不過自從衡兒訂親後，她便陪著太后禮佛去了，聽說也是這個月才返京。」蔣氏錯開一步，擋住了柴郡主的目光，側頭對蕭晗道：「衡兒可有與妳說過什麼？」

「他倒沒有說什麼。」蕭晗搖了搖頭。葉衡與柴郡主的緣分只怕今生是續不上了，因為這中間還有個她，她是不會允許這樣的事情發生的。

「沒什麼就好，不過今後妳遠著郡主一些就是。」蔣氏知道柴郡主對葉衡的心思，這樣不避諱地對蕭晗提起，也是對她的信任。若是葉衡要娶柴郡主早便娶了，也不會輪到蕭晗，可見這緣分是上天注定的，早一分、晚一分都不行。

「我知道了，娘。」蕭晗輕輕頷首，心裡放鬆了不少。不管怎麼樣，蔣氏與葉衡都是站在她這一邊的，她無須忌諱柴郡主；況且今日只是一個開始，想來往後若在宮中行走，也勢必會經常見到柴郡主。

「今兒個是新年的第一天，大家來得也早，一會兒朝拜完後便與哀家一同往暢園聽戲，今日皇后安排的樂子還挺多，妳們都不要錯過了。」太后娘娘率先開了口，一眾命婦自然笑著應「是」，又就著宮女們早已經擺好的蒲團跪了下去，給太后與各宮娘娘們拜了個早年。

蕭晗隨著蔣氏一道跪下，磕頭，然後起身，動作俐落、一氣呵成，就像演練過千百遍一般，沒有一絲錯誤疏漏。

宮裡的年初一是熱鬧的，不說人多，搭建的戲臺便有好幾處，滿足各位夫人、小姐們的愛好。

蕭晗跟著蔣氏等人原本是在暢園的東戲臺一同聽戲，之後蕭晗瞧見了忠義侯夫人婆媳倆，她便過去問起了葉蓁。

「本來還在這裡的，是不是找她娘去了……」忠義侯夫人四處掃了一眼。一個宮女上前，表示方才有見到忠義侯府的二少奶奶，要為蕭晗帶路。

「那我去找找她。」蕭晗藉機離開了暢園，畢竟這裡人太多又悶，她本又不是很喜歡聽戲，想出去透透氣。

蕭晗已沒有初次入宮時的緊張，跟著眼前的宮女一邊走著，一邊四處看著，附近來來往往的多是太監與宮女，已遠離聽戲的地方了。

「奴婢剛才還瞧見忠義侯府的二奶奶，怎麼一轉眼就不見人了……」帶路的宮女一副納悶的模樣，她將蕭晗帶到這處地方卻尋不到人，不由一臉的愧疚。

「沒事，恐怕是宮裡地方太大，她又走到別處去了。」蕭晗倒也沒介意，只坐在一旁的圓木墩上歇腳，這圓木墩像是刻意雕刻出來的圓凳子，和一枯木做成的桌子配成了一套，頗有些趣味。

宮女見蕭晗似乎走得累了，眸中光芒一閃，便道：「世子夫人您在這裡稍坐，奴婢去尋尋忠義侯府的二奶奶，找著了就將人給帶來。」

「妳去吧，找不著也沒什麼，一會兒我就自個兒回東戲臺那邊。」宮女告退離去，蕭晗則左右看了一眼。她坐著的這個地方算不得偏僻，前面一排矮樹，後有一排屋舍，只是剛才她們沿著路走，倒沒留意到這一排屋舍就在旁邊。

這屋舍不大精緻，門窗也有些腐朽脫漆，想來是沒有人住的；而她身後就是一條青石板道，若是她側身坐著，很容易便能看清兩邊的來人。

大過年的第一天有些寒冷，可在暢園裡滿室的溫香悶熱，她還是覺得出來呼吸一口冷氣，更心曠神怡。

想到今日柴郡主對她的敵視，蕭晗不由無奈地搖了搖頭。

若是柴郡主知道按照前世的軌跡，她本來可以成為葉衡的妻子，卻被她這個早已經不屬於這裡的人奪去了屬於她的一切，會不會對她恨之入骨？

蕭晗輕輕嘆了一口氣。就今日的情景來看，四公主倒是樂得在一旁看笑話，平邑縣主也沒有她往日表現得那般可親。果然宮裡的人都是說一套、做一套的，口是心非，真到了緊要的關頭，站在她身邊的還是自己的親人。

蕭晗揉了揉腿，正待起身，卻聽見不遠處的矮樹後傳來幾聲親暱的對話，她正想著是不是要避開，誰知道說話之人已經轉上了青石板道。

瞧著他們走來的方向，應該是從那一排屋舍裡才出來的，可那樣破敗的屋舍，又有誰會去呢？

蕭晗直覺不妙，可眼下已經無處可躲，她只能站了起來，目光一掃，先是瞧見了一截明黃色的衣角，緊接著一雙紫雲紋繡蟠龍的長靴踏在了青石板道上，出現在她眼前的那個人竟是太子殷戎。

與他在一起的，還有另一個長相俊美的男子，那男子穿著一身石青色袍子，正欲披上他的灰鼠皮斗篷，許是沒有下人幫手，男子有些繫不上胸前的帶子，太子便笑著停下了腳步，伸手為他繫上。「瞧瞧你，沒個人侍候就什麼也做不來，這樣的你讓我如何能放心？」說著那隻手便停留在了男子的臉上。

兩人深情對視著，一點也沒留意到就站在不遠處的蕭晗。

這是什麼情況？

蕭晗瞪大了眼，長長的睫毛眨了又眨，才後知後覺的明白眼前的情景或許是她心中所猜測的那樣，一雙藏在袖中的手都不覺地攥緊了。

「有人！」還是那男子先發現了蕭晗，臉色倏地一變，趕忙拂開了太子的手，凌厲的目光直直地向她射來，右手已經伸向了自己的腰間，這才發現今日入宮並未佩帶兵器，不由懊惱的大步走了過去。

若是在這個景況下，一般人都會轉頭就跑，想來那男子也不是什麼善類，那看向她的目光似要將她生吞活剝了一般。可蕭晗知道她不能走，要跑她也跑不過兩個男人，不若鎮定下來好好思考。

再說她也不確定太子是不是真有殺人滅口之心，她可是葉衡的妻子、太子的表嫂。

「我是長寧侯府世子夫人，請問閣下是？」種種猜測如電光石火般閃過腦海，蕭晗已是強自鎮定下來，唇角邊還掛著一抹淡笑，目光掃過眼前一臉陰鷙的男子，又對著不遠處那始終側對著她的太子行禮道：「臣妾蕭氏見過太子殿下！」她低垂的目光閃爍不定，手心已經出了一層冷汗。

太子這樣不避也不見，或許是不知道她是誰，也或許是要任這男子隨意處置了她，可不管哪一種臆測都不是她願意見到的。

太子面沈若水，若不知道身後的人就是蕭晗，他還能夠視而不見，可眼下這一聲喚出，他想要裝作不認識也不行了。

蕭晗是誰？那是葉衡的愛妻，是他敬重的兄長最愛的女人，若是蕭晗有個三長兩短，他如何對得起自己的手足？

他有心愛的人，難道還能夠眼看著他的親人失去所愛嗎？

太子心中掙扎片刻，終是緩緩轉過了身來，對著蕭晗頷首。「表嫂怎的走到這裡來了？」說罷緩緩向蕭晗走來，背在身後的手卻不由握成了拳頭。

「殿下！」站在蕭晗身旁的男子一聲輕喚，顯然是不贊同太子的做法，不過就是一個女子罷了，殺了後裝成意外，誰又能知道？

「你別說話！」太子繃緊了臉色，一身威嚴盡顯，看向蕭晗的目光帶著幾許捉摸不定的深意。

蕭晗只覺得背脊發涼。在剛才那一瞬間或許太子還在猶豫該不該處置她，但眼下的機會還要她自己爭取才是，不然一個不慎她可能就要死在這裡，到時候神不知、鬼不覺，甚至連葉衡都不會知道這背後的真相。

這樣一想，蕭晗又極快地鎮定了下來，開口道：「是一個宮女引著我來這邊的，我也覺得這條路偏僻得很，也不知道她怎麼就把我帶往這裡來了……」說著便四處瞧了一眼，露出很迷茫的表情來。

一開始蕭晗是有心將太子的心思往這話頭上引去，可她越說越覺得好像真是那麼一回事，若那個宮女真是受人指使，有心將她引到這裡來，那就說明發現太子隱秘的人可不止她一個。

即使太子殺了她滅口，可又怎麼能堵得住其他知情之人的嘴？

難不成真的有人存心要害她嗎？這是想不動聲色地借刀殺人？

蕭晗心頭一滯，額頭不由冒出冷汗來。

她將目光轉向了太子，這個時候她萬不能怯場，即使她面對的是之前對她親切和藹的太子殿下，但若是一個不小心，她也許再也見不到葉衡了。

天家最是無情，為了自己的利益，那可是連兄弟都能刀劍相向，更何況她對太子來說只是一個無關痛癢的女人。

「原來如此。」蕭晗的話聽在太子耳裡卻是不一樣。他暗暗給了男子一個警告的眼神，讓男子不要輕舉妄動，這才側身讓出一條路來，又伸手一指。「表嫂朝著那條小道往前走，不一會兒應該就能瞧見宮女或太監了，到時候再讓他們將妳給領到暢園去吧！」他的話中沒有提及身旁的男子姓什麼名誰，也是在暗示蕭晗要忘記今日見到的一切。

「有勞殿下，臣妾這就告辭。」蕭晗飛快地向太子行了一禮，看也沒看身旁那名虎視眈眈的男子一眼，越過兩人便快步而去。

等著蕭晗的身影走遠了，男子才有些不服氣地對太子道：「殿下，我原本能夠殺了她的，您為什麼要阻止？」

「她是我表嫂，是我衡表哥的妻子。」太子抿緊了唇，又瞧了那男子一眼，面色不由緩和了幾分。「再說長寧侯府與咱們向來站在同一邊，相信她不會說出去的。」

眼下蕭晗走遠了，太子慶幸著他剛才一念之間並沒有對她不利，否則她要真有個三長兩短，今後讓葉衡查出來了，必是要與他成為死敵。

「您說不會就不會吧！不過世子爺確實是站在您這一邊的。」男子說完後，語氣也緩和了幾分，又似想到了什麼，眉頭一擰。「聽世子夫人剛才所說的話，難道有其他人知道咱們兩人的事情，還特意將人給引到了這兒來，是想咱們把世子夫人給……」說著豎起手一橫，比了個抹脖子的動作。

「你是說有人想要借刀殺人？」太子眉頭一皺，緩聲道。「的確有這可能，不過誰會想要她的命呢……」他不由深思起來。

「我去好好查查，女人間的糾葛不過就那麼一點事，再說世子夫人娘家又不顯赫，在宮裡還算是新貴，想對她不利的，掰著手指都能數得過來。」男子笑了笑，眉宇間的戾氣散去，看起來爽朗了不少，他的面容本就俊美，此刻更是教人移不開眼。

「敬嚴，我如何離得開你？」太子輕嘆一聲，大手又不覺撫上了這名叫敬嚴的男子臉上，只是眉宇間卻多了一抹輕愁。「只是年後番邦公主就要入京，我怕到時候真的拖不下去了。」

「殿下……」敬嚴溫情地注視著太子，面上神色卻是不甚在意。「只要我們心裡有彼此，即使咱們都娶了親也是一樣的，我會永遠追隨在殿下左右！」

「好！」太子抱緊了敬嚴，又在他肩膀上拍了兩下，才緩緩地將人給推開。「你先離開吧，禁宮裡你不能久留，何況今日女眷眾多，再有衝撞便不好了。」

「我會謹慎的。」敬嚴笑著點了點頭，又轉過身在太子的面頰印上一吻，這才依依不捨地離去。

快步走在廊廡上的蕭晗絲毫不敢停下腳步，她只怕一停下，後面的人一個反悔就追了上來，到時候她絕對無處可逃。

這件事太過令人震驚了！

她原本就在懷疑太子是因為有了喜歡的人，才一直遲遲未婚，不想真相如此令人咋舌！

這件事葉衡還不一定知道，他作為兄長，若是知道這個真相，不說明著去告訴皇后娘娘，私下裡也一定會勸著太子的。

太子可是大殷朝的儲君，是未來的帝王，這樣的事情發生在誰的身上都行，可絕對不能是他啊！

蕭晗心裡的糾結和擔憂已經遠勝過剛才的害怕與緊張，不由停下腳步回頭看了一眼，長長的廊道上沒有半個人影，冷風吹著枯敗的樹葉，捲進了廊道裡，好不淒涼。

這件事……她該跟葉衡說嗎？

蕭晗思緒不定地邁步向前，好不容易瞧見不遠處人頭攢動，宮女、太監們正在忙碌地走動著，她心頭卻像堵了塊石頭似的悶著，她緩緩走了過去，以疲憊為由，想到宮女們備茶的地方歇歇腳，這才被宮女客氣地請了進去，又遞上一杯溫茶給她。

「世子夫人剛才去哪兒了啊？這裙角都沾了露水，您可冷壞了吧？」守著茶湯的宮女一邊挑了挑爐火裡的銀炭，一邊轉頭跟蕭晗搭話，目光帶著一絲好奇。

「原是想要出來透透氣的，可宮裡太大，竟迷了路，好不容易才找了回來。」蕭晗扯了扯唇角，垂下目光對著宮女道。「勞煩妳差個人去與長寧侯夫人說一聲，就說我在這裡歇息，一會兒就去找她們。」

「是。」宮女應了一聲，轉身挑了簾子便出門找人去了。蕭晗的目光則凝在了爐上跳躍的火光之中，一顆心陷入了深深的糾結。

太子的事情帶給蕭晗的震撼太大，以至於回到東戲臺與蔣氏等人在一起時，她還有些神思不屬。

「是不是著涼了？」蔣氏關切地拉了蕭晗的手，發現她小手冰涼，忙不迭地讓宮女找了個手爐塞到她懷裡。「說是去尋蓁兒，可半天也不見妳人影，她如今正和妳二嬸在西戲臺那方呢，妳見是不見？」

「不用了，下次我再找她。」蕭晗牽了牽唇角，把手爐抱緊了，又看向蔣氏道：「娘，一會兒宮宴結束後，咱們就回府嗎？」

「是，一會兒就走。」蔣氏點了點頭。「今兒個初一，宮裡娘娘們都起得早，想來也是有幾分疲倦的，每年初一的宮宴也就半日作罷。」

聽了蔣氏這話，蕭晗的心緩緩沈了下來，既然待不了多久了，索性就再等等吧！若是她要求先離宮，指不定別人要怎麼猜測。

蕭晗倒是很想知道與太子在一起的那個男人是誰，長得如此俊美，兩人之間卻是那樣的關係。

搖了搖頭，她不願意再深想下去。本朝也不是沒有人好男風，青樓裡更是設了小倌坐堂，只是這事擱在太子身上，就不那麼令人愉快了；更不用說年後番邦公主進京，那可是為了要與太子聯姻才來的。

這件事越想越亂，蕭晗索性便壓了下來，一切等著回府再說。

# 第七十九章 西番

半日的宮宴一完，各府的車馬便依次離開，葉衡父子倆早等在後宮門外，瞧見蕭晗婆媳幾個出來，立刻迎了上去。

「你們小倆口坐一輛馬車吧！剛才你媳婦有些著涼了，回府後請個太醫來瞧瞧。」蔣氏對葉衡說，他聞言就有些擔憂，不由分說地扶了蕭晗上馬車，自己也跟著跳了上去，餘下蔣氏與羅氏同坐一車，長寧侯則騎馬陪同在另一邊。

「怎麼會著涼了？」葉衡擔憂地撫了撫蕭晗的額頭，確實有些發熱，可她一雙手卻是冰涼的，他忙不迭的將她的小手捣在掌心中。

「許是走遠了，沾了些露水……」蕭晗輕輕地倚在葉衡肩上，此刻她還覺得腦中亂成一團，也猶豫著該不該告訴他這件事。

「沒事妳亂走什麼？回去好好歇息，這幾日都不要出門了，蕭家那邊我會派人去說的，年初二就不回去了。」葉衡捏了捏蕭晗的小手，又摸著掌心中的穴位為她輕輕按了按，慢慢地她覺得周身暖和了不少，倚著他的肩膀便睡著了。

蕭晗醒來時天已黑，睜眼便瞧見了桌上擺放的燭檯，葉衡正在燈下看書，聽見動靜不由轉頭看了過來。

「可算醒了！」見蕭晗睜著大眼睛一眨也不眨地向他看來，葉衡還一陣好笑，擱下書走了過去，一手撫在她的眼瞼上。「還以為是在夢裡嗎？」

「我……睡了多久？」蕭晗一開口便覺得嗓子有些啞，扶著葉衡的手緩緩坐了起來。

「睡了怕有三個時辰了。」葉衡倒了杯溫水遞給蕭晗，又坐在床沿邊輕聲道：「妳睡著的時候太醫來看過，倒是沒有大礙，只是讓妳吃幾副藥，好生休養幾天。」說著又喚了蘭衣進屋，吩咐她將溫好的藥端進來。

「吃了藥過一會兒再喝些粥，我給妳準備了蜜餞。」葉衡輕輕撫了撫蕭晗的臉蛋，叮囑她道：「以後這大冷的天可不要在外面閒逛了，染了風寒可不好。」

「就是在戲臺子那兒悶得慌才出去走走的，今後不會了。」蕭晗牽了牽唇角，盡力地對葉衡露出一抹笑容來，可她心中有事，這笑容怎麼看都有幾分勉強。

葉衡眸中神色一黯，卻還是不動聲色地餵蕭晗吃了藥，看著她漱了口後，這才將蜜餞放進了她的嘴裡。

苦澀的味道還未在嘴裡完全散去，蜜餞的甜味立即充斥在口中，蕭晗往身後一仰，倚在了床頭，看向葉衡的目光有些猶豫，半晌後才道：「今日……我瞧見太子了。」

「不奇怪，太子在後宮裡自然能夠隨意行走，不過即使今日女眷眾多，他也不會衝撞了誰，都是避諱著的。」葉衡點了點頭，將蕭晗的手握在掌中，看似隨意地輕捏、輕揉，卻是在幫著她緩緩地加速著體內的藥力。

「可我……瞧見太子還與另一個男子在一起。」蕭晗說完這話，有些緊張地看向葉衡。她不知道這件事該不該告訴他，可若是不說，她心裡總覺得不踏實。他們是夫妻啊！沒有什麼應該隱瞞對方的。

葉衡的手微微一頓，又抬頭看向蕭晗。「妳是不是想告訴我什麼？」他眼波一轉，眸中神色漸深。「我就覺得妳今日有些不對勁，是不是看見了什麼不該看的？聽見了什麼不該聽的？」

蕭晗苦著臉點頭。「恐怕是的……」又握緊了葉衡的手，輕聲問道：「那個與太子在一起的人長得很俊美，人也挺高的，可給人的感覺卻有些凶，你知不知道他是誰？」

葉衡想了想才道：「許是工部尚書敬大人的兒子敬嚴，這兩年太子與他走得近，形影不離。」

工部尚書的兒子？

蕭晗的手不覺抖了抖，沒想到來頭竟不小，可前世裡她怎麼沒聽說過有這麼一號人物？想想也是，宮廷隱秘若是誰都知道，只怕要貽笑天下了！

「他們到底說了些什麼，讓妳如此擔憂？」葉衡找到癥結所在，自然不會讓蕭晗就此含糊帶過。

「不是說了什麼……」蕭晗搖了搖頭，那模樣都像快要哭了出來，只顫聲道。「你就沒覺得他們倆有什麼不對的地方？」她抓住葉衡的手都不由收緊了幾分。

「有什麼不對？」葉衡越發納悶，不過看蕭晗那模樣，也知道事情不簡單，心中不禁升起一團疑雲。

蕭晗深吸了一口氣，只握緊了葉衡的手。「你是我的夫君，我只相信你，所以這件事我不瞞你。」一見葉衡微微挑眉，她這才緩聲道：「我覺得你說的那個敬嚴，他是太子喜歡的人！」

「太子喜歡的人?!」葉衡如遭雷劈，整個人都怔住了，一臉的不可置信。「妳的意思是……」他有些艱澀地搖了搖頭，沒想過這樣的事會發生在自己親人的身上，而這個人還是太子！

葉衡還未從震驚中回過神來，腦中已轉了許多念頭。若太子與敬嚴真的相愛，那他還會娶番邦公主嗎？

再者，太子是儲君，若這樣的事情被人知曉，他還能坐穩這儲君之位嗎？更何況還被蕭晗撞見了這件事……

種種猜想閃過腦中，葉衡自己都驚出了一身冷汗，只握緊了蕭晗的手。「他們沒有對妳怎麼樣吧？」

太子是儲君，要是這天大的秘密被人發現了，只怕他會毫不留情地痛下殺手，只為了保住這個秘密！

即使葉衡瞭解太子並不是這樣無情無義之人，但形勢所迫，不得不為之。可若真發生了這樣的事情，他該如何面對？

一個是他一直敬重愛護的表弟，也是當朝的太子；一個是他深愛的女人，他的妻子……難道他還能手刃了太子不成？

葉衡只慶幸這一切並沒有發生，蕭晗還是安然地回到了侯府。

這樣一想，葉衡不由傾身向前，將蕭晗緊緊摟在懷中，整個人抑制不住地輕顫了起來。

「我沒事的……」知道葉衡在怕什麼，蕭晗拍著他的背安撫著。「也許太子正是顧忌著你，才沒有對我下殺手，只是那個敬嚴卻有些不樂意放過我……」

回想起當時的驚險，蕭晗也有些發冷，若不是她靈機一動，說出那宮女引她過來的事，指不定太子一時猶豫，說不定就對她……

蕭晗搖了搖頭，沒發生的事情她決定不再想了，不然只會讓自己捲入恐懼的深淵。

「不用管他！」葉衡薄唇一抿，沈聲說道，又扶著蕭晗的肩膀細細看她。「只是這事不能再讓其他人知曉！」太子放過了蕭晗，這便是對他的人情，他今後勢必會全心全意地輔佐太子，絕對不會有二心！

「可是……」蕭晗有些遲疑，又將今日宮女將她領到那裡的事情說了一通，末了還道：「原本說蓁兒在那裡，可到了那地方卻尋不到人，我也覺得納悶，就暫且歇息了一會兒，料想著這是在宮裡，應該不會出什麼意外，卻沒想到……」

「這麼說是有人刻意引妳過去的？而且這人或許還知道太子與敬嚴的事！」葉衡緩緩瞇

起了眼，眸中的精光一閃而過，若是太子也明白過來這一點，應當也知道這背後之人絕對留不得。

「這也只是猜測，但如今想來十之八九是有這麼一個人的，不然我也不會偏偏到了那處偏僻的地方。」蕭晗沈著地點頭，越想越覺得蹊蹺。

「明白了，找個合適的時機我會去見太子的。」葉衡拍了拍蕭晗的手，又見她睜著一雙大眼睛看向他，不由挑眉。「怎麼，還有什麼要說的？」

「這事……你不勸勸太子？」蕭晗有些不好說出口，但太子若好男風，今後又該如何生兒育女？

「勸是會勸，但他聽不聽我的就不能保證了。」葉衡抿緊了唇，心中也是一聲長嘆。怪不得兩人都是青年俊傑卻遲遲未婚，原來竟然是……

「好吧，只是不能因這件事就動搖了太子的地位，咱們長寧侯府還是站在太子那一邊的。」這一點蕭晗看得明白，或許也是太子之所以對她一時心軟的真正原因——他需要整個侯府的支援。

葉衡點了點頭，聽見身後傳來腳步聲，料想是蘭衣端著清粥小菜來了，便拿起外衣給蕭晗披上，扶著她用膳去了。

蕭晗在家休養了幾天，大年初二連娘家也沒回去，覺得心裡過意不去，還讓葉衡特意捎了年禮過去。

蕭老夫人知道蕭晗身體不適，便讓徐氏去侯府看望她，蕭雨也一道跟了過來。

「那一日在宮中本遠遠就瞧見了妳，可人多又走散了，卻不想妳竟著了涼。」徐氏眸中多了幾分關切。

「倒是勞您們掛念了。」蕭晗笑著點頭。景慧又來請徐氏過去飲茶，她便留了蕭雨在這裡，讓她們姊妹倆能夠好好說一會兒話。

「三姊也不派人捎個信回來，聽說妳病了，我著急得很。」蕭雨拉了蕭晗的手道。「還是二哥往侯府跑了一趟，說妳並沒有什麼大礙，大家才鬆了口氣，不過還是要親眼見著妳沒事我才放心。」

「能有什麼事？不過是著涼罷了，如今我好多了。」蕭晗笑了笑，又說起趙瑩瑩與葉晉的事情。「原本二嬸說是年後去提親的，想來這事也八九不離十了，出了正月便有喜事。」

「那麼快？」蕭雨聽後一臉驚喜。她是後來聽蕭晗無意中提起，才知道趙瑩瑩對葉晉有意，若是這門親事真的能成，那的確是喜事一樁。

「還快？我二嬸只怕都嫌慢呢！」蕭晗抿唇一笑，考慮到葉晉年後就往二十三奔去，這個年紀成親絕對是不小了。

「不過葉大哥長得是老成了些！」蕭雨這樣說著，自己都忍不住笑了起來，她不知道趙瑩瑩如何看上葉晉的，也覺得這兩個人走在一起有點不可思議。

「這話可別讓我二嬸聽見了，不然她得和妳急。」蕭晗笑著一指點在蕭雨的額頭上，兩姊妹不由相視一笑。

「大姊回李家後可還好？年前那段日子我忙著，也沒空去看望她。」蕭晗問起了蕭晴來。其實她不是不想去看蕭晴，只是怕又遇到李沁，這個人總是讓人喜歡不起來。

「應該還好吧！李家的人對她都客氣，李夫人也不敢與她說什麼重話，畢竟大姊肚子裡懷的可是嫡子呢！」蕭雨話到這裡微微一頓，又有些遲疑道：「那個小妾聽說挺得意的，沒事就將大姊夫給留在房中，陪大姊的日子都少了些，可大姊偏生不在意，妳說奇怪不奇怪？」

「只怕大姊是有其他打算。」蕭晗眉目一凝，眸中掠過幾許深思，片刻後又緩緩搖頭。

「大姊的性子妳還不瞭解？她是遇強則強，不會對那些人認輸的。」

「三姊說的是，如今我就盼著大姊早日生下嫡子，到時候看那小妾如何立足！看李家人又是什麼嘴臉！」蕭雨輕哼一聲。發生了這樣的事情，讓整個蕭家對李家人的好感頓失，若不是還有蕭晴在李家，只怕兩家人都要老死不相往來了。

「希望如此吧！」蕭晗點了點頭，卻有些笑不出來。若蕭晴沒有產下嫡子，那又會是怎麼樣的結果？眼下連她都不敢肯定。

剛出了正月便傳來西番公主進京的消息，西番並沒有中原人的習俗，他們並不慶祝年節，所以早早地出發，二月初便抵達了京城。

對於西番公主的到來，大殷自然表現出十二萬分的熱情，不僅由太子代表皇上親迎西番公主，葉衡也在一旁作陪。

對於太子與敬嚴的事情，早在前些日子葉衡便與太子說過，雖然有些難以啟齒，但為了江山正統，為了太子的地位能夠穩固，該說的話葉衡還是得說。而太子也聽進了他的勸，並沒有一味地抵觸，只說會好生考慮。

城門前並排著兩匹駿馬，一黑一白，坐在馬上之人正是太子與葉衡。

葉衡遠眺了一會兒，又收回目光。官道上還未出現西番的使臣隊伍，想來還要一會兒工夫，他便轉頭對太子道：「前些日子我說的事情，殿下可想清楚了？」

太子微微一怔，旋即嘆了口氣。「表哥不用操心，該成親的時候我自會成親，順利地誕下皇嗣，這一點我比誰都明白。」

「殿下明白就好。」葉衡抿緊了唇，心裡鬆了口氣，又道：「還有敬嚴那裡，也請殿下告誡他一番，若是他敢對內子有任何不利，即使他是工部尚書之子，我也不會輕饒！」

太子尷尬得一聲輕咳，點頭道：「那日的事情的確是咱們唐突了，還望沒有驚擾到表嫂才是。」又一臉歉疚地看向葉衡。他是聽說蕭晗回府後便病倒了，雖然外人說是不小心著涼了，但何嘗不是因為受到了驚嚇？

其實太子也有些佩服蕭晗，當日那樣的情況，若是一般女子早就亂了陣腳，而她卻還能禍水東引，轉移他們的注意力，這才挽救了自己的性命，若是換作別的女子，只怕已經見不到明日的朝陽。

「勞殿下掛心，內子還好，不過……」葉衡還想說什麼，抬眼見到官道上一匹駿馬疾馳而來，馬上之人手中的旗子在風中舞動著，就像天邊飄來的一朵雲彩，他不由神色一正，挺直了肩背，沈聲道：「他們來了！」

西番公主進京的隊伍有多熱鬧，蕭晗可是聽說了，等著葉衡回府後，她便問了起來。

「聽說光是儀仗都排了有一里地，還有長長的嫁妝隊伍，這次西番王是打定主意要將公主嫁到咱們大殷了？」

葉衡將脫下的披風遞給蘭衣，坐下來倒了杯茶水飲盡，這才招了蕭晗坐到他身邊來。

「是有那麼長的隊伍，嫁妝也有一些，不過老百姓傳得誇張了點，再怎麼樣也比不上本朝公主出嫁的陣仗。」

「那你可見到西番公主了？」蕭晗對這個西番公主有些興趣，一方面覺得她有些可憐，一方面也是想知道這位公主長什麼模樣？脾性如何？

「見到了，聽她說話倒像是個性子爽朗的姑娘，太子鞍前馬後地陪著她，想來這好事真要近了。」葉衡說到這裡，便放下了手中的杯盞，臉上沒什麼笑意，只是鬆了口氣。「還好太子想通了，不然我還得好一陣勸呢！」

「那太子是否要與敬嚴斷了關係？」蕭晗不大喜歡敬嚴，這個男人那一日可差點就沒忍住要對她下了殺手。

「這個……他倒不曾提過。」葉衡緩緩搖頭，眸中神色一沈。「不過如今西番公主已經入京，想來敬嚴也會收斂一些，若是他還要糾纏著太子不放，我自然會收拾他！」

「如今也只能這樣了。」蕭晗點頭，她知道不能一下子將人給逼急了，再說她還真不知道太子與敬嚴的感情有多深。

幾日後，皇后娘娘設宴，請了各宮娘娘與公主，還有相熟勛貴的女眷，長寧侯府自然也在受邀之列。

蕭晗與蔣氏坐在進宮的馬車上，蔣氏還與她道：「這一次娘娘設宴便是為了將那位西番公主介紹給咱們認識，沒意外的話，她就是將來的太子妃了！」

「西番公主不惜離鄉背井、千里跋涉來到咱們大殷聯姻，這一分堅定與誠意，也值得人讚賞。」蕭晗由衷的說道。「一個女子能夠放棄自己的親人，來到一個陌生的地方重新開始，這需要多大的勇氣？不管是否心甘情願，她都是為了自己的國家和民族做出了犧牲，值得崇敬。」

「聽妳這樣一說，她確實不容易。」蔣氏贊同地點頭。「那等會兒妳與她多親近親近，聽說她叫萊婭，她在這裡初來乍到，朋友也少，宮裡的娘娘、公主又各懷心思，只怕不會真心與她結交。」

「我聽娘的。」蕭晗笑著點頭。他們本就是太子一派，這是改變不了的事實，與西番公主親近也是必然，只要這位公主的性子還過得去，她相信自己一定不會招公主生厭的。

等著蕭晗婆媳到了坤極宮時，各宮娘娘與公主也都陸續到了。

萊婭公主倒是很好分辨，她站在皇后娘娘身側，穿著一身異族服飾，全身金光閃閃；她髮色並非烏黑，而是有些偏褐色，被綁成了無數根小辮子披散在腦後，頭頂上還戴了一頂鑲著各色寶石的漂亮小帽。

萊婭公主與大殷的女子相比，她的五官更深刻突出，眼睛是冰藍色的，看起來特別漂亮，也許是她的相貌太過突出，以至於在場好些人都往萊婭公主那兒瞧去，弄得她有些不自在，漂亮的眉毛都擰在了一起。

「行了，妳們也別看了，萊婭公主長得是與咱們大殷朝的女子有些不同。」還是皇后娘娘先發了話，眾人這才端正地坐直，又轉頭與身邊的人閒話起來，雖然沒再對萊婭公主的樣貌指指點點，但話題還是離不開她。

平邑縣主走到蕭晗身邊坐下，又左右看了一眼，這才小聲道：「初一朝拜時，柴郡主好似對妳有些敵意，還好妹妹沒有被她給治住，我都擔心了好一陣呢！」說罷拿了帕子摀胸，看向蕭晗的目光更是一臉的關切。

蕭晗笑了笑，沒有接話。平邑縣主的心思明眼人都猜得到；柴郡主是明白地針對她，而平邑縣主雖看似想和她親近，但其實這兩人的目的都一樣，都喜歡她家相公罷了。

見蕭晗沒有想要搭理她的意思，平邑縣主訕訕一笑，又說了些言不及義的話，這才起身離去。

不一會兒，又換作柴郡主到了她的跟前。

蕭晗立刻打起十二分的精神，雖然眼下太后不在跟前，可在宮中有太后撐腰，任誰都要給柴郡主幾分臉面。

# 第八十章　心事

「那一日妳倒是好運！」柴郡主從上到下地打量了蕭晗一眼，冷冷一笑。

這話讓蕭晗怔住了，不禁帶著幾許疑惑地看向柴郡主，輕聲道：「郡主的話是什麼意思？臣妾不明白！」

她心底有一個猜測。那一日引她到那處的宮女後來竟再也找不到了，而後葉衡也不知道有沒有查到這背後之人，總之是沒再與她說起過。

「難道衡哥哥沒有告訴妳嗎？」柴郡主唇角一翹，頗有些自得的意味。「那一日引妳到那裡是我的安排，沒想到太子哥哥竟然會對妳手下留情！」

「原來是妳！」蕭晗的臉色驟然沈了下去，不得不告誡柴郡主一句。「有些話是不能亂說的，還望郡主慎言！」

「這件事我自然不會與別人說，衡哥哥也要我別說出去呢！」柴郡主看了蕭晗一眼，隨即不甚在意地翻動著自己的手，豔紅色的蔻丹上還點著水滴形的寶石，讓她這雙手的光彩更加奪目。

蕭晗只看了一眼便收回了目光，心裡有些發堵。原來葉衡已經查出這背後之人，可為什麼不告訴她？又為什麼不採取行動呢？

層層疑問劃過心間，蕭晗突然一陣心痛。

是不是葉衡與柴郡主兩人之間真發生過什麼她不知道的事情？這樣被蒙在鼓裡的感覺真不好受，而她偏偏又不能在柴郡主面前表現出一絲異樣來。

難道命運的軌跡又緩緩地繞了回來？他們這對前世的夫妻還能將緣分給續上？那麼她呢？她又算什麼？

「怎麼不說話了？」柴郡主看著蕭晗有些發白的臉色，不由得意一笑。「過些日子我還會去侯府拜訪的，也是前些日子隨著太后她老人家去禮佛，侯府我竟是好久沒去了，也不知道世子夫人歡迎不歡迎？」

「侯府以禮待客，來者都是客，豈有不歡迎的道理。」蕭晗面無表情地說著，又對柴郡主行了一禮。「臣妾失陪。」轉身便往一旁走去。

柴郡主這才不以為意地輕笑一聲，看著蕭晗離去的背影暗道：「當初讓妳得了先機，我也是昏了頭了才會離京那麼久，可如今我回來了，衡哥哥還會是我的！」

蕭晗這一路走去，腳步竟然沒停過，就像後面有人在追趕一般，這一走就到了坤極宮的後花園裡。

冬天的花園裡景致蕭索，根本無景可賞，也就幾棵松柏遠遠地佇立著，這讓她感覺不是那麼孤單。蕭晗緩緩走到樹下，凍得有些冷的雙手互相搓了搓，嘴裡呼出一口白氣來。

她不該懷疑葉衡的，畢竟這只是柴郡主的片面之詞，即使他真的隱瞞了她，想必也是事出有因。

一時之間蕭晗的心紛亂不已，這種擔憂別人是不會懂的。若放在前世，葉衡與柴郡主確實是做了夫妻的，她才是橫插一腳的那個人，所以她擔心，擔心自己好不容易得來的幸福就這樣被人給搶走……

眼下只希望事情不是她所想的那般，或許葉衡有一天會告訴她實情的。

蕭晗在樹下站了好一會兒，突然覺得樹枝一陣搖晃，她猛然抬頭望去，便見到一身亮麗衣裳的萊婭公主從天而降，不由驚得退後了好幾步。

萊婭公主穩穩落地，收回自己纏在樹上的長鞭，一臉好奇地看向蕭晗，片刻後笑道：「我記得妳是長寧侯府的世子夫人，怎麼好好的屋裡不待，偏要出來受冷？」

「萊婭公主！」蕭晗鎮定下來，對著萊婭公主行了一禮，笑道：「公主不也出來了嗎？倒不知道公主竟然有這樣俊的身手，真是佩服！」

「佩服什麼，我不過就是三腳貓的功夫，上樹捉鳥、下河摸蝦倒還行！」萊婭公主爽朗一笑，沒有一般女子的拘束，顯得落落大方，又指了宮殿那處道：「我也是在裡面悶得慌才出來透氣的。她們定是覺得我長得奇怪，可咱們那裡的人大都是長這樣的，也有些像妳們這樣黑頭髮、黑眼珠的人啊，但我可沒覺得他們長得奇怪！妳覺得我長得奇怪嗎？」

蕭晗不知道萊婭公主竟然是這樣的性子，直率爽朗又好奇心重，不由失笑道：「公主長得很美，妳的美是一種異域風情，我們這裡的人或許初見妳時會有些意外，但相處久了，也就看習慣了。」

「可我不喜歡他們對我評頭論足，煩啊！」萊婭公主說著還甩動長鞭，不遠處的落葉立即被分成了兩半。

蕭晗驚訝地看了一眼，這樣俐落的鞭法可不像是萊婭公主所說的三腳貓功夫，更像是深藏不露！

萊婭公主緩緩收了長鞭，又偏頭看向蕭晗。「妳們一定都知道我是來與太子和親的吧？」

「這……皇上並未頒旨，這件事還不好說。」蕭晗搖了搖頭。眼下她是覺得對萊婭公主有些不公平，如此花一般的姑娘，難道後半輩子就要葬送在深宮裡了嗎？還是和太子那樣的人……當然太子的人品和樣貌都不差，可錯就錯在他喜歡的是男人啊！

「是嗎？」萊婭公主癟癟嘴，片刻後又搖頭道：「我覺得太子並不喜歡我，若真要娶我，只怕也是為了與咱們西番結盟，穩固邊境罷了！」

蕭晗牽唇一笑，看來萊婭公主瞧著大大咧咧的，心思還是挺通透的。

「不過沒事，父王當初送我走的時候就盼著我嫁給你們大殷的太子，若嫁不成，對不起咱們西番的百姓。」萊婭公主看向蕭晗道。「那一日在京城門口迎我的，聽說其中就有一個是妳丈夫，長寧侯世子！」

「是的。」蕭晗點了點頭，便又聽萊婭公主道：「我覺得世子人還不錯，雖然看著冷了點，卻不會像太子般口不對心，太子明明不喜歡我呢，還要對我笑，還要對我好！」說到最後她自己都輕笑了起來，只是那笑意在蕭晗看來，怎麼都帶著一絲嘲諷的意味。

「公主，那妳喜歡太子嗎？」蕭晗突然開口問道。

萊婭公主怔了怔，隨即才認真思考起來，片刻後搖頭道：「我不喜歡他，但想來咱們兩人要結親，是誰也阻止不了的。」她深深地嘆了口氣。

「這世上很多人成親也許並不是因為愛，只是因為某種需要而結合，公主處在高位，自然比我看得透澈。」蕭晗垂下了目光。

萊婭公主說得對，西番與大殷的結盟不是任何外力可以輕易阻撓的，她也只是替公主覺得惋惜罷了，卻沒有能力讓她不嫁給太子。

「那妳是因為愛他嗎？」萊婭公主問出這樣的話來，讓蕭晗愣了一下。

會意過來後，蕭晗笑著點頭道：「是的，我愛他！」也許這分愛並沒有說出口，也許這分愛埋藏在心裡，可她的確是愛著他的，比誰都愛他！

「妳真幸福！」萊婭公主對著蕭晗眨了眨眼，笑道。「妳倒是比其他大殷朝的女子都要瀟灑些，像咱們西番人，我交定妳這個朋友了！」說著便取下自己隨身帶著的佩飾，不由分說地塞到了蕭晗的懷裡，讓蕭晗有些哭笑不得。

交了萊婭公主這個朋友，對蕭晗來說還真是個意外。

蕭晗懷著心事，回到侯府後便自去歇息，連蔣氏與羅氏邀她去打葉子牌時，她都藉故推掉了。

她不知道柴郡主說的是真是假，但若是有人巴不得除掉她，也就只有宮裡那幾個戀慕著葉衡的女人了。

女人為了愛可以瘋狂，可以飛蛾撲火，可以不顧一切，而有著剛好能夠借刀殺人的機會，柴郡主又怎麼會不出手呢？

蕭晗眼下想的是，葉衡恐怕是與柴郡主私下達成了某種協定，所以才不得不妥協。而這件事情必須瞞著她的原因，是不想她傷心還是有其他因素？

蕭晗轉過身默默地流淚，她不知道自己在怕什麼，卻不可抑制地擔憂起來，而且這種情緒越來越重，她的心裡懼怕不已。

葉衡回府時，蕭晗依然在床榻上沒有起身，往日是聽見他的動靜便迎了上來，今日卻變了個樣。

葉衡問了蘭衣與枕月，兩人皆說不知，他這才往內室而去。

見蕭晗躺在床榻上，葉衡還以為她是哪裡不舒服，又摸了摸她的額頭確定沒有發燒，這才奇怪道：「今兒個是怎麼了，難不成有人惹妳生氣了？」

「沒有，就是有些不舒服。」蕭晗轉頭看了葉衡一眼，癟癟嘴。「不過就是進宮一趟，誰能惹我不痛快？」說罷拉長了一張臉。不知怎麼地，只要想到葉衡與柴郡主私下裡不知道達成了什麼樣的交易，蕭晗就連笑都笑不出來。

葉衡皺眉，又見蕭晗根本不給他好臉色看，兀自猜測了一會兒才道：「難不成是我惹妳不開心了？」

「不是！」蕭晗嘆了口氣，到底沒敢問出口，就怕她聽到的會是她一輩子都不願知道的結果，便轉移話題道：「今兒個與萊婭公主聊了一會兒，公主很是爽朗直率，我有些為她可惜罷了……」她垂下目光，沒讓葉衡瞧見她眸中變幻的神色。

「原來如此！」葉衡恍然大悟，又摸了摸下巴，面露深思。「這件事還沒個定數，皇后娘娘原本屬意太子娶重臣之女，但西番的勢力也不容小覷，如今又有萊婭公主親自前來聯姻，若太子能夠得到西番的支持，也是好事。但若太子不願娶西番公主……朝中的皇子裡面，三皇子已經成親，六皇子雖是陳妃所出，但年紀還不到十五，餘下的只有呂貴妃所出的五皇子恰恰適齡，可皇后娘娘卻是萬萬見不得呂貴妃拔得頭籌的。」

「總之最後還是要看皇上的定奪，他想哪個兒子娶，哪個兒子就得娶，不是嗎？」蕭晗仰靠在床頭，突然生出了一股無力感。

萊婭公主知道自己的命運不會更改，她來到大殷就是為了聯姻，不管是和太子還是哪位皇子，她都不會再返回西番了。

可她呢？蕭晗突然覺得其實自己的這分幸福也是不確定的，若是柴郡主以太子與敬嚴之事要脅，迫得葉衡不得不娶她為側夫人甚至是平妻，那麼她又當如何自處？

這猜想一劃過腦海，連蕭晗自己都驚了一跳，整個人不由坐直了。

葉衡見狀趕忙扶住了她，關切道：「怎麼了，是不是哪裡不舒服？」

蕭晗定定地看向葉衡。他濃眉如墨、雙目有神，這樣的相貌堂堂，本就是人中龍鳳，她究竟是修了什麼樣的福報才會讓他成為了她的夫君？

鼻頭一酸，竟然有些落淚的衝動，蕭晗忙伏在葉衡的肩頭掩飾了過去，又聽他再問了一聲，這才搖頭道：「沒事，就是突然想到我還沒有用晚膳，肚子餓了。」

「傻ㄚ頭！」葉衡失笑一聲，又摟了蕭晗的腰，輕輕捏了捏。「真是這樣才好，妳可不要有什麼事情瞞著我。」

「那你呢？你有沒有什麼事情瞞著我？」蕭晗輕聲問道，唇角不由輕咬。

「我能有什麼事情瞞著妳，成天胡思亂想的。我讓蘭衣傳膳，我的肚子也餓了，咱們一塊兒吃！」葉衡笑著站了起來，又拍了拍蕭晗的臉蛋，這才往外而去。

望著葉衡的背影，蕭晗神色落寞，貝齒輕咬在紅唇上，片刻後又搖了搖頭，重新躺了下來。

她給了他機會的，可他卻沒有向她坦白，她該相信他嗎？

這一夜，蕭晗沒有得出任何答案，一顆心仍舊亂得很，第二日與蔣氏說了一聲，自個兒便回蕭家去了。

蕭老夫人雖然有些詫異蕭晗的到來，卻仍陪著她說了一會兒話，可言語中只要一說到葉衡，她都是隨口帶過，蕭老夫人最後實在忍不住了才問道：「妳這樣突然回了娘家，莫不是與世子爺鬧了彆扭？」

蕭老夫人一語中的，蕭晗反倒有些不好意思，只搖頭否認道：「祖母想到哪裡去了，沒有的事。」一頓之後又補充道：「他待我好著呢！您老又不是不知道。」說完牽唇笑了笑。

「世子爺待妳自然是好的，我就沒見過比他還心疼媳婦的人。」蕭老夫人這才舒心一笑，又問起前些日子蕭晗入宮的事。「初一我也沒進宮去，這身子骨老了便不硬朗了，總有個小病小痛的，渾身不舒服。妳上次入宮後回來就病了，身子可好些？」

「一切都好。」蕭晗點了點頭。

蕭老夫人又說起蕭雨的親事。「四丫頭五月要出嫁，眼瞧著也沒幾個月了，如今就窩在房中繡嫁衣，妳得空了便去看看她吧！」

蕭晗笑著應下，與蕭老夫人說了一會兒話才告辭離去，本是想去蕭雨屋裡坐坐，又怕自己這一腔煩惱影響到蕭雨待嫁的心情，想了想便作罷，轉身往辰光小築而去。

她出嫁後，蕭老夫人一直給她留著這個院子，剛出正月那時候，春瑩便嫁給了許福生，眼下已經升為辰光小築的管事媳婦，倒是將院子打理得井井有條。

蕭晗在院子裡轉了一圈，剛想進屋坐坐，卻瞧見院門口轉過幾道人影，心中有些詫異，便跟了上去。

「剛才可瞧清楚了，可是二老爺？」蕭晗回府後並沒有去蕭志謙那裡請安，還以為他在當職呢。劉氏倒是往蕭老夫人那裡去了一趟，兩人也打了個照面，不過見了還不如不見，總歸是沒有什麼話好說的。

蘭衣點了點頭，片刻後又搖了搖頭，遲疑道：「瞧著像是二老爺，不過也不大像……」又向蕭晗道：「奴婢好似瞧見二老爺抱了個孩子。」若真是蕭志謙，只怕不會抱著個孩子到處走動，所以蘭衣才不敢肯定，更何況那幾人只是一晃而過，她並沒有瞧真切。

「是有個孩子，我也瞧見了。」蕭晗點了點頭，所以她才更覺得奇怪。

小時候的記憶裡，蕭志謙可從來沒有抱過他們兄妹倆，當然也許是因為年紀還小記不清了，但那種溫情的想像，就連夢裡也沒有出現過，她就想親眼看看，難道她的父親還有她所不知道的另一面？

「少夫人，那邊有孩子的聲音！」蘭衣喚住了蕭晗。

蕭晗腳步一頓，又退了幾步，順著蘭衣指的方向探出頭去。透過幾叢遮擋視線的樹枝，她瞧見不遠處的草地上，一個男人正在踱步，而他手中確實抱著個不滿周歲的孩子。

男人的表情很是慈愛，一會兒伸手逗弄著孩子，一會兒為他擦拭著嘴角流出的口涎，又接過一旁僕從遞來的波浪鼓在孩子跟前晃動起來，孩子也因為這新奇的玩意兒而發出咯咯的笑聲。

十分溫馨動人的一幅畫面，蕭晗瞧著卻覺得鼻頭有點酸澀。

那個男人確實是她的父親蕭志謙，而他懷中的孩子則是梅香所出，她的幼弟蕭旭。一個庶出的兒子尚且能得到蕭志謙這般疼愛，可她與蕭時呢？或許蕭志謙從未喜愛過他們兄妹吧。

蕭晗的情緒一時之間又低落了下去。感情受挫已經讓她心緒紛亂，如今親情的受傷更是讓她緊繃的情緒達到了臨界點，她忍不住掩面輕泣起來。

對於這樣突發的狀況，讓蘭衣措手不及，趕忙勸慰她。

那一頭蕭志謙似乎也留意到了這一邊的動靜，望了過來，見竟是蕭晗在哭泣，他一時之間也怔住了。

「咱們走！」蕭晗不願多留，抹了眼淚轉身就走，蘭衣只能朝蕭志謙遠遠地福了福身，又快步追了上去。

「這孩子……」蕭志謙搖了搖頭。他一直覺得看不透這個女兒，或許從前沒有用心，但等到他想要關心她時，蕭晗卻已經不需要他了。

孩子長大、父母變老，這樣的感覺真不好受，所以眼下對著還未滿周歲的蕭旭，他幾乎傾注全部的心血，好在這孩子也乖巧惹人愛，他一休沐便總陪著他一起玩耍。

蕭志謙也不知道蕭晗為什麼哭，想著待會兒去問問蕭老夫人，這孩子定是在長寧侯府受了什麼委屈，才往娘家跑的。

蕭志謙輕嘆一聲。嫁到那樣的人家本就是他們高攀，起初他也覺得是天降的福澤，可眼下卻看淡了，孩子們都過得幸福，才是真正的幸事。

# 第八十一章 面對

太子與西番公主聯姻的事情似乎已成定局，二月下旬皇上便頒下聖旨，擬太子六月大婚，用三個月的時間來籌備這場婚禮想來已經足夠。

萊婭公主眼下暫時搬出了皇宮，住在一處御賜的府邸中，比照本朝公主的規制，也稱做公主府。

萊婭公主入住公主府後，便擺了一次小宴，而蕭晗做為公主在京城裡為數不多的朋友，自然也在受邀之列。

只是蕭晗沒有想到的是，柴郡主與平邑縣主也在這一次的宴會上，彼此相見到底有幾分說不出的不自在，打了招呼後，便各自坐下了。

「今兒個請的人也不多，原本我在宮中住了些時日，相熟的就是郡主與縣主，其他公主們可不願意與我結交呢！」萊婭公主坐在主位上，爽朗地舉起了杯子，座下各人自然也舉杯相敬。

平邑縣主笑道：「公主說笑了，如今妳的公主府我瞧著竟比好幾位出嫁的公主都要好呢，得有多少人羨慕！即使是本朝的公主，也有比不上的。」

「皇上厚愛，不過這裡我也很喜歡。」萊婭公主笑著點頭。住在宮裡她總覺得是客居，那並不是她的家，如今這處地方才算是她自己的，想坐就坐、想笑就笑，沒有那麼多拘束煩惱。就算是今後與太子成親後，有了什麼磨擦或是矛盾，她想自己清靜一下也有地方可去，不用千里迢迢的再跑回西番去。

「眼下是公主，三個月過後便是太子妃了，到時候公主與太子哥哥定是對恩愛夫妻！」柴郡主在一旁搗唇輕笑，目光緩緩轉向蕭晗，隨口說道：「過兩日我便到侯府拜會，原本是問過衡哥哥的，可他一直不得空，我也等不到他休沐，先去拜會世子夫人也是一樣的。」她話一說完，眼波婉轉，笑意深深。

蕭晗抿了抿唇，沒有搭話。她還沒有將心裡的話與葉衡給說明白，所以她不知道柴郡主的拜會，是她一意而為，還是兩人之前就說好的？她不想探究，也怕去探究。

一旁的萊婭公主卻聽出有些不對勁，眉頭一挑，問道：「郡主說的衡哥哥難不成就是長寧侯世子？」

「正是！」柴郡主揚眉一笑，面上頗有幾分自得之意，倒是襯得蕭晗眉宇間的神色越發落寞。

「郡主錯了。」萊婭公主神色一正，緩緩放下了手中的杯盞，沈聲道：「妳與長寧侯世子非親非故，若是在年少時還好，可如今他都成家立業了，且他的妻子就與咱們坐在一處，妳怎可這樣稱呼別人的丈夫？還是大殷朝的女子居然這般開放？」一席話說得柴郡主面色一陣泛白，擱在袖中的雙手不由攥緊了。

蕭晗心中微定，對萊婭公主投去感激的一瞥。

平邑縣主在一旁笑罷，才道：「公主有所不知，郡主與長寧侯世子本就是青梅竹馬，當初咱們可都以為郡主是要做世子夫人的，沒想到……」說罷嘖嘖兩聲，搖了搖頭，實是暗指蕭晗橫刀奪愛！

蕭晗冷冷地掃了平邑縣主一眼，心中一聲嗤笑。

「縣主說的倒是真的，我與衡哥哥相識得早，實在沒想到世子夫人後來居上，確實讓人措手不及。」柴郡主面色稍緩，對著平邑縣主點了點頭。她一直清楚平邑縣主的心思，沒想到在這個節骨眼上縣主竟會為她說話，雖然其中怕是另有目的，不過眼下能讓蕭晗吃癟，她還是很樂意的。

「郡主、縣主。」萊婭公主的面色是少見的肅然，只見她站了起來，又轉向西方，手撫心口行了一禮後，才道：「咱們西方的真神曾經說過，緣分都是天定，雖然郡主與世子年少相識，卻沒有夫妻之緣，反倒是世子夫人與世子爺姻緣天定，如此才能成為夫妻，一切都是命裡注定，強求不得的！」

「妳……」柴郡主氣得臉色鐵青，一扔筷子站了起來。「妳這是什麼意思？難道公主要幫著蕭氏不成？」她一手指向蕭晗，面色不善。

「我只是實話實說罷了。」萊婭公主雙手一攤。「若是連實話郡主都聽不進去，那麼想來咱們是做不成朋友了。」她纖手一擺，指向了大門的方向。

「好，咱們走著瞧！」柴郡主氣鼓鼓地丟下一句話後，甩袖離開。

蕭晗掃了一眼平邑縣主，她訕訕一笑後，也跟著站了起來，對萊婭郡主歉意道：「公主見諒，我也先走一步去追追郡主，若是可能便勸她兩句，不然郡主萬一跑到太后那裡訴苦，妳可討不著好的。」

蕭晗扯了扯唇角，嘲諷一笑。平邑縣主這兩面討好的性子倒真是兩不得罪，但若說她圓滑也不盡然，最後的結果很可能會兩邊不是人。

「不送！」萊婭公主負手而站、氣度磊落，襯得平邑縣主越發狼狽，她也不再說什麼，低著頭快步離去。

蕭晗這才轉向萊婭公主，感激地福身一禮。「謝謝公主為我說話。」

「不礙事。」萊婭公主擺了擺，道：「也怪我識人不清，在宮裡待了一段日子，竟然不知道她們兩人是這樣的性子。世子爺不在這裡，還以為妳就是好欺負的，真是不把我這個主人放在眼裡！」

「公主行事光明磊落，實乃女中豪傑！」蕭晗由衷地讚了萊婭公主一句，又有些擔憂道：「太后平素最寵愛柴郡主，若是她真向太后告了狀，那……」

「我才不怕呢！」萊婭公主輕哼一聲。「反正在宮裡太后就見不慣我，眼下也不一定會更喜歡我，再說我以後還是太子妃，皇后娘娘才是我未來的婆婆，即使太后想對我發號施令，也要看看皇后娘娘怎麼說不是？」

蕭晗見她如此豁達，看來是不必為她擔心了。

「倒是妳，我看那兩個女人都沒安好心，柴郡主還覬覦妳家世子爺，妳可要多留個心眼！」萊婭公主反過來安慰蕭晗。

「謝公主，我會小心的。」蕭晗點了點頭，心中卻長嘆一聲。

回到侯府後，等著與葉衡一同用晚膳時，蕭晗有意提起了柴郡主後日要到侯府一事。只見葉衡的動作明顯一滯，唇角也抿緊了，這模樣絕對不是欣喜，甚至好似帶著一絲擔憂與反感，蕭晗一直留意著他的表情變化，心裡有些捉摸不定。

「好好的來咱們侯府做什麼？回頭我與她說說，讓她不用來了。」葉衡看了蕭晗一眼，見她眸中帶著詫異，解釋道：「聽母親說之前入宮，郡主沒給妳好臉色看，咱們府中不歡迎這樣的人。」

「可你們從前……」蕭晗咬了咬唇，猶豫地說：「郡主說你們是青梅竹馬、感情很好，如今就這樣將她拒之門外好嗎？若是太后知道了會不會怪罪你？」

「妳不用管，這事我自會與她說去。」葉衡握了握蕭晗的手，眸中的神色堅定。他知道柴郡主想要的是什麼，而他眼前會應下不過是權宜之計，他不想讓蕭晗擔心，也不想讓柴郡主藉機破壞他們的感情。

葉衡緩緩撥動著碗裡的飯粒，一副心事重重的模樣。

蕭晗看在眼裡不由咬了咬唇，一陣苦澀在胸中蕩漾開來。如今她能肯定了，葉衡真的是有事情瞞著她，做了那麼多時日的夫妻，她很清楚他每一個表情變化。

或許這件事他不好啟齒，更甚至是不敢啟齒，然而他不說，她更不敢問，那麼將來兩人還能走得下去嗎？

蕭晗有些心思不定，第一次對往後的生活產生了懷疑。

不管葉衡怎麼說，在兩天之後，柴郡主依然登上了長寧侯府的大門。

待見過了蔣氏以及老侯夫人張氏一眾後，她竟然直直地朝慶餘堂而去，彼時蕭晗正親手縫製著給葉衡新做的一件斗篷，聽見丫鬟來報，不由擱下了手中的針線，一抬眼柴郡主已然跨進了門檻。

對柴郡主的到來，蕭晗雖然覺著有些意外，但卻並不詫異，或許今天一切便能擺到明面上來說。

柴郡主與葉衡背地裡達成的交易，就算是她不希望發生的，她也不願意自己是被蒙在鼓裡的那一個。

「給郡主上茶。」蕭晗剛剛吩咐完蘭衣，蔣氏與羅氏也趕到了，還有瞧熱鬧的于氏母女也跟著一塊兒到了慶餘堂。

「今兒個真是熱鬧，連四嬸和二妹妹也來了，真是稀客啊！」蕭晗牽唇一笑，態度大方，有條不紊地吩咐蘭衣上了瓜果點心和茶水，這才招呼著眾人坐定。

蔣氏有些著急地看了柴郡主一眼，又轉向蕭晗道：「郡主來訪我本要請她四處走走的，沒想到一個不留神便往妳這裡來了，真是……」她暗暗搖了搖頭，看向柴郡主的目光明顯地帶著不贊同。

于氏笑著插進話來，滿臉笑容地看向柴郡主。「大嫂，郡主又不是外人，想著世子爺還未成親那陣子，郡主不是每個月都會來府中看望妳嗎？我記得妳還挺喜歡郡主的，怎麼如今卻變得生分了？」一番話極盡挑撥之能事。

葉芊也在一旁笑著。張氏不好親自過來，便暗示她們母女跟著一同去，想來今日的確是有一場好戲看了，柴郡主從前對葉衡有多麼上心，只怕眼下就有多麼想弄死蕭晗。

蕭晗對于氏的話充耳不聞，只低垂著目光輕輕地撫著手中的茶蓋，看著茶盞裡碧油油的茶葉隨著清亮的茶水上下沈浮著，她的心思卻已經飄遠了。不管其他人怎麼說，她今日定是要與柴郡主說個明白，再揣著這些疑惑在心頭，只怕葉衡不說，她也會被自己給憋瘋。

「四弟妹慎言！」羅氏瞥了于氏一眼，眸中暗含警告，又掃了柴郡主一眼才道：「郡主也不過是念著從前的幾分情誼，來看望大嫂罷了。」

「說得對，就是這樣。」蔣氏趕忙點頭，就像怕柴郡主要搶先她一步答話似的。

柴郡主確實張了張嘴，最後還是沒說什麼，只看向蕭晗，道：「世子夫人該知道我今日是來做什麼的。」她的眸中意味深深。

「我不知道，但是我想知道。」蕭晗擱下了手中的茶盞，站起身對蔣氏等人道：「今兒個我與郡主有些話要說，還請娘與二嬸、四嬸迴避一下。」這樣明白的逐客之言，的確是令人有些尷尬的，但今日情況特殊，蔣氏也沒有計較，只拉了蕭晗的手擔憂道：「妳確定要和郡主單獨說話？」

「娘請放心，這畢竟是在我的家裡，想來郡主還是明白賓主之道的。」蕭晗說完又掃了柴郡主一眼，輕輕扯了扯唇角。

「妳這孩子，若是有什麼為難的儘管說出來，我與妳娘都會幫著妳的。」羅氏對著蕭晗輕輕點頭，又挽了蔣氏的手道：「大嫂，咱們先回去吧！等郡主離開時再來送客。」

「好吧！」蔣氏只能嘆了一口氣，這才與羅氏她們一道離開。

蕭晗目送著蔣氏離去，剛剛轉身便聽見了柴郡主的冷嘲熱諷，一張俏麗的臉也拉得老長。「妳倒是討了她們的歡心，這才嫁入侯府多久？真是好手段！」

「人心並不是妳想討好就能討好的，妳對別人好不好，是真情還是假意，是不是另有所圖，別人都是知道的。」蕭晗不以為意地一笑，又重新端了茶水輕抿一口。「不要以為妳聰明，就把別人都當成傻子！」

「世子夫人的伶牙俐齒我可是見識過了。」柴郡主輕哼一聲，又開門見山地說道：「妳應當知道我來是為了什麼？」

「是找世子？可惜他不在！」蕭晗淡淡一笑。她眼下倒不著急了，柴郡主不顧葉衡的勸告而自己找上了門來，急的應該是她吧！

「我不找他，我就找妳，咱們女人之間的事情還是要咱們才能解決！」柴郡主眉頭一揚，看得出今日她是帶著幾分決心的，紅顏蹉跎，她不能再無止境地等下去。

「妳先說來我聽聽。」蕭晗理了理裙襬，好整以暇地看向柴郡主。

「好，我就說給妳聽。」柴郡主冷笑一聲，道：「我要做衡哥哥的妻子，我也不怪他先娶了妳，我年長妳一些，今後進了門就做大，妳做小，咱們以平妻相論！」這一番話柴郡主說得理直氣壯。

蕭晗聽得直想發笑。「郡主是哪裡來的自信，我夫君就一定會娶妳？」

「是衡哥哥答應我的，妳是知道那件事的……」柴郡主急得對蕭晗使了個眼色，又壓低了嗓音道：「太子哥哥的事情只有我知道，若是我說了出來，太子可就什麼都沒有了，連萊婭公主他也別想娶到！」她頓了頓，譏笑地看向蕭晗。「妳與萊婭不是好朋友嗎？怎麼如今瞧著她要嫁給太子了，也不跟她說一聲，看來妳不過是道貌岸然罷了！」

蕭晗面色一僵，被柴郡主這樣一說，她心裡不大舒服，但有些事情不是憑她一己之力就可以破壞的。再說這樁聯姻代表的是西番與大殷的結盟，這早已經超出了男女情愛的範疇，萊婭公主自己也已經看得明白，她的婚姻不為情愛，只為結盟。

「怎麼不說話了？」見蕭晗沈默不語，柴郡主以為逮到了她的痛處，不由暗自得意起來。

「妳也是這樣要脅他的？」蕭晗靜靜地看向柴郡主，眸中的神色並無喜怒，有的只是一抹悲憫。「恐怕妳要的愛只能用威脅才能得到……不，這不是愛，只是妳一廂情願求來的憐憫罷了！」

「妳竟然敢這樣說我?!」柴郡主氣得臉上青白交替，上前幾步便揚起了手，卻被蕭晗給一把握住。「怎麼?被我說中真相，惱羞成怒了?」

「不管如何，衡哥哥都答應了我的，他一定不會騙我！」柴郡主咬了咬牙，一臉怒意地看向蕭晗。「都是妳橫梗在我們中間，若不是妳突然插進來，指不定我與衡哥哥早就成親了，哪裡還要等到今天?」

她眼下真是後悔莫及，不應該因為葉衡訂親的事情，一賭氣就離開了京城，她應該找他好好談一談的。原本以為事情的發展還沒有那麼快，可沒想到再回到京城，就聽說他已經娶親的消息，這讓她措手不及。

一切應該還能夠挽回，只要她進了侯府，她會不惜一切代價奪回葉衡的心。

「妳要知道，若是我將這件事告訴了太后，太后有的是辦法逼得皇后娘娘答應我的要求，不然他的太子之位也休想坐得穩！」柴郡主把狠話撂在了前頭。

蕭晗一時之間頓悟過來，前世今生的種種糾葛似乎一下子變得清晰了起來。

或許前世也是柴郡主發現了太子的隱私，以此來要脅葉衡娶她，可這件事情發生的時間應該沒有那麼早，因為她的重生，一切都有了變數。

前世葉衡到底是娶了柴郡主的，或者也可以說他這樣做是為了保全太子的地位，不過是一個權宜之計。

但眼下，葉衡已經有了她，她不想看到他因為任何原因對另一個女子妥協，她忍受不了。

在成親之前，她也告誡過自己，男人的愛就只有那麼短短幾年，趁著自己年輕，要盡可能地抓住他的寵愛，早一日生下自己的孩子，今後才能在長寧侯府站穩腳跟。即使他今後有了別的女人……

可眼下只要一想到有這個可能，她便覺得心痛得快要碎掉似的，根本沒有辦法忍受。她不是一個大度的女人，她希望他只有她一人、只愛她一人，因為她也是如此全心全意地對待他。

想明白了一切之後，蕭晗豁然開朗，不禁用一種審視的目光重新看向柴郡主，似乎看透了她隱藏在那副華麗皮囊之下的忐忑與擔憂，不由唇角一翹，道：「既然他答應了妳，妳還來找我幹什麼？就是因為妳也不肯定他是不是在騙妳，對嗎？」

「妳……」面對著蕭晗的逼近，柴郡主不由自主地向後退了一步，氣息有些不穩，還是要辯駁。「他不會騙我的！」

「可妳為什麼不確定呢？」蕭晗牽了牽唇角，桃花眼中波光流轉，美豔逼人。「是因為這是妳要脅而來，逼迫所得嗎？原來郡主也知道別人是不情不願的啊！」蕭晗越過了柴郡主，緩緩在軟榻上落坐，意態悠閒地望了過去，手中的茶盞輕輕磕響。「郡主想過嫁到侯府之後會怎麼樣嗎？」

「還能怎麼樣，自然是和衡哥哥生活在一起。」柴郡主臉色有些泛白，說話的語氣卻開始不確定起來。

「讓我來告訴郡主吧！」蕭晗擱下了手中的茶盞，輕笑道。「妳會看著我與他恩愛，看著我與他生兒育女，看著我與他白首攜老。若是他一定要迎娶妳才能保全太子的秘密，那麼我有辦法讓他永遠都不碰妳，妳雖然嫁進了侯府，但我敢保證……」她的纖手在眼前一劃，旋即指向了柴郡主。「妳……一輩子都會守活寡！」

「不！不會的，他不會這麼對我的！」柴郡主面色蒼白如紙，整個人驚得向後退了幾步，一個踉蹌便跌坐在身後的圓凳上。她的神色有些慌亂無助，夾雜著些許對未來的驚恐，若蕭晗所描述的真是她一心想求的未來，那麼她如今又是在幹什麼？是要將自己親手送進這個囚籠嗎？

「會與不會，郡主可以好生掂量。」蕭晗輕聲一笑，又道：「難道妳真覺得在他心中，妳能比得上我嗎？」她揚眉一笑，眸中俱是自信飛揚，這樣的蕭晗是耀眼的、是奪目的，連柴郡主都看得愣住了。

她一直以為蕭晗是個軟弱的女人，不過是背後有人撐腰罷了。

今日她原本是抱著必勝的決心而來，甚至不惜違背葉衡的意願，直到此刻她才知道她錯了，錯得離譜。

這個女人一點也不軟弱，甚至犀利得如出鞘的劍鋒，劍氣所指，所向披靡！敗下陣來的人是她，且還敗得沒有還手之力，因為她也不敢否認蕭晗所說的話。

葉衡的確是個冷酷的男人，她曾經親眼見過他在錦衣衛衙門刑訊一個犯人，那燒火的烙鐵硬生生地燙得那人皮開肉綻，可他連眼睛都不眨一下。

若是今後他的這分冷酷同樣用在她的身上，只怕她會生不如死！

想到這個可能，柴郡主忍不住打了個冷顫。

「想來郡主還要好生思量，我就不打擾了。」蕭晗站了起來，笑道：「我夫君也快要回來了，郡主應該不想在這個時候見到他吧？」她的眉峰輕輕一挑。

「蕭氏，妳真狠！」柴郡主的神色還有些異樣，整個人卻已是緩緩起身，又看了蕭晗一眼，這才不甘地拂袖離去。

等瞧不見她的人影後，蕭晗才鬆了口氣，跌坐在地上，接著重重地喘了幾口氣。

她剛才也不過是在強撐，只是不想在柴郡主面前表現出絲毫的軟弱，特別是在這個絕對不能退後的時刻。

雖然這個結果她預想了許多次，可卻沒有柴郡主親口對她說出的那般震撼，也那樣令她心痛。

即使葉衡是在權宜之下才答應了柴郡主，事後也不一定會履行承諾娶她，可若是真娶了呢？她又能怎麼辦？

當然，或許也能像她恐嚇柴郡主那般，這一輩子葉衡都不會碰柴郡主，可好好的兩人之間硬生生地插進了一顆老鼠屎，她只要一想到還有另一個女人住在這個院子裡，並且還是葉衡明媒正娶的女人，她心裡難道不會有疙瘩？

好吧，今日她的確是衝動了，或許就是因為她的這份衝動破壞了葉衡原本的計劃，可又如何呢？

她確實忍不住了，忍無可忍時便無須再忍，她終於跳了出來捍衛自己的丈夫。若柴郡主真的因為她的一番話而改變了初衷，那自然是好的；若是不行，她再想其他辦法就是。

蕭晗眼下終於轉過了那道彎，與其在那裡胡亂猜測，與其在那裡自怨自艾，不如主動出擊，做自己該做的事，也好過將來忍氣吞聲地熬成一個怨婦。

眼下她就等著葉衡歸來，或責罵，或解釋，夫妻倆總要將話說明白，她早便等著這一天了。

想來柴郡主剛到長寧侯府時，這個消息便已經傳到葉衡的耳朵裡了吧！估計著時間，他也該回來了。

蕭晗回到內室整理了衣裙，又用羊角梳理了理頭髮，甚至還給頭髮抹上了一些茉莉花香的髮油，又挑出一枝耀眼的金簪插上，塗抹上豔紅色的唇脂。最後在鏡前轉了轉，對於自己的妝扮很是滿意，剛剛放下羊角梳，便聽到梳雲在外稟報道：「少夫人，世子爺回來了！」

蕭晗唇角一抿，緩緩轉過了身來。

葉衡知道柴郡主到了長寧侯府後，便急急忙忙地趕了回來，恨不得自己長了一雙翅膀，馬鞭在半途都被他甩飛了，急切的心情可想而知。

他是告誡過柴郡主的，不能去侯府、不能見蕭晗，更不能將他們之間達成的協議說出來，可哪裡知道這個女人根本不聽勸，面上答應了下來，背地裡卻轉身找上了蕭晗。

此刻見到蕭晗一身明豔的打扮，那面對他時巧笑倩兮的嬌顏，葉衡越發地覺得不對勁。

按他所想，這個時候蕭晗該與他哭鬧一番，再不濟也要好好地審問他，他也打定了主意該交代的就全部交代，這次可不敢再有絲毫隱瞞。

「不是還沒到下差的時辰，你這就跑回來了？」蕭晗清淺一笑，上前幾步，伸手為葉衡解了外袍的盤扣。她動作輕柔，嬌嫩白皙的臉蛋就近在咫尺，葉衡遲疑了一下才摟住了蕭晗的細腰，輕聲道：「我聽說……柴郡主來了？」說罷有些忐忑地看向她。

「是來過了。」蕭晗退後一步，輕輕一掙，葉衡便順勢放開了手，又見著她轉身將外袍掛在了衣架上，拿了家常的灰色袍子給他穿上。

「郡主好像並沒有聽進你的勸告啊！」蕭晗雙手翻動，又為葉衡理平了衣襟，就像在說一件再平常不過的事。

「熹微，妳別這樣，我心裡難受！」葉衡一把抓住了蕭晗的手，兩人的視線終於對在了一起，便聽葉衡緊張地問道：「她都對妳說了些什麼？」他心裡不確定，所以更加煎熬。

「她什麼都說了。」蕭晗眨了眨眼，忍住奔湧而來的淚意。她原本想要不介意的，可心裡仍然覺得酸楚，眼眶漸漸泛了紅，嗓音哽咽。「她想做你的妻子，不是嗎？」

「傻丫頭，那些都是我騙她的話，我已經娶了妳，怎麼還會娶她?!」葉衡一慌，趕忙摟緊了蕭晗，她忍住眼淚的模樣讓他痛心到了極致，他究竟是犯了什麼樣的過錯，才惹得她這般傷心難過？

回想起蕭晗這段日子的鬱鬱寡歡，難道是早就猜出了什麼，而他卻一直沒有發現。葉衡十分地自責，也很後悔。

「娶了我，也能娶她，不過當個平妻罷了，本朝也不是沒有先例！」蕭晗伏在葉衡的肩頭，說出這番違心的話後，不由紅唇緊咬，攥緊了他的衣衫。

「可妳當真願意嗎？」葉衡怔了怔，旋即沈聲道：「即使知道這是迫不得已，即使知道我是為了保住太子的秘密不外洩……」

在他的印象裡，蕭晗可不是個大度的人，當然對某些方面她看得灑脫，但對於愛情，這丫頭可是個死心眼的人，他真怕她一氣之下做出讓兩人都後悔的事來，所以一直不敢對她坦承。

「不願意，我永遠也不會答應！」蕭晗猛地退後一步，發紅的眼睛如小鹿般地瞪向葉衡。「即使你答應她是有不得已的苦衷，可我也不願意與另一個女人分享自己的丈夫！」

「早知道妳不會答應，我這不也想拖著她……又怕妳知道後難受，這才沒有向妳坦白。」葉衡一口氣將壓在心裡的話都說了出來，整個人也覺得輕鬆了不少。

「眼下你或許不用煩惱了！」蕭晗癟癟嘴，見葉衡不明所以地望來，道：「我與柴郡主說了很多不好聽的話，只怕她自己都嚇著了，若還想選你做她的丈夫，恐怕也要好生掂量一番了。」

「妳啊妳……」葉衡無奈搖頭，卻沒有怪罪蕭晗的意思，只拉了她的手道：「不氣了？這段日子氣了許久，眼下總歸是好了許多吧？」

「怎麼不氣，我還氣著呢！」蕭晗輕哼一聲，背過了身去，一點一點地數落著葉衡的不是，末了還道：「今後若是再有什麼瞞著我、騙了我，我就再也不原諒你！」

「我保證不會再瞞著妳！」葉衡抱住了蕭晗，任她掙扎了幾下，卻還是不放開，最後轉過她的頭，重重地吻了下去，這才算是把人給制伏了。

# 第八十二章 難產

第二日葉衡便進宮了，柴郡主知道後很是忐忑，卻又不能不見他。

昨兒個從侯府歸來後，她便一直不安，一是怕葉衡會責備她，二是因為蕭晗的話輾轉反側，蕭晗說的每個字似乎都釘進了她的心裡，讓她想忘都忘不掉。

如今葉衡就站在她眼前，立刻讓那些話都鮮明了起來。他的眼神冰冷，對待她全然沒有往日的平和，冷酷的模樣讓她想起了當初在錦衣衛衙門時被他刑訊的囚犯。

「郡主答應我不去侯府的，可妳還是去了。」葉衡平靜地開口，臉上的表情沒有波動，彷彿一灘死水，激不起半點波瀾。

柴郡主的心驟然沈到了底，硬是強笑一聲，有些不確定地道：「蕭氏告訴妳了？」

「郡主的動向不難查到，更何況我不是還有把柄在妳手裡？」葉衡斜睨著柴郡主，那鄙視與不屑的模樣，就像在看一個毫不相干的陌生人一般，甚至比那還不如。若不是被太子之事掣肘，他也不會應下柴郡主的要求，當時的權宜之計也不過是為了拖延時間罷了。

「你……別說那事了。」柴郡主慌亂地擺手，心卻在一點點地變涼。就算她不想承認也不得不承認，蕭晗說得沒錯，葉衡對她根本沒有半點情意，這樣的一個男人，她嫁給他真的會幸福嗎？還是守一輩子的活寡？

柴郡主的心猶豫搖擺著，葉衡的聲音卻又響在了她耳邊。「既然郡主沒有遵守承諾，也別怪我不守信用！」

「你……是什麼意思？」柴郡主顫抖地抬起了頭來，心中漸漸有了不好的預感。

「之前咱們說過的事情就此作罷，至於妳想要以什麼別的條件來作為交換，妳儘管提出來，只要我能做到的，絕不會食言！」葉衡這話剛一說完，便見柴郡主要反駁他，可他根本沒給她機會說話，便揮手道：「郡主想要說什麼我大概猜得到，但這件事不僅關係到太子，還有皇后娘娘……」他一頓之後，眸色漸冷。「若是我將這件事告訴皇后娘娘，想來為了維護自己的兒子，娘娘也會有千百種方法來對付郡主！」

「你……」柴郡主的臉色驟然一白，有些不敢置信地看向葉衡。就算從前他對她並不熱絡，可也從來未像如今這般恐嚇她。

「郡主是個聰明人，咱們都不想兩敗俱傷，還請郡主好生想想，若想到了什麼盡可以派人來給我捎信！」葉衡說到這裡，對柴郡主抱拳拱了拱手，接著便轉身離去，沒有一點留戀。

望著葉衡離去的背影，柴郡主傷心不已，卻也知道這個男子的心是挽回不了的，或許他的心根本也沒在她身上過。他如此絕情，如此無心，難道她還要孤注一擲下去？

再說皇后娘娘若真知道了她以太子之事作要脅，恐怕會對她痛下殺手。

柴郡主閉了閉眼，一行清淚滑落面頰，這一次，她是真的輸了，不過不是輸給了蕭晗，而是輸給了葉衡的無心。

柴郡主搖了搖頭，頹敗地轉身往自己宮殿而去，卻沒留意到不遠處有個人影匆匆一閃，又飛快地往另一個方向而去。

呂貴妃的煙霞宮座落在皇宮東南方，與皇后娘娘的坤極宮相依，兩個宮殿離得並不算遠，當然也顯示出宮殿主人身分的高貴與特別。此刻的呂貴妃正閒適地倚在貴妃榻上，享受著宮女剝好的龍眼。

「這麼說來，柴郡主是知道了太子的秘密，所以以此來要脅長寧侯世子？」聽完宮女的稟報後，呂貴妃不由坐了起來，紅色的指甲輕輕一劃，原本被捏在手中的龍眼便濺出汁水，露出內裡黑褐色的核，她輕輕一拋將龍眼扔在了果盤裡，立刻便有宮女端了溫水過來給她淨手。

呂貴妃淨手之後，一邊擦拭著水漬，一邊緩緩道：「看來咱們若想扳倒太子，從郡主那裡下手是極好的。」說罷唇角一翹，露出一抹濃豔的笑容來。

葉衡入宮的事情蕭晗並不知道，可回了府後他卻主動向她坦白了。

「她肯答應？」蕭晗很是意外，沒想到柴郡主那麼快就想通了？這份愛也太薄弱了吧。

「不管她答不答應，我已擺明態度，就讓她自己思量去吧！」葉衡大手一攤，倚在了一旁的躺椅上。「若她能換個條件，我做得到的一定答應她，若是不然……」眸中神色一黯，抿唇道：「這件事就扔給皇后娘娘操心去！」總不能為了太子，搭上他的終身幸福。

原以為能拖一陣子是一陣子，他總會想出解決的辦法，可是……葉衡輕嘆一聲。蕭晗這次雖然隱忍不發，可他卻知道自己是傷了她的心，若能再給他一次機會，他絕對不會這樣做。

蕭晗癟癟嘴。早知道如此要脅柴郡主不就好了，也是當時他沒考慮到這一層，白操了那麼多的心。

「若真告訴皇后娘娘，你就不怕她深受打擊？」蕭晗看了葉衡一眼。雖然她對皇后娘娘沒什麼好感，可如今大家都在一條船上，唯一的兒子是斷袖的事實，大多數的母親都無法接受，特別是母儀天下的皇后娘娘，處在那樣的高位上，還有什麼是她不能擁有的？可偏偏她最親的人卻讓她不能如願。

「太子早已經成年，該有擔當，這件事就算他不告訴皇后娘娘，過一陣子我也會說的，這世上恐怕也只有皇后不會害他了。」葉衡微微一頓，又道：「再說有皇后幫襯著，太子在宮裡總不至於出什麼紕漏。」

「若出了什麼事，可別怪我沒提醒過你！」蕭晗輕哼一聲，心裡卻緩緩漾開了一絲甜蜜。當時她差點以為葉衡對柴郡主的承諾是真的，可如今他能這般迅速地表明立場、劃清界線，說明他並沒有辜負她的信任。

「能有什麼事？」葉衡眉毛一揚，又拉了蕭晗坐進他懷裡，搖頭笑道：「只要有妳在，再多的麻煩我也不怕！」

「貧嘴吧你！」蕭晗偏頭嗔了葉衡一眼，又輕輕倚在他懷中，終是長長地吁了口氣。

第二日一早，長寧侯府的大門就被叩響，守門的侍衛還有些睡眼惺忪，便聽到有人要求見世子夫人，又說是人命關天的大事，這才不敢耽擱地入內稟報。

彼時蕭晗還未醒，正倚在葉衡的懷抱裡睡得香甜，聽到敲門聲時，她還有些不耐地皺了皺眉，眼也未睜地嘀咕道：「大清早的這是誰啊？」又搖了搖葉衡的胳膊。

葉衡已經清醒過來，偏頭見蕭晗一副未睡醒的樣子，不由好笑地捏了捏她的鼻頭，這才披衣起身。「妳再睡一會兒，我去看看！」說罷便向門外走去。

想來沒什麼大事丫鬟也不會叫門，如此心急地拍了又拍，葉衡心想可能是什麼急事，一開門瞧見蘭衣守在門外，見了他的面立即福身行了一禮。「見過世子爺，奴婢求見世子夫人，有急事！」

葉衡道：「什麼急事？先說給我聽。」

「是上官……是蕭家前大少奶奶，她昨兒個臨盆了！」蘭衣不敢隱瞞，據實以報，又道：「聽說難產，派來的人昨兒個晚上便趕到京城，只是城門早關了，便守到今兒個一早開了城門，才奔來咱們侯府求見世子夫人！」

「是上官瑜吧？」葉衡怔了怔，旋即反應過來。這個上官瑜的事情他知道，曾聽蕭晗提起過，明明自己是個受害者，卻偏偏要選擇不一樣的道路，這才被蕭家一封休書給下了堂，說到底也是個可憐的女人罷了。

「妳去叫少夫人起床，我立刻讓人去請太醫，一會兒跟著妳們一道去！」葉衡側身讓蘭衣進屋，自己則踏出門尋劉金子去了。

蕭晗本也是未睡熟，聽到腳步聲便睜開了眼，蘭衣將前因後果又說了一遍，便侍候她穿衣起身。

「算算日子，瑜姊姊也就是這幾日生，我竟然給忘了。」蕭晗一臉的懊惱。她這段日子盡顧著自憐自艾去了，竟然將這件重要的事情給忘了，眼下只希望上官瑜不要出什麼意外才好。

蘭衣一邊侍候著蕭晗梳洗，一邊道：「少夫人也別急，世子爺已經命人去請太醫了，有太醫在應該也能有幾分把握的。」

「眼下我只希望瑜姊姊母子平安。」蕭晗皺緊了眉，梳洗穿戴妥當後，便跨出了房門。

葉衡正從另一頭走來，見了她便道：「妳們先坐馬車去，一會兒我帶著太醫騎馬趕去。」

「好，一會兒在瑜姊姊那裡碰頭。」蕭晗點了點頭，也不再說什麼，蘭衣又給她罩上了披風，眾人這才急急地出了門。

上官瑜所住的小莊子離京城至少兩個時辰的車程，蕭晗在馬車中顛簸也覺得心焦，只能在心中將靜心咒默唸了一遍。

好不容易趕到莊子上，葉衡一行人也風塵僕僕地趕來了。被他帶來的這位太醫姓容，是長年給長寧侯府一眾女眷診治的老太醫。這一番奔波下來容太醫整個人都要虛脫了一般，落地後便吐了一場，好在不一會兒便恢復了精神，能夠如常地診治病患。

「你可是把容太醫給害苦了。」蕭晗都不好意思去看容太醫那灰頭土臉的樣子，只拉了葉衡到一旁說話。「一會兒我帶著容太醫進去，你在外面稍作歇息。」

「行。」葉衡點了點頭，蕭晗這才讓人領著她進了屋去。

莊子不大，就是兩進的院落，蕭晗來過幾次，也知道上官瑜如今住在這裡以收田租度日，好在她自己也有些身家，這一輩子倒是餓不著的。

莊上的人手很少，除了看門的老頭，便只有一個管事、一個廚娘，還有侍候上官瑜的一個丫鬟。

此刻房裡人頭攢動，除了接生的穩婆之外，附近的好些婦人都來幫手，見蕭晗帶著容太醫闖了進來，大家都愣住了。

「瑜姊姊！」蕭晗來到了床頭，見上官瑜一臉虛弱的模樣，忙轉向一旁的穩婆道：「瑜姊姊眼下是什麼情況，怎麼孩子就出不來了？」

「上官太太是胎位不正，婆子我推了幾次都不見效果，再這樣下去不僅孩子難保，母親也會有危險！」穩婆也急得一臉是汗，又對蕭晗道：「原本決定要將孩子打下來，保住大人的命才重要，可上官太太死活不肯！」

「容太醫，你快來瞧瞧！」蕭晗轉頭喚了一聲，又見這滿屋子的人，便道：「如今我瑜姊姊生產在即，我也知道諸位是來熱心幫手的，只是人實在太多了，還請各位在屋外稍等，我已請了有經驗的太醫過來，還有穩婆在這裡足矣！」

這幫村裡婦人哪裡見過像蕭晗這般氣派的貴婦，又聽她說請的人是宮裡的太醫，眾人的神色都是一變，她們本也幫不上什麼忙，此刻便依言退了出去。

容太醫知道情況緊迫，為上官瑜把了脈後便對蕭晗道：「少夫人，老夫要為這位太太扎針，以助她恢復胎位，妳們且先退到一旁。」又看了站著的穩婆道：「有她幫忙足以。」

穩婆趕忙戰戰兢兢地應了一聲。她只是接生的穩婆，在太醫面前只有聽話的分。

「那就勞煩容太醫了。」蕭晗點了點頭。此刻她也不想問容太醫的把握有多大，免得平添他的壓力，讓他盡力而為就是。

上官瑜對著蕭晗輕輕點頭，感激她的到來，如今太醫也來了，她似乎又看到了希望，就算為了孩子，她也要努力一搏。

生產的過程是冗長的，見上官瑜一臉痛苦的表情，蕭晗有些不忍地退到了屋外。

葉衡正候在外頭，見了她不由迎了上去，扶著她坐下。「早上也沒好好吃些東西，眼下我讓廚娘煮了些麵條，一會兒將就著吃一些。」

蕭晗點了點頭，握緊了葉衡的手，仰頭道：「瑜姊姊會沒事吧？」

「有容太醫在，會沒事的。」葉衡點了點頭，又安撫了蕭晗幾句。

「你今日不去當差行嗎？」蕭晗知道葉衡事多，今日這一來一回，怕是要耽擱他一天的時間了。

「沒事的，我明日去處理也是一樣。」葉衡搖了搖頭，又輕撫蕭晗的臉蛋。「瞧妳這六神無主的模樣，我若不陪著妳怎麼行？」

「幸好有你在身邊。」蕭晗長嘆一聲，整個人依偎在葉衡身邊，這樣她的心能夠安定一些。

廚娘端來麵條後，她也只是隨意吃了一些，其間又進房裡看了幾次，終於在日落黃昏時，上官瑜順利地產下了一子，母子平安。

蕭晗總算鬆了口氣，只是上官瑜剛剛產子，身體正虛，這個時刻她不好離開，便決定留在莊上幾日，照顧上官瑜。

葉衡卻是必須要趕回京城的，夫妻倆一番交代後，蕭晗便送了他出門，轉回屋裡時上官瑜已經清醒了過來。

「瑜姊姊，恭喜妳得了個兒子！」蕭晗笑著走了過去，上官瑜生產之後雖然虛弱，可一雙眸子仍舊晶亮，眸中散發著喜悅柔和的光芒。

「熹微，還好妳來了，不然我只怕……」上官瑜看著蕭晗，滿臉的感激，帶著一種劫後重生的喜悅。這兩天一夜她真的以為自己快要死了，沒想到還是熬了過來，這自然要感謝蕭晗帶來的容太醫。

「瑜姊姊別這樣說，原本妳近日可能會臨盆，我早該知道的，若提前有了準備，也不會讓妳受這一番苦了。」蕭晗滿懷歉疚地握緊了上官瑜的手。「好在眼下你們母子平安，我看見小傢伙長得挺可愛的，像妳呢！」

「我也不多說什麼客套的話了，妳知道我在心裡感激妳就行，咱們母子一輩子都感激妳！」上官瑜笑中有淚，又趕忙伸手抹了去，但嗓音仍然有些沙啞。「這孩子命不好，也不知道會不會喜歡我這個娘?!」

「做孩子的哪有不喜歡娘的，妳想多了！」蕭晗安慰上官瑜。「當初瑜姊姊為了能生下他歷經了多少磨難，他若是個好的，報恩還來不及了，哪裡會不喜歡妳？」她又轉移話題道：「瑜姊姊給他起名字了嗎？」

「我生他也不容易，小名就叫難哥兒吧，就跟著我姓上官，至於名字……」上官瑜想了想，又轉向蕭晗道：「既然妳是看著難哥兒出生的，就給他起個名字吧！」

「我起？」蕭晗微微驚訝了一下，又見上官瑜笑著點頭，想了想才道：「既然瑜姊姊信我，那這孩子就叫上官孝吧，不忘母恩，長大了也知道孝順他親娘！」

「上官……孝，好，就叫上官孝！」上官瑜激動地連連點頭。

穩婆抱了難哥兒過來，笑道：「孩子怕是餓了要喝奶了！」

「抱給我吧！」上官瑜伸出手來，又見蕭晗有些詫異，便解釋道：「我沒給難哥兒請奶娘，聽說在村裡自己的孩子都是自己餵，這樣母子倆才親近，我也想試試。」說罷有些不好意思地紅了臉。

「瑜姊姊說得是。」見穩婆要教上官瑜如何給難哥兒餵奶，蕭晗便出門迴避去了。

蘭衣看著蕭晗一臉倦容，不由輕聲道：「少夫人要不先去歇息一會兒？今日您也忙了一天了，上官太太這裡若有什麼事，奴婢再去叫您就是。」

蕭晗點了點頭。今兒個一天確實疲累，不過眼下知道上官瑜母子平安，她的心也定了。

落日將天邊染成了胭紅色的一片，夕陽落下，才會有朝陽初升，如此往復的一天才是人生的開始！

蕭晗就這樣在莊上住了幾日，順道陪一陪上官瑜母子。

上官瑜的身分在這個村莊裡雖然遭人質疑，但因著她這個東家向來大方客氣，隨著孩子出生，議論的人也少了起來，畢竟人家孤兒寡母的過日子也不容易。

上官瑜在與蕭晗說起這些事時，也是一笑帶過。「當時大著肚子來到這裡，別人還以為我是哪個有錢老爺養的外室呢！也沒少說閒話，不過我不介意。」她看向身旁搖籃裡睡得正香的孩子，笑道：「眼下孩子隨了我姓，他們也知道這是我一個人的孩子，等著難哥兒長大後，想來會更好的。」

「瑜姊姊本就是難得的豁達之人。」這倒是蕭晗的由衷之言。她自問若是她碰上了上官瑜的種種遭遇，絕對不會做得比她更好。

「經歷得多了，人也看得開了，我這也是一步一步吃苦受累才悟出來的。」上官瑜牽唇一笑，眉眼間彷彿有一種洗淨鉛華的沈凝，如今還有了孩子作伴，她已心滿意足。

# 第八十三章 出紅

蕭晗回到侯府已是幾天後的事，葉衡依然在錦衣衛所忙碌著，只是回府時卻帶回來一個不好的消息。

「柴郡主怎麼會和呂貴妃合謀了？」蕭晗震驚地看向葉衡，聽完這個消息後腦袋裡一時還沒有轉過彎來。

明明不該是這樣的，怎麼才過去幾天的時間，就完全變了樣。

柴郡主若是站在呂貴妃那一邊……這意味著呂貴妃已經知道了太子那個不為人知的秘密，甚至有可能拿來要脅太子與皇后娘娘，到時候他們該如何應對？

「事情發展成這樣，我也沒有想到。」葉衡搖了搖頭，面沈如水。「原本太后與柴郡主都是中立的，哪邊也不幫，可如今郡主與呂貴妃突然熱絡了起來，這件事恐怕連太后也知道了……」他的言語中透露了幾許擔憂。

蕭晗心下一涼，不由握緊了葉衡的手。「那皇上……也知道了？」

「恐怕只是早晚的事。」葉衡抬頭看了蕭晗一眼，又垂下了目光兀自沈思起來。

蕭晗的思緒翻轉不停，又是慌亂，又是煎熬，只有她知道，這一切都是因為她才會發生了變化。

若是沒有她，或許葉衡已經順利地迎娶柴郡主，太子的這個秘密也會永遠地被掩蓋住，柴郡主根本沒有理由加入呂貴妃的陣營。

柴郡主不僅是被她的話給嚇到了，葉衡的威脅也讓柴郡主沒有其他選擇，呂貴妃可能是聽到了什麼風聲，才拋出了足以讓柴郡主動心的誘餌。

「眼下已經無法挽回了？」蕭晗咬了咬唇。她不知道葉衡會不會在心裡怪她，都是因為她不答應柴郡主的條件，才讓太子與皇后娘娘樹立了一個不可避免的強敵。

「恐怕沒辦法了。」葉衡搖了搖頭，見蕭晗一臉愧疚的模樣，忙將她拉進了懷中安撫道：「這件事與妳無關，本就是太子與敬嚴的事情，咱們能保守住秘密已是盡了道義，沒必要為了他們破壞自己的幸福！」

這一點葉衡已看得通透，也是在這些日子裡，他才逐漸想明白的。和權勢利益相比，到底還是蕭晗更重要！他很容易便做出了選擇，只怪從前自己沒有認真思量過，還一心一意的為太子辦事。

「那太子的事，你已經告訴皇后娘娘了？」蕭晗拉緊了葉衡的衣袖。雖然他的心意令人感動，可皇后娘娘那裡只怕便不會這麼想了，很可能會指責她的不是。

「是娘娘招了我進宮問話的，她聽到了風聲，我見瞞不過去，才對她全盤托出。」葉衡眉目凝重。「也不能讓呂貴妃搶了先機，皇后娘娘知道一切後，才能有所行動，對呂貴妃加以制衡！」

「那……她沒說什麼？」蕭晗心中一顫，不期然地便想起了當初第一次進宮時，皇后娘娘對她說過的話。只怕如今要是知道因為她的緣故，才讓柴郡主靠向了呂貴妃那一頭，心裡會更加厭棄她了。

「熹微，我知道妳在擔心什麼。」葉衡牽了牽唇角，扯出一抹笑意來。「我沒跟她說柴郡主的要求，本也不關妳的事，不要多想。」

蕭晗勉強笑了笑，葉衡雖然這樣說，可卻止不住別人不這樣想。再說皇后娘娘神通廣大，若打聽出來其中的原委，到時候找她問罪，該如何是好呢？果不出蕭晗所料，這件事傳出來沒多久，宮裡便宣旨讓她入宮覲見皇后娘娘。早知道這一刻是躲不過的，蕭晗換了一身明豔的寶藍色正裝，往坤極宮而去。她能夠想像得出皇后娘娘會如何指責她，可她問心無愧。

坤極宮的正殿裡靜悄悄的，宮女和太監們都屏息寧神、目光低垂，大氣都不敢喘上一聲。

蕭晗直直地站立於殿中，背影筆直，亭亭而立。

皇后娘娘坐在高處俯視著她，無聲又威嚴，在這種壓力下，只怕好多人都會支持不住、腿軟跪地，可蕭晗早預料到來見皇后娘娘會是什麼樣的情景，反倒能以平常心對待。

「好，好得很啊！」皇后娘娘冷笑一聲，輕啟朱唇。「蕭氏，看來妳是忘記了當日進宮時本宮與妳說過的話！」

「娘娘的教誨，臣妾不敢忘。」蕭晗微微躬身，平靜地抬眼，態度不卑不亢。

穩坐在明黃色鸞椅上的女子面容冷厲，卻看得出眼下有一圈烏青，想來這些日子為了太子的事情，皇后娘娘也沒有少操心，且這怒火一直壓抑在心底，找不到宣洩的出口，如今正好拿蕭晗開刀。

「郡主有什麼不好？出身高貴的皇室女子，難道與妳一同做個平妻都不成？」皇后娘娘一拍鸞椅的扶手，整個人傾身向前，面部五官微微有些扭曲，顯示出她此刻並不平和的心境。「妳真是好本事，還能讓衡兒拒絕郡主的要求，眼下硬生生地把人推到了呂貴妃那邊。」她一頓後，又咬牙道：「妳可知道柴郡主已經與呂貴妃的姪兒訂親，如今妳要後悔都晚了！」

「臣妾並不後悔！」蕭晗福了福身，面色淡然地看向皇后娘娘。「郡主能覓得佳婿，總比指望著別人的丈夫來得好，臣妾認為這才是明智之舉！」

「蕭氏，妳是在揣著明白當糊塗吧？」皇后娘娘扯了扯唇角，眸中笑意冰涼。「太子……」她左右看了一眼，緩了緩音調。「太子的事情妳不是不知，為何不盡力而為？偏要給本宮留下這樣的麻煩？妳可知若皇上知曉了這件事，太子的東宮之位怕是不保了！」

「皇上是賢明之君，太子是仁德之輩，想來也不願讓臣妾區區一介婦人為他受過。」蕭晗抬頭看向皇后娘娘，道：「您是太子的母后，若是您早些知曉了此事，也能告誡他，可太子一直拒婚到如今，您都沒想過是什麼原因嗎？」

「妳這是在指責本宮的不是?!」皇后娘娘怒極反笑，一手指向蕭晗，豔紅的蔻丹如血液凝固在指間，口中的話語冷厲至極。「妳好大的膽子！」

「臣妾不敢，臣妾只是說出事實罷了。」蕭晗低垂目光。「娘娘只有太子一個兒子，如今出了這樣的事，應該儘快補救，而不是問責臣妾，這件事與臣妾又有何干？臣妾何其無辜？再說宮裡已經傳起了風言風語，皇上難道會不知道嗎？」

「或許知道，或許不知道，但又關妳什麼事？」皇后娘娘當初便不大喜歡蕭晗的身分，認為她這樣的門第配上葉衡，本就是高攀了，如今還這般不識抬舉，當真是讓人氣憤不已。

「這件事臣妾的確管不了，還要皇后娘娘多上心才是。」蕭晗微微頷首。「臣妾想說的是，若聖心未明，那麼娘娘行事還是要謹慎一些，畢竟太子之位若有變，便是動搖國之根本，想來皇上不會輕易做出決定的。」

「這本宮自然明白。」皇后娘娘冷哼一聲，目光冷冷地掃過蕭晗，越看越氣，手中的拳頭都不由握緊了。「蕭氏，如今妳在本宮的大殿裡都敢出言不遜地頂撞，在長寧侯府裡只怕更是沒大沒小，也是姊姊她性子軟、好欺負，平日裡肯定沒有多加管教妳，今日本宮便替她好好教教妳！」話音一落，她高喝一聲。「來人！」兩個宮女立刻站了出來，一左一右地挾制住了蕭晗，讓她動彈不得。

「娘娘想要做什麼？」蕭晗目光冷靜。她知道眼下皇后娘娘是找不到出氣的地方，所以才這般針對她，因著長寧侯府的關係，只怕也不敢真拿她怎麼樣，雖然還是會小小的懲戒一番，可她心中並不懼怕！

而站在臨近殿口的紅珠，眼見情況不對，立刻悄悄地溜了出去，所有人的目光都專注在蕭晗的身上，倒沒有誰留意到她的離去。

「給本宮掌嘴！」皇后娘娘一聲令下，兩個宮女皆是一怔，想來還是顧忌著葉衡的，畢竟葉衡任職於錦衣衛，行事素來狠戾，而這位世子夫人可是他捧在掌心裡疼著的人，為此連柴郡主都被拒絕了，若是她們敢動手打了蕭晗，皇后娘娘是不會怎樣，但世子爺逮到機會還不得剝了她們一層皮！

「怎麼？本宮的話都不聽了？」皇后娘娘不過稍稍一揚眉，兩個宮女立刻一陣哆嗦，接著有些艱難地舉起了手，可猶豫了半天，這手掌依然沒有落下。

蕭晗看了她們兩人一眼，譏笑道：「娘娘何必為難她們？」又仰頭看向皇后。「若是臣妾臉上留了傷，事後只怕我婆婆和夫君會鬧起來，不如……」她眼波婉轉狀似思考，片刻後竟然給皇后出了主意。「不若就讓臣妾跪在殿外吧，也能讓娘娘消消氣！」

「妳倒是為本宮考慮得仔細……」皇后娘娘嘲諷一笑，想了想才道：「既然妳想跪就去跪著吧，什麼時候本宮消了氣，妳才能起來！」

「臣妾遵旨！」蕭晗對著皇后微微一福身，兩旁的宮女如釋重負地鬆開了手，跟著她往殿外而去。

三月的天還有些涼，蕭晗跪在青石板地上，一陣冷意傳來，這讓她的頭腦也愈加清醒起來。她沒有對皇后娘娘一味地順從，而是坦然地說出了自己的想法，可聽與不聽，端看皇后她自己了。

人總是會把錯誤反射性地加諸在別人身上，似乎這樣就能減少對自己的責難與挑剔，她只是很不幸地成了這個人罷了。

總之還好沒有挨巴掌！

蕭晗自嘲一笑，挺起了背脊在坤極宮的大殿外跪直了，太監、宮女們此刻見著蕭晗跪在殿外，也不敢亂說什麼，都低垂著眉眼，不聲不響地站在一旁守著。

跪了小半個時辰後，蕭晗覺得有些發虛，額頭的汗水也跟著落下，她撐了撐有些痠脹的腰，心想著會不會是月信快來了？算算日子，這個月的月信推遲了好幾天，此刻小腹一陣陣抽痛，她似乎感覺到身下有一股熱流湧了出來。

不遠處的迴廊上有個人影快步而來，蕭晗眨了眨眼努力地想要看清楚，可還不待那人走近，她腦中一陣暈眩，整個人就這樣倒了下去。

「熹微！」葉衡心急如焚地趕到坤極宮，見到的就是蕭晗跪在殿外幾欲昏厥的模樣，他腳下如風飛奔而至，剛好將昏過去的蕭晗摟在了懷裡。

「你來了……」倒在熟悉的懷抱裡，蕭晗虛弱地睜眼看了看，安心地倚在了葉衡的懷中，呢喃道：「肚子有些疼……」說罷伸手按在了小腹上。

就在蕭晗跪著的地方，一灘血跡清晰可見，幾個宮女、太監都圍了上來，卻根本不敢阻止葉衡，紅珠也趁這個機會鑽入了人群中，待見到地上那灘血跡後，不由驚呼一聲。「世子夫人流血了！」

「呀，真的是……」幾個太監、宮女也反應了過來，便有機靈的趕忙進殿稟報皇后去了。

「讓妳受苦了！」葉衡咬了咬牙，眸中燃起了熊熊怒火。若他早知道皇后娘娘會召蕭晗入宮，他怎麼也不會讓她去的，明明就不是她的過錯，她偏還要代人受過、被人折辱。

葉衡心裡升起了一股怨憤，即使皇后是他的姨母，他也無法原諒這樣的作為。

「紅珠，快去給我找容太醫！」葉衡吩咐了紅珠一聲，她立刻點頭，轉身就跑。

「我想回家！」蕭晗眸中浸淚，眼眶一瞬間便紅了。

在皇后娘娘跟前她不會屈服，因為她自認她沒錯，可在葉衡跟前不同，這是她的夫君，是她最親密的愛人，她的一切委屈與難處，都能向他訴說。

「咱們馬上就回家！」葉衡抱起了蕭晗，目光低頭掃過那一抹鮮紅，越發覺得刺眼。剛轉過身，他便見著一眾宮女、太監簇擁著皇后娘娘從殿內走了出來，面色不由冷了幾分。

「衡兒且慢！」皇后娘娘一瞧葉衡那冷峻的模樣，心思轉了幾轉。她也沒想到蕭晗這般不禁跪，不過才一會兒的工夫，竟然還跪得出了血，早知如此就賞蕭晗幾巴掌，她還打得名正言順；如今鬧出這麼大的動靜，她這般處罰臣子之妻，還是她嫡親的外甥媳婦，只怕這宮裡宮外都要傳出閒話來了。

「娘娘還有何吩咐？」葉衡的目光冷冷一掃，皇后身邊的宮女、太監都不由低垂下頭。他們都知道錦衣衛的厲害，這位世子爺更是箇中翹楚，被他記恨了準沒好事。

「這是誤會……」皇后娘娘緩緩步下臺階，輕嘆一聲。「本宮不過是代你娘教導蕭氏，哪知道才一會兒的工夫就變成了這樣，本宮真不是有心的……」

「娘娘心裡怎麼想的，您自己明白！」葉衡自然聽不進皇后的這番解釋。做都做了，眼下還想掩飾什麼？

「衡兒，本宮是你姨母，平日裡怎麼待你，難道你還不清楚？」皇后娘娘對葉衡動之以情，也是不想將兩方的關係弄僵了，畢竟在這個當口，他們母子太需要援助了，一個不慎只怕高位不保，她真正擔心的是這個。

蕭晗不過是一個小角色，葉衡尚且護她如此，那麼太子的江山呢？難道不比一個女子重要？

想到這裡，皇后娘娘心中對蕭晗的厭棄又向上攀升了一層，只是面上不顯。

「娘娘平日是如何待我的，我自然清楚，可是……」葉衡看了皇后娘娘一眼，目光又緩緩轉向懷中的蕭晗，滿臉的心疼。「己所不欲，勿施於人，娘娘心疼太子，我也心疼我的妻子，希望今後這樣的事情不要再發生！」

「容太醫來了！」紅珠在不遠處報了一聲，也是容太醫剛好經過坤極宮附近被她給看到，不然人還來不了那麼快。等著走近了，瞧見皇后娘娘冷冷的目光向她看來，紅珠暗道一聲不好，趕忙低垂了目光快步上前，稟報道：「娘娘，世子爺要奴婢尋了太醫來，奴婢一出宮剛好就碰到了容太醫……」

「妳倒是很聽世子爺的話！」皇后娘娘翹了翹唇角，似笑非笑。

紅珠的心漸漸沈了底，雙手緊張地揪住了衣襬，只怕世子爺帶著世子夫人一離宮，皇后娘娘便要處置她了。

「容太醫，快來看看內子如何了！」葉衡已顧不了那麼多，大步向容太醫走去。

「世子爺請先放下尊夫人。」容太醫喘了口氣。這段日子他可是少不了許多奔波，可憐他這把老骨頭，遲早都要折在長寧侯府。

葉衡單膝跪地，讓蕭晗坐在他的腿上，整個身子的重量都依在他懷中。

容太醫這才開始把脈，片刻後卻是眉頭緊鎖，輕捻長鬚。「世子夫人這是有喜了，不過日子尚淺，動了胎氣啊！」

「有喜了？」皇后娘娘幾步走了過來，滿臉的不可置信。「怎麼會……」

葉衡眸中神色一黯，沒有搭理皇后，只看向容太醫道：「還請老太醫跟著我回侯府一趟，好好給內子診治開方。」說罷轉頭對皇后道：「娘娘，那個紅珠微臣還看得順眼，可否請娘娘賜給微臣，今後就讓她好好在內子身邊侍候！」

皇后娘娘對紅珠已經生疑，若再讓她待在宮中也是凶多吉少，葉衡自然要保住她。

皇后眉目一凜，沈思許久才緩緩點頭道：「既然衡兒看得上紅珠，就讓她跟去吧，回頭本宮會命人備好藥材、補品送到侯府去，讓蕭氏好好養身體！」話音一落，紅珠立刻鬆了口氣，好在世子爺還是開口保住了她。

「微臣告退！」葉衡抱著蕭晗轉身離去，容太醫與紅珠向皇后娘娘行了禮後，也緊緊跟了上去。

看著葉衡夫妻離去的背影，皇后終是沈沈一嘆。也不知道這蕭晗是不是專程來剋他們母子的，這才讓他們每每不順，如今連葉衡也與她生了嫌隙。

她這個外甥對於太子來說可是不小的助力，如今……也不知道葉衡心裡是怎麼想的，只能走一步看一步了。

「憂思傷身，娘娘還是回宮裡歇息吧！」許公公垂首立在一旁，伸出了自己的胳膊任由皇后娘娘一手搭上。「世子爺只是一時氣惱，回頭想明白了，便知道娘娘的苦心！」

「你不懂這個蕭氏在衡兒心中的分量……」皇后搖了搖頭，其實心中是有些羨慕的。作為女人蕭晗的確是幸運的，能有個男子如此深愛她……曾幾何時這也是她的所求，可隨著深宮漸冷，隨著眾妃爭寵，那樣的日子便也離她越來越遠。

「兒女都是債，本宮還要細想如何解決太子的這個爛攤子才是。」皇后娘娘抿緊了唇，面上的哀思也只是一晃而過，便又恢復成那個明豔冷靜的後宮之主，她挺直背脊，一步一步緩緩地踏上了臺階。

# 第八十四章　有喜

被葉衡抱著上了馬車，蕭晗還有些渾渾噩噩的，直到被灌下了一杯溫水，這才清醒了幾分，又揪緊了他的衣袍道：「我剛才聽到容太醫說……他說……」喘了幾口氣都沒有說出一句完整的話來，她震驚極了，還有些不敢相信。

「妳沒有聽錯，容太醫說妳懷孕了！」葉衡握住了蕭晗的手，一臉的心疼。「以後她傳召妳進宮妳都別去，若是有人怪罪，妳盡推到我身上就是！」那個「她」是指誰，蕭晗自然明白，眼下葉衡連尊稱都不想用了。

「我有孩子了……」蕭晗垂下的右手輕輕撫在了小腹上，還沒有從懷孕的喜悅中回過神來，她的眉頭忽地一皺，眼下小腹還有些抽痛的感覺，她不禁擔憂道：「我好似還流了血，孩子沒事吧？」她一臉擔憂地看向葉衡。

「定會沒事的！」葉衡目光堅定地看向蕭晗，又將她的頭輕輕按向自己的肩膀。「妳先睡一會兒，什麼也不要想，等妳醒了，一切都會好的！」

「嗯……」蕭晗輕輕點頭，那種暈眩疲累的感覺再次襲來，她便倚在葉衡的肩頭沈沈睡去。

不管是太后、皇后、呂貴妃，還是太子、柴郡主，她都不再去想了，她的心裡只有這個未出生的小生命，他還那麼小、那麼脆弱，她能夠保得住他嗎？

在見到上官瑜的孩子出生前，蕭晗從來沒有那般渴望著做一個母親，她只想告訴孩子，她很堅強，為了他的到來，她什麼也不怕，她要給他做一個好榜樣！

孩子在夢裡向她揮了揮手，又邁著小小的步子，跌跌撞撞地撲進了她的懷裡，蕭晗唇角微翹，輕聲地笑了起來，雙手一抱才覺得懷中是一陣虛無。她心中一緊，猛然睜開了眼，頭頂是熟悉的藕荷色帳幔，上面繡著的百荷蓮子圖清晰可見，這裡是她與葉衡的房間。

「少夫人醒了！」蘭衣聽到動靜趕忙走了過來，又見蕭晗想要起身，忙拿了墊子枕在她身後。

蕭晗牽了牽唇角，目光一掃並不見葉衡，不由開口問道：「世子爺呢？」

「世子爺在夫人那兒呢！如今少夫人醒了就好，奴婢先給您端藥來！」蘭衣轉身去拿溫著的藥碗，又吹了幾下，才遞到蕭晗跟前。「容太醫已離開好一陣子，少夫人睡了快有兩個時辰，眼下天都黑了。」

蕭晗向外看了一眼，窗外的天空果然已是暗沈沈的，她點了點頭，接過了藥碗，正待要喝藥之前又頓住了，問蘭衣道：「我的孩子……容太醫怎麼說？」她有些害怕又有些緊張地咬了咬唇。

剛才夢裡的情景太過美好，她甚至能夠記得孩子在她懷裡輕聲笑著，那樣的滿足和幸福，是任何事物都無法比擬的，她愛這個孩子，雖然他還是未成形的小生命，可是她想要留住他！

「孩子沒事，才一個來月呢，不過這兩個月容太醫囑咐您儘量不要下榻走動，沒事就躺在床上好生靜養，等著過了三個月便好了。」蘭衣一臉愧疚地看向蕭晗。「少夫人受苦了！」若是她能跟在蕭晗身邊，或許還能代主子受過，可她只能等候在宮外，暗自心焦。

「只要孩子沒事就好。」聽了蘭衣這樣說，蕭晗放下心來，一口飲盡了碗中的藥，又就著蘭衣遞來的溫水漱了漱口，才安心地躺了下來。

眼下她的心很平和，因為這個初來乍到的小生命，讓她對未來又多了些期許，只是恐怕葉衡要與皇后娘娘生了嫌隙，雖然這是她不願意見到的，卻也避免不了。

皇后娘娘到底沒對她下狠手，而且她也不知道自己身懷有孕，一切或許都只是命運的捉弄罷了。

葉衡離開蔣氏房中時，順道還去廚房走了一圈，親自將熬好的魚片粥和一碗烏雞百合湯給蕭晗提了回來。

蕭晗氣血虛弱，這些都要慢慢地補回來，眼下只要他們母子沒事，他的心就能稍微好受些。

每每想到蕭晗在坤極宮殿外倒下的情景，他便不能原諒皇后娘娘的所作所為。

哪怕皇后只要有一點身為姨母的自覺，都不應該這樣對待他的妻子，畢竟從頭到尾都是太子的問題，蕭晗何其無辜？

葉衡回府後怒氣未平，等容太醫替蕭晗詳細診治、開了藥方之後，他又看著蘭衣親自將藥煎好，這才跑去找蔣氏。

蕭晗懷孕是侯府的大事，可這個消息不宜在今日宣揚出去，葉衡還是顧忌著皇后的面子的，但事情已經發生，想來也瞞不了多久，只怕宮裡的人會最先知道。

皇后是蔣氏的妹妹，也是他的姨母，這樣的事情，葉衡不得不先讓蔣氏知道。

蔣氏聽了雖然很吃驚，但她向來秉持著息事寧人的態度，若是不然，這麼多年的侯府生活她早與老侯夫人張氏鬥得不可開交，哪還能像如今這樣維持著表面的平和？況且皇后又是她的親妹妹，這手心手背都是肉，如今蕭晗和她腹中的孩子都無恙，她也不好再追究。

她一面勸著葉衡體諒皇后，一面又說改日進宮定會好好說說皇后，葉衡聽她嘮叨了一陣，才回到屋裡。

一回來瞧見蕭晗面色恢復了不少，他的心情才好了幾分。

「妳就在床榻上用膳就好，我讓人端了矮几過來。」眼見蕭晗要起身，葉衡連忙按住了她的肩膀，撫上她略有些消瘦的面頰，輕聲道：「這段日子就好好休息，什麼都不要想，一切交給我！」

「眼下我倒是什麼也做不了了，容太醫讓我在床上躺幾個月呢！」蕭晗搖頭一笑，眸中泛著幸福的光芒。只要讓孩子平平安安的，就算一直躺到臨盆又有何妨？

蘭衣擺上了矮几，又將魚片粥與幾碟小菜端過來放好，葉衡便與蕭晗一同吃了起來。

「還要你遷就我一同喝粥，若是吃不飽，晚上再用些宵夜？」清淡的口味倒是適合眼下的蕭晗，那些重油、重鹹的食物，她現在只要想想都有些噁心。

沒想到有孕之後，口味竟然會有這樣的變化，若是以前她定會吃些味重的、辣的吃食，如今卻像是轉了性。

「不用了，吃完這些足夠了。」葉衡看起來心事重重的模樣。

蕭晗不由擱下了筷子。「你是不是與娘說了什麼？」

「今日的事情難道妳不氣？或許差一點咱們就要失去這個孩子了！」葉衡的口氣是少有的嚴肅，聽得出來他心中仍然忿忿不平，可害蕭晗變成這樣的人卻是皇后，是他的親姨母，他想要報復、想要發洩也不行。

「這是一個意外。」蕭晗輕輕握了握葉衡的手。她心裡也有些害怕，如果真的保不住這個孩子，只怕她也會恨毒了皇后。

可追根究柢，一切的因還是在她的身上，是她的重生改變了這一切。這個孩子是意外之喜，讓她心裡的怨不由自主地少了一些，多了一絲寬容與期待。

「不管是不是意外，她都不該這樣對妳！」葉衡繃緊了臉色。「明日我就去找太子，這件事他得給我個交代！」

蕭晗輕嘆一聲，不再說什麼，眼下她只想靜下心，安安穩穩地生下這個孩子，其他的紛紛擾擾就交給葉衡吧！

在家裡安安靜靜地躺了幾日，蕭晗覺得真是清靜極了，除了蔣氏與羅氏經常來看望她以外，于氏母女倒是來過一次，還帶來了張氏可有可無的問候。

蕭老夫人與徐氏等人也都來過，只叮囑她好好休息，便沒再多加打擾。

這一日蕭晗睡到日上三竿後才起了床，有孕後總是特別嗜睡，醒來才被蘭衣告知萊婭公主前來看望她，此刻蔣氏她們正陪著公主坐在外間飲茶。

「公主怎麼會來？」蕭晗穿衣起身，這幾日她幾乎全躺在床上，也就是如廁和用膳的時候偶爾起身。

她不知道關於太子的流言如今已經到了什麼程度，為了怕她憂心這些事情，葉衡都沒再與她說起過。

事實上，她最怕面對的就是萊婭公主，若是公主也聽到了流言，前來質問她，她該如何應對？

「奴婢也不知道，眼下夫人與二夫人正陪著她呢，少夫人您慢些！」見蕭晗下榻，蘭衣趕忙扶住了她。「奴婢幫您綰個簡單的髻吧，如今您尚還在休養中，這樣也不算失禮。」

蕭晗點了點頭，任由蘭衣動作索利地幫她穿衣打扮了一番，這才扶著她的手到了外室。

蔣氏一見到蕭晗來了，連忙起身，緊張地扶她坐下。「來，小心一點。」

「公主，失禮了。」蕭晗面色稍稍紅潤了些，也是這幾日調理得好，可走動時她也不敢用力過猛，就怕一個不小心傷到了腹中的孩子。

「無妨。」萊婭公主搖了搖頭，又對蔣氏與羅氏道：「兩位夫人可否先迴避？我與少夫人有些話要說。」

「這……」蔣氏有些猶豫，葉衡千叮萬囑過她，蕭晗不能受到任何刺激。

「夫人擔心我會吃了她不成？」萊婭公主眉眼一揚，倒是笑開了。

這爽朗的性子果然還是她所認識的萊婭公主，蕭晗搖頭一笑，轉向蔣氏道：「娘，妳們就先回去吧！若是有事我再命人去喚您就是。」又轉頭看了萊婭公主一眼，笑道：「公主是我的朋友，她孤身一人來到大殷已是不易，您還不許咱們兩人說些悄悄話啊？」說罷她俏皮地眨了眨眼睛。

羅氏也跟著勸了蔣氏一句，兩人這才起身離去。

蕭晗遣退了屋裡的丫鬟後，這才看向萊婭公主，猶豫地問道：「妳可是有話要問我？」

「原本是想來責怪妳的，可看著妳被欺負成這可憐兮兮的模樣，我的怒氣一下子也都消了！」萊婭公主哈哈一笑，又點了蕭晗的額頭。「妳可真傻，她叫妳跪妳就跪啊，還差點將孩子給跪掉了，若再有下一次，妳可連怎麼死的都不知道！」

蕭晗聽了很是感動，眼眶微紅，又有些委屈地癟嘴道：「妳以為我想這樣啊！若是不求跪，指不定我當時就要被掌嘴了，我好歹也是個世子夫人，若是被宮裡的下人掌了嘴，我今後還有何顏面再出入宮闈？」

「太子好男色又不是什麼大不了的事，下次她再這樣對妳，我頭一個殺到坤極宮去，這太子妃……本公主不做也行！」萊婭公主神氣活現地輕哼了一聲。

蕭晗看她一眼，這才小心翼翼地說道：「太子若真喜歡男人……妳不介意？」

「我來到大殷就是為了聯姻、為了嫁人，反正也沒遇到喜歡的，嫁給誰不都一樣……」萊婭公主無奈地攤了攤手，又道：「若是太子喜歡男人，他今後還能少碰我一分，只要我懷了身孕，順利誕下皇嗣，這傳宗接代的任務不就完成了？到時候咱們兩不相干，日子過得還自在些呢！」

蕭晗沒想到萊婭公主看得這樣透澈，不禁有些驚訝，誰成親不是想求得夫妻美滿、恩愛到老呢？可若是遇到如萊婭公主與太子這般的情況，各過各的日子又何嘗不好呢？

「眼下聖心難測，太子這位置保不保得住，還很難說呢！」萊婭公主對著蕭晗眨了眨眼，又道：「昨兒個聽說敬尚書便綁了敬嚴到皇上跟前負荊請罪呢，眼下滿朝皆知，太子就是一個笑話！」

「已經如此嚴重了？」蕭晗沒想到事態已經發展到了這種地步，心中很是震驚，若真是這樣，就算皇后娘娘想要掩蓋也不可能了。

「恐怕還不止呢！」萊婭公主勾唇一笑。「呂貴妃與五皇子垂涎這太子之位不是很久了嗎？想來過不了多久朝中便會有大臣上奏，妳可知道他們想要什麼？」

「易儲？」蕭晗面色凝重，袖中的拳頭緩緩握緊了。

太子斷袖那便是失德，即使皇上再看重他，也不可能不顧朝廷的輿論，只怕是要慎重地考慮一番了。

若太子倒了，對長寧侯府來說，絕對不是什麼好事。

「自然是的，有些人就是唯恐天下不亂！」萊婭公主輕哼了一聲，見蕭晗變了臉色，不由安慰她道：「橫豎這些事情也與咱們無關，男人爭天下，咱們只要守住自己的一方天地就得了。」她又拍了拍蕭晗的手。「妳家世子爺也不是省油的燈，不管太子倒或不倒，想來他在皇上跟前也是遊刃有餘的！」

當然，前提是太子之位不是傳給五皇子，呂貴妃與他們可沒什麼好交情。蕭晗在心裡補了一句，面上卻是不顯，只沈沈地說道：「聖心難測！」

萊婭公主點了點頭，拍拍手站了起來。「我明白妳當時也是迫不得已，又不是一心想要騙我。」她勾了蕭晗的肩膀道：「其實與其讓五皇子當太子，我還是覺得現任太子比較好，也就是因為我說的那個理由，嫁他總比嫁其他人好！」

蕭晗無奈地搖頭。萊婭公主的觀點她不能認同，至少她不會將自己的終身幸福交給一個無望的人手中，這可是虧了一輩子的事。

蕭晗又聽著萊婭公主絮絮叨叨地唸了一會兒，這才送她出了門，回屋後又上了床榻，側身沈思起來。

這件事只怕還沒完。依皇后娘娘的性子，可不是任人宰割之輩，偏偏流言不止，她也只能想辦法保住聖心、保住太子之位，這才是她當前最該做的事情。

不過……葉衡呢？他會不會被皇后要求著做些什麼？

蕭晗本不想為這些事情煩惱，卻又不得不擔憂起來。

春闈之後，葉繁整個人都放鬆下來，等放榜之日，他拿個同進士應該不在話下，這對於勛貴子弟來說已是難得，再高的一甲他就不敢去想了。

春日暖陽下，葉繁斜斜地倚在樹梢上，口中隨意地叼了根青草，任陽光灑在身上，一臉的閒適。他的功夫雖然比不上葉晉與葉衡，可從小練著，上樹還是很靈活的，總比那些風一吹就倒的仕子強了許多。

葉繁正哼著小曲悠閒自在，突然覺得樹下有一陣動靜，他有些奇怪地坐了起來，往下一瞧便瞧見一個穿玫紅色衣裙的姑娘正在低頭來回走著，目光像是在尋找著什麼。

這姑娘的打扮很是奇怪，身上還掛著會發出聲響的小鈴鐺，褐色的頭髮編成了無數的小辮子披在腦後，在陽光下透出一點點耀眼的紅光，這樣特別的打扮讓葉繁來了興趣，縱身一跳，便從樹上躍了下來。

「怎麼找不著了？」萊婭摸著自己空落落的耳垂，有些生氣地跺了腳。她剛才好似覺得就是在這附近被樹枝勾了下，走了一陣才發現一只耳環沒了，又不想驚動了蕭晗，便自己尋了過來，可找來找去卻怎麼也找不到。

她本想說算了，正要轉身離去，濃密的大樹上卻躍下一人，驚得她不由倒退兩步，一臉戒備地望了過去。眼前的男子一身靛青色長袍，眉眼細長、膚色白淨，笑起來的模樣有些眼熟。

「姑娘有禮了！」葉繁對著不遠處的萊婭拱了拱手。躍下樹叢後他又有了一個新的發現，原來這姑娘還有一雙冰藍色的眼睛，就像寶石般漂亮迷人。

「姑娘是異族人？」見對方不搭話，葉繁不由笑著上前一步。他怎麼不知道府裡什麼時候多了個異族的姑娘？前面就只有一條通往慶餘堂的石板路，莫不是二哥、二嫂的客人？

「二哥、二嫂就是好客，也不知道從哪裡把姑娘給請來的。」葉繁咧嘴一笑。這姑娘防備心挺重，瞧他跟瞧賊似的，他可不是登徒子。

「你不認識我？」萊婭有些詫異，不過聽對方這樣說，倒不難猜出他的身分。

葉家也就兄弟四人，最大的葉晉在禁軍當職，她曾經瞧見過，葉衡不用說，最小的也與眼前的這個男子對不上年紀，看來他便是葉家老三葉繁了。

不過萊婭原本以為這葉家老三是個文質彬彬的讀書人，可他卻是一身風流倜儻的模樣，而且最可笑的是，她這一身異族的裝扮，走到哪裡別人都會知道她的身分，葉繁竟然不認識她。

「我該認識姑娘嗎？」葉繁愣了愣，旋即有些不解地皺了眉。「難道咱們從前見過？」

「沒見過。」萊婭趕忙笑著擺手，這個葉繁實在是有些可愛。

「姑娘好似在找什麼，可是有東西掉了？」葉繁認真地看向萊婭，暗道這姑娘沒有大殷女子的拘束守禮，性子也爽朗直率，實屬難得。

「我的耳環掉了，正在找呢，已經找了好一陣，怕是找不到了。」萊婭有些懊惱，她早該離開侯府，就因為這耳環耽擱了，結果還是沒有找著。

「姑娘的耳環……」葉繁說著話，目光不由向萊婭的耳旁掃去，只見她的左耳上戴著一只金色的蝴蝶耳環，蝴蝶展翅金光閃爍，讓人移不開眼，而另一隻耳上卻是空空如也，白嫩的耳尖上只餘下一個小洞。葉繁心神一蕩，趕忙收回了目光，輕咳道：「要不我再找些人來，幫著姑娘一同尋找可好？」

「不了，我趕著要離開。」萊婭擺了擺手，笑道：「謝過三爺！」

「那我找到了給妳送去，姑娘是住在哪裡？」看來對方是認識他的，葉繁不由神情一振，心想著又多了個與佳人相約的機會。

「我住在……」萊婭想了想，才道：「住在萊婭公主府裡，若是你找到了差人送來就是。」見葉繁有些吃驚的模樣，她心思一轉，又補充了一句。「我叫阿琪那，你讓人說要送還給阿琪那就行了。」

她的全名叫萊婭・阿琪那・布紐，她這樣說也不算騙了葉繁。萊婭不知道自己心裡是怎麼想的，卻有些不想讓葉繁因為她西番公主的身分而避著她，她在京城裡就是缺少幾個知心的朋友。

「阿琪那……好。」葉繁這才鬆了口氣，他剛才差點就以為她是萊婭公主，那可是西番前來和親的公主，怎麼也輪不到他，不過這身異族打扮，說她出自公主府也是錯不了的。

「那就這麼說定了。」萊婭對著葉繁眨了眨眼，冰藍色的眼底閃爍著一抹笑意，朝他輕輕一頷首，便轉身離去。

# 第八十五章 醜聞

這一夜，葉衡出奇地沒有回府，接連忙了三日才拖著疲憊的身軀回來。

蕭晗一得到消息便迎了出去，見著他憔悴消瘦的面容，頓時心疼極了。

「怎麼就起來了？還不快坐下！」葉衡見蕭晗直直地立在不遠處，趕忙快步上前扶了她在鋪了軟墊的凳子上坐下。

「宮裡怎麼樣了？」蕭晗搖了搖頭，一手撫在葉衡的臉龐上，心疼道：「朝中上下都知道太子的事了……皇上可有決斷？」

「叫妳不要操心的，又是誰告訴妳的？」葉衡眉頭一擰。原本他就是想讓蕭晗安心在家裡養胎，不想她被煩擾，可眼下明顯有人違背了他的意願。

「那一日萊婭公主前來看望我，無意中說出來的，這已是朝中上下都知道的事情，我為什麼不能知曉？」蕭晗噘了嘴，滿臉不樂意地看向葉衡。「我只是在靜養，又不是傻的，如今事情這般嚴重了，我如何能不擔心？難道皇后娘娘都沒有想法子阻止，任憑事情發展成如今的局面？」

「怎麼沒想法子……」葉衡嘆了一聲，緩緩搖頭。「娘娘原本想要先走一步和棋，安撫住呂貴妃，可貴妃娘娘一面虛與委蛇，一面又煽風點火。後來也不知道是誰告訴了敬尚書，他便帶著敬嚴負荊請罪去了，這下子太子沒事都變成有事了。」

「太子沒跳出來否認？」蕭晗眉頭深皺，或許事情比她想像中還要更嚴重。

「太子也是犯傻了，竟也跑到皇上跟前請罪，這下子將皇上氣得不輕！」葉衡輕輕將蕭晗摟在懷中，有些疲憊地說道：「皇上犯了舊疾，這些日子臥床不起，宮裡都亂了，我這幾日才未能回府。」

「皇上犯了舊疾？」蕭晗聽得心中一跳，直覺要發生什麼不好的事情。

「眼下皇上病情已經穩定，只是不宜動怒。」葉衡長長地呼出一口氣來，黑眸中光芒閃爍，顯然是在想著什麼。

「如此就好。」蕭晗暫且鬆了口氣。回想上一世直到她去世時，都未聽聞皇上駕崩的消息，想來這位帝王應該是長命的。

「如今也只能等著皇上的決斷。」葉衡又安撫了蕭晗幾句，這才拿了乾淨的衣服到淨房洗浴更衣去了。

又過了幾日，科舉放榜，葉繁果真考上了，位列三甲，賜同進士出身。

這下羅氏夫妻可高興壞了，考慮到宮中最近少有喜事，連皇上都臥病在床，到底沒敢在府中大辦，只全家人聚在一起吃了個酒席，也算是慶祝了。

葉繁對於這些排場倒不介意，他如今一門心思都在考慮著，如何才能讓自家父母接受一個有著異族血統的兒媳婦，這的確是一個難題，他還要好好想個對策。

第二日孫若泠來看望蕭晗，瞧著她一臉喜氣，蕭晗由衷地道喜。「我聽說妳三哥中了二甲，真是可喜可賀！」

「三哥也算是熬出頭了。」孫若泠臉上的喜色藏都藏不住，又道：「妳不知道，這兩日往我家來提親的人都要踏破門檻了！」

「那是自然的。」蕭晗笑著點頭。「不過還要讓妳娘好好選選，務必要給妳挑個合心意的好嫂子！」

只怕再好的人在三哥心目中，都比不上妳！孫若泠看了蕭晗一眼，這句話也只能在心裡說說，又見蕭晗的氣色不佳，不由勸她道：「憂思傷身，雖說太子與你們侯府關係頗深，可那件事到底與你們無關，只要皇上依然信賴侯爺，只要世子爺在錦衣衛中站得住腳，你們侯府不會有事的！」

「我心裡有數。」蕭晗笑著點頭。雖然話是這樣說，可又怎麼能忍住不去想呢？就連蔣氏最近都無心去打理她的花房，更不用說時常忙得不見身影的長寧侯父子。

孫若泠的到來讓蕭晗的心情好了一些。這姑娘本來就是個話多的，又天性樂觀，就算不做她的嫂子，兩人也一定會是朋友。

聽著孫若泠嘰嘰喳喳地說了一堆話，蕭晗笑著回她。「也別只記著妳三哥，妳與我哥的親事也不遠了，到時候我還等著叫妳一聲嫂子呢！」

「這是遲早的事！」孫若泠得意地揚眉，半點也不害羞，又伸手輕輕撫了撫蕭晗尚顯平坦的小腹。「到時候我過了門，不久就能抱上外甥了，這敢情好！」

「妳喜歡就自己早些生一個！」蕭晗嗔了孫若泠一眼，又吩咐蘭衣到廚房說一聲，留了孫若泠一同用膳。

用了午膳後，蕭晗要午休，孫若泠也不好久待，便起身告辭，臨走之前又有些不甘地說起李思琪的親事。「聽說下個月李思琪就要出嫁了，原本也不該那麼早的，說是婚期提前了，她倒是好運，嫁過去就要當國公夫人了……」她的話語中透露出不滿。李思琪這樣的人也能走好運，當真是老天瞎了眼！

「好不好運，往後才能看得出來，眼下妳急個什麼勁！」蕭晗無奈一笑。她的話不能說透，只是在她看來，李思琪嫁給了鄧世君非但不是走運，還可能是一個惡夢的開始！

這段日子葉衡總是早出晚歸，蕭晗知道他在忙些什麼，卻也沒有插手，她眼下只要安心地養胎，保住這個小生命才是要緊。

其間她聽聞皇后也病倒了，蔣氏進宮了兩次，可都沒帶回什麼好消息。蕭晗問了葉衡，他只說這件事連他外祖父蔣閣老都不再插手，幾方人馬靜觀其變，蓄勢待發。

京城的天空似乎一下就籠罩了陰霾，頗有風雨欲來之勢。

到了四月十六這天，是新任定國公鄧世君的大婚之日，因皇上與皇后都抱恙，原本京中的各種婚嫁事宜都略減了些，沒有誰在這當口還敢鑼鼓喧天地慶賀，但定下的日子總要辦一辦，是以這一日定國公府還是熱鬧得緊。

蔣氏攜了侯府的女眷前往定國公府道賀，蕭晗不宜走動，仍舊待在家裡，沒想到下午的時候，孫若泠便興致沖沖地跑到了侯府來。

蕭晗見了孫若泠還一陣驚奇。「怎麼妳不去喝喜酒，反倒跑我這裡來了？」

李家雖然與孫家有些齟齬，但鄧世君還是廣發了請帖，是以孫家也在赴宴之列，藉以顯示他的大度。

孫若泠原本是不想去的，可轉念一想，她倒要看看今日李思琪是個什麼得意的模樣，便還是跟著孫二夫人一道前往。沒想到這一次卻是去對了，還見識到了一場天大的笑話！

「我有好消息要告訴妳，李思琪這下糗大了，我瞧著定國公府也要跟著落人笑柄，真是大快人心！」孫若泠笑得合不攏嘴，拉了蕭晗坐下，便將今日所見所聞全都說了出來。

原本鄧世君是高高興興地迎了李思琪回府拜堂，卻不知從哪裡撲出來一個瘋女人，直嚷著不許他們成親，還說鄧世君原本要娶的人應該是她。後頭有人認出這女子乃是先國公的妾室，紛紛猜測不已，場面一時之間極為混亂。

「李思琪當場就氣得揪下了喜帕，臉上的妝都被淚水給哭花，別提有多醜了！」孫若泠描述得繪聲繪色，還不忘記抓一把蘭衣端上的香瓜子嗑上。「也不知道國公府的人是怎麼想的，竟然沒人上前阻止，他們三個便扭打在了一起，真是笑死我了！」

「那這門親事可是結不成了？」蕭晗聽到一半便心裡有數，卻也沒像孫若泠這樣笑得合不攏嘴，只是淡淡地牽了牽唇角。

「結！怎麼不結啊？」孫若泠笑了半天，說出讓她最樂的一點。「堂已經拜了，李思琪就是鄧家婦，可遇到自己的相公和先公公的小妾有染，她可是丟人丟到家了，還在喜堂上鬧了起來，我看她這輩子都沒臉見人了！」說罷重重地呸了一聲。

「行了，注意妳的禮節，可別教壞了孩子！」蕭晗笑著嗔了孫若泠一臉，又一手撫在小腹上。

孫若泠不由笑開了。「孩子還在妳肚子裡呢，我哪裡能教壞他？」她輕輕撫了撫蕭晗的肚子。「別聽你娘瞎說，你舅母我可是再正經不過的！」

「行了。」蕭晗一手拂開了孫若泠，笑道：「妳娘他們呢？」

蔣氏他們一行人都還未從定國公府回來，想來不是在那裡看笑話，就是在那裡閒嗑牙。

「他們只怕還沒走呢！難得看了李家人的笑話，我娘可帶勁了！」孫若泠嘻嘻一笑，可轉眼想到了什麼，又有些猶豫地看向蕭晗。「妳大姊可是李家的媳婦，李家出了這樣的醜事，只怕李思琪又要回去鬧了，可別驚著妳大姊才是。」

「我大姊即將臨盆，李夫人自然會護著她的，即使再緊著李思琪這個女兒，她總會記得誰與她最親，我大姊懷的可是她的嫡孫！」蕭晗話一說完，又想著蕭晴現在已經變了許多，也會為自己考慮打算，想來就算李思琪想要回娘家撒野，她也有辦法治住的。

「那就好。」孫若泠這才點了點頭，又繼續回到定國公府的八卦上。「不過這小妾出來得蹊蹺，還瘋瘋癲癲的模樣，若是她真與鄧世君有染，那從前的國公爺和世子……」說到這裡她自己都嚇了一跳，連忙摀住了嘴。

「別想了，橫豎不關咱們的事。」蕭晗端起水來抿了一口。連孫若泠都能想到的事情，有心之人自然不會放過，也不知道是誰將這個女人給放了出來，恐怕就是為了揭發鄧世君的醜事。

想到當年在定國公府樹林裡碰到的那一對男女，本來該是恩愛纏綿，如今才過了幾載便轉頭成空，這個女人的瘋魔定與鄧世君脫不了干係，真是好狠的手段、好狠的心腸！

對於鄧世君會有什麼樣的下場，蕭晗一點也不在意，而李思琪搭上了定國公府的這條船，也是她自己選的路。欲求顯赫，便要禁得住磨難和挫折，只是定國公府經過這次的打擊，想要再好起來只怕是難了。

果然不出幾天，蕭晗便聽說鄧世君被抓進了大牢，原是有人舉報他私通先國公爺的小妾暗害了自己的父親，又設計了世子爺，這才讓他一個庶子得以憑空上位，坐上了國公爺的位置。

一時之間牆倒眾人推，來指證鄧世君的人一波接著一波，就連老國公夫人也反了口，只說自己當初是被鄧世君脅迫，才不得不保他上位。

定國公府的醜聞一一被揭開，成了京城中人人唾棄的對象，連他家門前都沒有人願意走過，生怕與他們沾染上一點關係。在先祖開國時期顯赫一時的定國公府，自此便慢慢走上了衰敗之路。

世人不無唏噓，但蕭晗卻不意外，定國公府會淪落到這樣的光景，只是遲早的事情。可對比上一世來說，這件事情的發生卻比她知道的硬生生提早了幾年，難道真是因為她的重生改變了這一切嗎？

蕭晗不知道，但她的路依然得走下去。

五月中旬蕭晴臨盆，徐氏一直陪在左右，等孩子出生後，才帶著好消息回了蕭家。

蕭晴一舉得男，自然受到李家上下的重視，即使李思琪時不時地還回府鬧騰哭訴，卻沒有誰再將她放在心上，轉而將重心移到了蕭晴母子身上。

徐氏回到蕭家後，也給蕭晗送去了消息。

蕭晗知道蕭晴生了個兒子，還詫異了好一陣子。她明明記得上一世蕭晴是生下一個女兒，沒幾歲便夭折了，可如今……

難道蕭晴的命運也徹底地改變了不成？

葉衡晚些時候回到府中，蕭晗跟他說起了蕭晴的事，便聽他回道：「妳大伯母有件事情沒告訴妳，李沁的妾室也在同一天生產，生下一個女兒後人便去了。」

「什麼？」蕭晗心中大震，藏在袖中的拳頭不由得握緊了。

這與她所知道的前世不僅不相符，還完全相背。明明產下兒子的人是那個小妾，他們母子平安，還被李沁一直寵愛著……

不對！

一個猜測在腦中緩緩成形，蕭晗驚得瞪大了眼。

葉衡發覺她的異樣，不由關切道：「怎麼了？妳覺得這其中有蹊蹺不成？」不過是後宅婦人間的爭寵鬥狠罷了，若不是蕭晗在意，他全然不會放在心上，眼下還有更重要的事情等著他處理。

「沒……沒什麼，許是我想岔了。」蕭晗搖了搖頭，勉強一笑，又拿了帕子按住了額頭。「今兒個下午沒睡好，眼下有點睏了，我先上床歇著。」

「去吧！」葉衡點了點頭，又扶了蕭晗到床榻上躺好，這才自去梳洗。

心裡懷著種種疑惑，蕭晗到底覺得不踏實。這三個月孕期一到，她便請了容太醫來府中診治，待確認她胎象無礙後，蕭晗立刻向蔣氏請求要去李家看望蕭晴。

蔣氏有些為難。「妳大姊雖然還在坐月子，可母子已經無礙，妳又才休養好，我可不敢讓妳四處奔波。再說若是衡兒回府知道了，還不得怪罪我……」

蕭晗拉了蔣氏的手輕輕搖了搖，撒嬌道：「娘，您素來是最疼我的，這幾個月在家裡我也聽話不是？什麼都不管不問的，眼下連容太醫都說我能夠隨意走動了，我就想去看看大姊他們母子。」又見蔣氏表情有些鬆動，便繼續道：「再說咱們姊妹幾個裡面，只有大姊生了孩子，這可是我第一個外甥呢！於情於理都該走上一遭的。」

「真是拿妳沒辦法！」蔣氏被蕭晗說得莫可奈何，只能點頭應下，又道：「不過不准妳一人過去，我陪著妳去！」說著便吩咐景慧去備轎。

「就依娘。」只要能去李家，就算是讓蔣氏陪著也無妨，蕭晗只想親眼見見蕭晴，她們姊妹都同是做母親的人了，希望事實不要如她想的一般。

等到了李家後，李夫人便親自迎了出來，也沒見著她從前與蔣氏有多熱絡，此刻卻一口一個侯夫人，叫得親熱極了。

李夫人如今是不想把這好不容易得來的姻親關係給疏遠了，如今他們家出了個定國公夫人李思琪，這可成了京城中的一大笑柄，好些個從前經常來往的親戚朋友都避著他們，虧得蔣氏婆媳還能夠前來探訪，李夫人一時之間很是感動。

蔣氏陪著蕭晗一同去看蕭晴，一進門就瞧見了房中擱著兩架木床，兩個熟睡的孩子正輕輕躺在柔軟的床榻上，卻不能即刻分辨誰是男、誰是女。蔣氏也知道蕭晴將妾室的女兒養在跟前，誰叫這孩子一出生，她娘就去了呢！

「不知道侯夫人與三妹來了，恕我沒有遠迎。」蕭晴在床榻上對著蔣氏與蕭晗微微欠身。她穿著一身茜紅色的衫子，只在外披了件素銀色的大衣裳，頭上纏著杏黃色的抹額，整個人看著氣色還好，臉龐還圓潤了幾分，倒是沒有蕭晗想像中的消瘦與頹敗，這讓她暗暗鬆了口氣。

「這個是哥兒吧？孩子長得真可愛！」嫡庶有別，男女有分，蔣氏自然以為那個離蕭晴最近的孩子是她的嫡子，便上前去瞧了瞧。

可當蔣氏將孩子抱起來時，整個屋裡的氣氛頓時一僵，奶娘尷尬地上前道：「夫人，這是我們姐兒呢，哥兒在另一張木床上。」她接過孩子，指了另一側躺在床上的嬰孩。「那才是夫人所生的哥兒呢！」說著將女嬰放下，抱了男嬰起來。

蔣氏「啊」了一聲，滿臉通紅地致歉，又看了木床上的孩子一眼，到底忍住了心中的詫異沒有說出口。一旁的李夫人卻沒覺著什麼，還幫著解釋道：「哥兒省心，平日裡不哭不鬧的，也就姐兒嬌氣了些，平日裡哭鬧還要沁哥兒媳婦給抱抱，這才好上一些，是以就放得離她近了些。」

聽她這樣一解釋，蔣氏稍稍釋然，便沒再多說什麼。

蕭晗在一旁留心觀察著蕭晴的表情變化。當蔣氏抱起女嬰時，她的神情明顯帶著一絲慈愛及欣喜，可換作奶娘將男嬰抱給蔣氏看時，她瞧都沒瞧一眼，面上神情淡淡的，這樣一比較，蕭晗心裡頓時明白了幾分。

沒想到蕭晴真的會這樣做，蕭晗心中一時之間五味雜陳，看向她的目光也隱隱起了變化，也許如今的蕭晴真的已經不是從前的她了。

「我這個兒媳婦啊，在家裡就一直嚷著要來瞧瞧妳家大少奶奶，太醫一說她可以出門了，便央求著我要來看看。」蔣氏笑著看了蕭晗一眼，又對李夫人道：「眼下她們姊妹見面想來還有話說，咱們不如去旁邊坐坐？」

「夫人說得是，這邊請！」李夫人順勢點頭，又囑咐蕭晴幾句，讓她好生招待著蕭晗，這才與蔣氏一同出了房門。

此時恰巧女嬰哭鬧起來，蕭晴一下子便擔心地坐直了，又指了奶娘道：「快去看看姐兒是不是尿濕了？這吃了有一個時辰，換了尿布後再餵她一次！」奶娘應了一聲，抱了女嬰便退了出去。

蕭晗收回目光，又偏頭瞧了一眼木床裡的男嬰，小嬰孩眼下睡得很熟，長長的睫毛輕輕顫動著，紅嘟嘟的小嘴無意識地咂吧了兩下，兀自睡得香甜。

「三妹妳懷了孩子我都沒能去看妳，實在是李家最近事情太多了，妳可別在心裡怪姊姊！」蕭晴笑聲爽朗，似乎前些日子堵在她心中的鬱結都一併被摘了去，眼下他們母子幾個在李家那就是呼風喚雨，李家人人都要緊著他們。

「怎麼會？」蕭晗牽了牽唇角。「大姊生子，我也一直想來看望的，這不，一可以出門便立刻來了，見到大姊一切都好，我也放心了。」

「哥兒長得挺像大姊夫的。」蕭晗這樣一說，蕭晴臉上便是一僵，只抿了抿唇。「他的孩子自然像他。」

「倒是姐兒挺淘氣的，可起了名字？」蕭晗沒有直言點破蕭晴，有些話不用說得太白，她心裡明白就好。

站在蕭晴的立場上，她真沒有什麼可指責的，這也許是每個當家主母都會做的事，蕭晴不過是做出了對她最有利的選擇。

一個男嬰便能保住她的地位，甚至還能藉機悄無聲息地除去自己的對手，可說是一箭雙雕。只是可憐了那個女嬰，只怕這一輩子蕭晴與孩子都不能相認。不過，雖不能承認是親生的，卻也是她的女兒，這並不妨礙蕭晴對這個孩子好。

「還沒起呢，小名喚作心兒！」蕭晴笑顏如花，說起自己的女兒，她的眸中煥發著活力與光彩，與平日都不同。

「心兒……果真是個好名字呢！」蕭晗笑著點頭，又讓蘭衣將一大一小兩個填漆描金的紅匣子給抱了過來，打開給蕭晴看。「我這個做姨母的也沒什麼好送的，就給心兒打了一套長命鎖，還有項圈和手環，大姊看看喜不喜歡？」她又打開了另一個小匣子。「哥兒的我讓人給打了副手環，還有幾個金魚絡子。」

一大一小兩個匣子放在一起，當真是鮮明的對比。一個用心打造、樣式精良，一個是禮足卻並不顯得有什麼特別，蕭晴看著心中便明白了，她闔上了匣子，靜靜地看向蕭晗，半晌後才抿唇道：「果然什麼都瞞不過三妹！」她一揮手，讓屋裡的丫鬟都退了出去。

蕭晗看著蕭晴沒有說話。

「妳早看出來了？」蕭晴面色沈沈地開口道。「我已經藏得很好了，沒想到還是被妳看了出來。」

「母子的情分是天性，斷不了、剪不開，只看大姊是怎麼對心姐兒的，我便知道了。」

蕭晗輕嘆一聲。「這樣做真的好嗎？若是哥兒長大知道了……」她的心中不知為什麼有些悲涼的感覺，有了孩子之後，她的一顆心也跟著變軟了許多。

「他不會知道！」蕭晴斬釘截鐵地打斷了蕭晗所說的話，唇角緊抿。「他是我養大的孩子，自然我怎麼說，他怎麼做……焉知道我今後不會再有兒子？到時候我也不用仰仗他了！」說罷輕哼一聲。

她早知道蕭晗聰慧，沒想到卻是如此洞察先機，是不是從那妾室之死，蕭晗就懷疑起她了？

畢竟這件事做得隱蔽，蕭晴連徐氏都沒說過，對李家的人更是瞞得死死的，眼下李夫人只要有嫡孫抱，哪裡還會去追查那小妾的死因，哪裡還會管她對孩子如何？

「大姊好手段！」蕭晗定定地看向蕭晴。如今的她風華內斂、眉眼剛毅，早失了從前的幾分傲氣，黑漆漆的眼眸中只有一抹冷戾一閃而過。

蕭晗看得心下一涼，卻也知道今後她再也不用擔心蕭晴，這個李家未來的當家主母，如今已一步步地捍衛起自己的權力與地位，別人休想動得分毫。

「算不得什麼，那小妾也一定想要我死！」蕭晴扯了扯唇角，眸中並無笑意，一雙手緩緩地攥緊了膝上搭著的棉被。

蕭晗默然，又聽蕭晴道：「妳也別擔心，至少我不會害一個手無寸鐵的孩子。」她瞥了一眼木床上的男嬰，淡淡地收回視線。「我婆婆最近正閒得慌，很想將哥兒從我這邊抱去養著，等出了月子我交給她就是，這樣我還能安心照顧心姐兒，也是全了咱們母女的情分。」

「大姊知道分寸就好。」蕭晗不便多勸，再說李家的事情她知道的也不多，不好隨意插手。每個人都有自己的路要走，而蕭晴已經改變了她的命運，今後是福是禍誰又能說的清？

蕭晴的事情過去了一陣子，倒是風平浪靜，畢竟誰會為一個無權無勢又丟了性命的小妾爭取什麼？連李沁都只當她是過眼雲煙，一顆心早向著孩子奔去了。

既然李家的人都沒追究，蕭晗又能說些什麼？而李家那個因為生子而殞命的小妾，也是與她毫無相干的人，她沒法給予過多的同情和可憐。

當初這小妾懷著身孕進了李家的門，便確定了她想要與主母爭寵的心，只是沒想到孩子落地之時，也是她亡命之刻。

對蕭晴的作為蕭晗不好再說些什麼，只是姊妹倆的關係卻漸漸疏遠了起來，再也回不到從前。

日子一晃到了八月，正是京城暑氣最重的時刻，太陽明晃晃的炙烤著大地，午後的蟬鳴聲又多了幾分煩躁。

蕭晗挺著個大肚子睡也睡不好，葉衡瞧著也是心急，便想帶她到承德避暑，總要熬過這段日子再說。

「你這一走，朝中的事情不要緊？」蕭晗側躺在床榻上，四個角落裡都放了冰盆，她這才覺得舒爽了不少。

蕭晗的肚子比一般孕婦都要大上一些，容太醫來看過說她懷的是雙胞胎，這讓一家人又喜又憂；喜的是一次能夠抱上兩個孫子或是孫女，但憂的是兩個孩子恐怕不好生產，作為母親的蕭晗到時候只怕更是凶險。

不過眼下已經懷上了也沒辦法，只能在臨盆時多做些防範，務必要讓他們母子平安才是。

「不要緊的。」葉衡笑著坐在床榻上，伸手撫著蕭晗隆起的腹部，她嬌豔的容顏在燈光中暈著一絲嫵媚，看著便讓人心神動盪。

蕭晗懷孕後整個人都圓潤了不少，若以前的她是清麗溫婉，那麼如今將為人母的她更是將女性的風韻展現到了極致，美得讓人移不開眼。

葉衡神色一黯，眸中星火跳躍，伸手滑過蕭晗的肚子，又往上面移了移，在她胸口稍稍使力一捏。

「痛……」蕭晗吃痛，一手拍掉了葉衡的大手，又好氣又好笑地瞪他一眼。「都是要當爹的人了，下手還沒個輕重！」

「我是看著妳比懷孕前豐盈了不少！」葉衡咧嘴一笑，收回了手後靠在床沿，他知道眼下只能忍著。蕭晗肚子太大不宜房事，若是一個不好傷著孩子了，他才真是後悔莫及。

為了這件事，蔣氏還曾經特意問過他要不要備個通房丫鬟？被他一口回絕了便沒再提起。

蕭晗是為了她受苦，若是這個時候他還只顧著自己享樂，那還算是個男人嗎？

再說蕭晗的小心眼他不是不知道，到時候若因此而失了老婆孩子，那後悔可都晚了。

# 第八十六章 生變

蕭晗癟癟嘴，又說起了朝中的事情。「皇上大概沒生太子的氣了吧？除了讓他在東宮閉門思過，也不見其他責罰。」

最近她沒怎麼進宮，畢竟頂著個大肚子，也不方便。

倒是蔣氏去皇后那裡探望了幾次，說是皇后娘娘身子也不大好了，估計是憂思過甚，皇上那邊一天沒說什麼，她的心便一直懸著。

再說呂貴妃那幫人也卯足了勁為五皇子拉攏勢力，聽說前段日子五皇子寫了一篇〈治國策〉，還得到了皇上的讚揚呢！

「這不好說……」葉衡嘆了一聲。到了這個節骨眼上，他對太子也不再寄予希望，更何況還有皇后娘娘梗在中間，他無法做到毫無芥蒂，特別是在想到她差點害得蕭晗流產……

太子失德，朝中輿論沸起，老臣們接受不了這樣的事情，還有一大幫清流甚至著書聲討，雖然這些都被皇上給壓了下來，可太子處境艱難，如今想要力挽狂瀾，除非神仙相助。

「罷了，橫豎是你們男人的事情，我就等著安心生下孩子。」蕭晗不願多想，不管是太子失勢，還是五皇子上位，至少長寧侯府還能保得一時平安，即使將來不被新帝所容，他們大不了求個外放，天大地大，難道以葉衡的本事，還找不到一個安身之所？

見慣了紛擾，蕭晗便更渴望一個清靜自在的地方，但前提是在他們離開時，與劉家的事情要先做個了斷。

葉衡拉了蕭晗的手輕輕拍了拍，承諾道：「無論如何，我總能保得了你們母子的……」說罷又沈默了下來，猶豫地看了蕭晗一眼，到底沒將心裡的話說出來。

如今支持呂貴妃那一方的，劉敬也算其中一個，若是要扳倒劉敬，便只能讓呂貴妃與五皇子不能如願。

對於太子失德這件事情，蔣閣老倒是提出了他的見解，認為太子的行為確實有失體面，不是一國太子該做的事。葉衡倒是很佩服自己的外祖父，不會因為是自己的外孫，便一味地袒護。

第二日蕭晗讓蘭衣與梳雲收拾了隨身的細軟衣物，又讓蘭衣問過了枕月的意見，得知她想要留在侯府裡，也沒有強求，帶著兩個丫鬟，便與葉衡往承德去了。

長寧侯府在承德有一座莊子，離皇家的避暑山莊沒多遠，那裡空氣清淨、地靈人傑，在夏日炎炎裡獨留一片清涼，的確是個好去處。

從京城到承德坐馬車也就四個時辰左右，不過蕭晗是孕婦怕顛簸，所以馬車不敢走得太快，到承德的莊子時已近黃昏。

蕭晗扶著蘭衣的手下了馬車，回頭一望，天邊一片霞光璀璨，就像少女的裙裾絢麗而多彩，美得如夢似幻。

「這裡真涼快，奴婢都不覺著熱了！」蘭衣指了指莊子後面靠著的大山和綠樹，綠油油的一片讓人感到心曠神怡。

蕭晗也笑著點頭。「濃蔭蔽日，這裡的確舒爽！」

梳雲指揮著隨行的丫鬟、婆子搬著帶來的箱籠，莊子裡的管事早迎了出來，見過葉衡之後，便被他帶著來給蕭晗見禮。「少夫人好，老奴姓楊，是這裡的管事！」

「楊管事。」蕭晗輕輕頷首。

葉衡扶住了她，隨著楊管事一道進了莊子。「聽說祖父從前愛來這裡，我們家裡的人倒是不常來，平日裡也沒那個閒工夫！」

蕭晗點了點頭。進了莊裡瞧著確實不大，但麻雀雖小五臟俱全，都收拾得很齊整，奴婢和僕從也是規矩地立在一旁，見他們進來便一同行了禮。蕭晗笑著讓他們起了身，又讓梳雲一一打賞，這才扶著葉衡的手進了屋。

屋裡是一明兩暗、三間房的格局，中間是堂屋，左邊擺了書架和多寶格，還有一張大理石的案台和幾張圈椅、方几；右邊是臥室，又用隔扇分出了更衣間，裡頭擱著一架黃楊木的架子床，有些年頭的木料更見圓潤光滑，蕭晗轉了一圈後，便找了個軟榻坐下。

「今兒個我累了，讓廚房做些清粥小菜吧，咱們吃了早些歇息，明日再到處轉轉。」聽蕭晗這樣說，葉衡點了頭陪著她坐在一旁，讓蘭衣下去吩咐廚房，順道安置他們帶來的東西。

第二日一早，葉衡便帶著劉金子出門，承德這莊子他也是久沒來了，若要帶蕭晗出門逛逛，他自然要先四處察看一番。

蕭晗睡到日上三竿才醒，蘭衣服侍她起床穿衣，在用膳前，葉衡便帶著劉金子回來了，瞧著桌上擺著的清粥小菜，不由笑道：「妳這是用早膳還是午膳呢？」

「一起用了！」蕭晗理所當然地拿了白饅頭咬了一口，又配著小菜送進嘴裡，覺得別有一番滋味，末了還道：「連容太醫都說了要我少量多餐，那段日子你又不常在家，不知道我一天要吃五、六頓呢，隨時餓了廚房都有東西給我留著的！」說罷一臉得意的模樣。

「娘寵著妳，我慣著妳，早晚將妳養成一隻小胖豬！」葉衡說著便坐在蕭晗身旁，伸手捏了捏她的臉蛋。「不，是三隻小胖豬！」

「你樂意不是？」蕭晗呵呵一笑。

用過膳後，蕭晗便與葉衡四處逛了起來，下午的時候還在林間打了隻野雞，就地烤了吃。

在承德莊上的日子到底是快活得緊，不知不覺地過了一個來月，其間葉衡接到京城裡的消息還回去了一次，之後又來到莊子陪了蕭晗幾天，如此來來去去也是辛苦，九月中旬過了暑熱後，蕭晗便挺著更見圓挺的肚子回了京城。

十月裡，皇后娘娘舉辦了一次賞菊宴，宮裡好久沒熱鬧過了，皇上倒是沒有反對，大筆一揮連群臣也一同宴請。

蕭晗挺著大肚子隨蔣氏入了宮。她久未入宮，這次進宮便覺得有些不同了，宮裡儼然又是另一番新景象。

若說以前後宮裡是皇后娘娘獨大，那麼如今便是與呂貴妃分庭抗禮，連朝臣、命婦們也隱隱分出了派系，一眼望去便能分明。

這是一場勝者為王的對決，容不得一點馬虎和疏漏，蕭晗被那種緊張的氣氛壓得喘不過氣來，便到一旁的偏廳裡歇息著，萊婭公主乘機找了過來。

「我到處尋不著妳，若不是問了幾個宮女，還不知道妳跑到這裡來偷閒了！」萊婭公主一見到蕭晗，便大大咧咧地坐在了她對面，又讓宮女倒了茶水、端了點心上來，接連喝了兩杯茶水這才作罷。

「妳沒事跟我這個大肚子的湊什麼熱鬧？指不定兩邊的人都在找妳呢！」蕭晗笑著嗔了萊婭公主一眼。眼下公主可是香餑餑，皇后娘娘與呂貴妃都在不遺餘力地拉攏她，似乎覺得誰與她成了親，誰就有望坐上皇位。

「我快被煩死了！」萊婭公主擺了擺手，一臉的苦相，又瞅了蕭晗一眼，不無羨慕道：「我倒想像妳一樣，被妳家世子爺保護得兩耳不聞窗外事，真是好命！」

蕭晗淺淺一笑，又傾身向前小聲問道：「妳到底是如何想的？眼下還是希望嫁給太子嗎？」身為萊婭公主的朋友，蕭晗還是希望她能認真考慮，畢竟關係到她的終身幸福，太子喜歡的又是男人……

蕭晗不得不想起了敬嚴。皇上雖然只是將敬尚書父子斥責了一頓，但事後敬尚書還是將敬嚴給遠遠地送走了，聽說是送到了甘肅去，若是太子換人當，只怕這輩子他都別想再回到京城來。

「我能不嫁嗎？」萊婭公主癟癟嘴，嘆了一聲。「若一定要嫁一個，嫁給太子至少比嫁給五皇子強……」末了又小聲嘀咕了一句。「若是能嫁給別人就好了。」

「妳說什麼？」萊婭公主最後那句話聲音太小，蕭晗沒有聽清。

「沒什麼！」萊婭公主一驚，趕忙擺擺手，又道：「一會兒賞菊宴結束，我與妳一道回侯府吧，好幾天沒去妳那裡坐坐了！」

「行啊，妳愛去就去。」蕭晗笑了笑，端起水來抿了一口，又瞥了一眼萊婭公主，只見她眼珠子轉啊轉的，眸中還隱隱透出一絲期盼和欣喜。

「咦，妳瞧那是不是柴郡主？」敞開的窗戶外飄過一抹玫紅色的身影，萊婭公主眼尖瞧見了，不由站起身來向外看了看，有些奇怪道。「剛才還瞧見她陪著太后娘娘，眼下怎麼走到這裡來了？咱們倆是為了偷閒，她是……」

「妳可別好奇！」蕭晗叮囑了萊婭公主一句。宮裡的隱秘事情多了去，若是事事都好奇，當心腦袋被別人給惦記著，還是小心謹慎為上。

「知道了。」萊婭公主雖然應了一聲，可眼珠子還是不時地往外面瞟去，最後還是坐不住了，只讓蕭晗先等著，她便跑了出去。

「妳小心些！」蕭晗只能在她身後叮囑一聲，想想又覺著有些不對，忙讓人給葉晉帶個口信，今日他在禁軍當值，有他跟著萊婭公主，還能護她幾分。

就這樣一直等到宮宴結束，蕭晗都沒再瞧見萊婭公主的身影，她心裡不由著急起來，又讓人找來了葉衡，與他說了這件事。

「都去了有一個多時辰了，如今還不見回來，明明說是要與我一起回侯府的……」蕭晗焦急地拉了葉衡的衣袖，又道：「今日大哥在宮中當值，我原本是想讓他幫著照看一下，可眼下也不見他的人。」

「妳別急，如今宴席已散場，妳先坐車回侯府，若有什麼事情我立刻讓人給妳傳消息。」葉衡安撫了蕭晗幾句，又將她送到蔣氏那裡，與侯府的人一道坐著馬車先走。

連葉晉都沒有消息，恐怕真是遇到了棘手的事情，葉衡不敢耽擱，轉身便又踏入了宮門。

回程的馬車上蕭晗一臉的擔憂，蔣氏問了起來，她也沒打算瞞住蔣氏，想了想才道：「萊婭公主原本說宴會結束之後，要與我一同回侯府坐坐，可左等右等也不見她來……我差人去找正在當值的大哥，想讓他跟著保護公主，最後也沒了消息……」

「不會吧？」蔣氏一臉驚訝，片刻後又道：「宮裡向來戒備森嚴，萊婭公主也不是沒在宮裡住過，應該不會有什麼事……」這話連她也說得不確定，畢竟如今是多事之秋，表面上看著平和，實際上卻是波濤洶湧。

蕭晗道：「夫君已去尋他們了，咱們回府裡等消息吧！」說到這裡，她又看了一眼坐在一旁的羅氏。

「衡兒做事有分寸，咱們回府再說。」聽了這話，蔣氏心裡稍安。葉衡行事穩妥，葉晉也不是莽撞之人，只怕真是有什麼事情耽擱了。

「既然他們兄弟都在，就別太操心了。」羅氏倒不怎麼擔心，又安撫了蕭晗婆媳兩句，幾人便沒再多說什麼，安靜地坐在馬車裡回了侯府。

等到入夜後，一個驚人的消息傳回侯府，將蕭晗從夢中驚醒了過來。

屋外是丫鬟來回奔跑的腳步聲，蕭晗扶著蘭衣的手快步朝門外走去，一邊走還一邊問道：「這消息可是真的？眼下三弟他人在哪裡？」話語裡滿是焦急。

蘭衣說起這件事來，還是一陣恐懼。「聽說被押在了錦衣衛衙門裡，世子爺原本只讓我給您和夫人傳話的，可沒想到還是驚動了二夫人……」

「先去娘那裡看看，如今人押在錦衣衛衙門裡，有他二哥照看著，不會出什麼事。」蕭晗緩了口氣，心裡的震驚還沒散去。

萊婭公主與葉繁之間究竟是什麼關係？這小子怎麼沒事跑到宮裡把人給打了，打的還是天潢貴冑，這一打下來，他們一家子還要不要活了？

「眼下大少爺也回府了，指不定大少爺知道得更詳盡一些。」蘭衣小心翼翼地扶著蕭晗，梳雲也緊緊跟著護在左右，後面還有幾個丫鬟、婆子跟隨著，一行人乘著夜色往蔣氏的正屋奔去。

蔣氏這裡自然是燈火通明，出了這樣的大事，全家人都不敢歇下。

聽聞蕭晗到來，蔣氏連忙讓景慧將人給迎了進來，見了她的面，一時又頭痛地撫額。「妳好好地在屋裡歇著就是，這麼晚了還過來幹什麼？」

蕭晗舉目一掃，見羅氏正坐在桌旁抹著淚，眼睛紅腫，葉晉也站在一旁，見她來了微微點頭，只是神情冷峻嚴肅，唇角緊緊地抿著。

「我也是擔心，夫君讓人傳的話又說得不清不楚，我心裡不踏實，便到娘這裡來看看。」蕭晗說完，又看向葉晉。「大哥，到底是怎麼回事，你快跟我說說，怎麼會將三弟給牽扯在內了？」又看了一眼羅氏，勸道：「二嬸先別哭，萬事都有解決的辦法，眼下人是關在錦衣衛衙門裡的，有他二哥看著，別人動他不得！」

「衡哥兒媳婦說得是，眼下咱們還要好好商量商量，想個對策才是。」蔣氏嘆了一聲，又對蕭晗道：「妳爹和妳二叔已經往宮裡去，眼下宮裡也是鬧騰起來，今兒個只怕誰都睡不踏實了。」

蕭晗攥緊了手帕，目光轉向了葉晉，這才聽他道：「原本弟妹讓我去尋萊婭公主，人是尋著了，可……」他的目光有些晦澀難言，到底還是將他所聞所見，說給了蕭晗聽。

萊婭公主當時也真不該起了這好奇心，跟著柴郡主去就壞了事，她一進了屋裡便被迷香給迷暈了，還差點被五皇子給……可眼下也沒有證據能夠說明柴郡主是故意引著她去的，只能吃了這啞巴虧。

當時葉晉找到萊婭公主時，便與五皇子僵持了起來，被他威脅著，卻又不敢負了蕭晗所託就此離去，這一拖就拖到葉繁這小子現身。

葉繁一見眼前的情景，當場就紅了眼，什麼也不管地就揍了五皇子一頓，若不是葉晉拉著他，只怕他都要將五皇子給咬下一塊肉來。

「你說這小子怎麼就鬼迷心竅了？」羅氏的哭聲漸起，淚水也跟著掉落。「萊婭公主的事情與他有什麼關係？他怎麼就把五皇子給打了？咱們侯府就算名聲再響亮，可這打了皇嗣的罪名誰又擔待得起？他這是將咱們一家子放在火上燒啊！」又對蔣氏道：「大嫂，回頭就讓大伯將這臭小子給逐出宗族，不能為了他拖累了一家子！」羅氏這話說得果決，也透著一股狠勁，倒是讓蕭晗刮目相看。

「話不是這麼說的，都是一家人，總不能出了事便棄繁哥兒於不顧，咱們做不出這樣的事情來！」蔣氏義正辭嚴地否決了羅氏的話，羅氏雖然還在掉淚，但蕭晗看得出她是暗暗鬆了口氣。

「公主眼下沒事了吧？」蕭晗又問葉晉。

他微微遲疑了一下，才點頭道：「公主的性子倒是豪爽，被太醫救醒後，她就……」說到這裡微微一頓，有些尷尬道：「跟著二弟、三弟一同去了錦衣衛的衙門裡。」

萊婭公主說是要跟著去作證，但他覺得她倒像是因為擔心葉繁的安危才跟了過去。臨走前五皇子還被她狠狠地抽了一鞭子洩憤，這樣厲害的女人他可是第一次見，想起溫柔如水的趙瑩瑩，他便感到慶幸。

「那還好……」蕭晗微微鬆了口氣，萊婭公主這樣做，那就是要護著葉繁了，不管皇上那邊會有什麼責罰，做為當事人的萊婭公主願意站出來說話，無疑是最有力的鐵證。

「眼下有二弟護著他，想來暫時出不了什麼事情，如今就看皇上那裡怎麼說。」葉晉說完，又轉向蔣氏。「大伯娘，只怕明日裡妳還要進宮一趟，這件事本就因五皇子而起，皇后娘娘那裡不可能不跳出來說話，萊婭公主又是太子內定的未婚妻……」他的意思是想讓皇后出面。

「你說得對，我明日一早就進宮去！」蔣氏連連點頭。她是一品侯夫人，又是皇后的親姊姊，能夠自由出入禁宮。

羅氏對蔣氏道謝。「大嫂，虧得有你們為這個逆子奔波，不然我也不知道該怎麼辦了……」哭聲悲切至極。

他們討論了一番，卻共同避開了葉繁之所以這麼做的原由，為什麼葉晉忍住了不對五皇子出手，葉繁卻對五皇子下了狠手？這其中的原因禁不起深究，若追究起來，指不定就翻出一個彌天大罪了！

蕭晗也沒有揭破，眼下先救葉繁才是要緊之事。不過一想到柴郡主，她又陷入了沈思。沒想到柴郡主做了呂貴妃與五皇子的幫凶，不僅加入了他們的陣營，如今還幫著他們來陷害萊婭公主，這個女人怎麼變得那麼可怕？

蕭晗搖了搖頭，也許她當初錯估了柴郡主的心性。

眼見天色不早，蔣氏便讓人送了蕭晗回房去，羅氏與葉晉也告辭離去。

# 第八十七章 密謀

葉致遠兄弟倆當天夜裡便趕回了府中，葉衡則是第二日一早才回了侯府。

蔣氏原本一早便要入宮的，可聽說葉衡回府了，便召集了眾人。蕭晗放不下心來，也從慶餘堂趕了過來，坐在一邊旁聽。

葉衡看起來疲憊不堪，他的目光緩緩掃了一圈，此刻面對自己的親人，也是強打起了精神，儘量將好的消息說給他們聽。「原本昨兒個呂貴妃便派了人來要責罰三弟，被我攔了下來，沒讓他們動用私刑。今兒個天一亮，萊婭公主便入宮了，她說要到皇上跟前親自澄清這件事情……」他眉頭微皺地轉向了羅氏。「二嬸，三弟與公主的事情妳可知道？」

羅氏微微一顫。「他們……能有什麼事？」手中的帕子不由自主地攥緊了。

「他們兩人……」葉衡抿緊了唇，又見蕭晗的目光關切地望了過來，不禁對她點了點頭，才對眾人道：「依我所見，他們兩人早已經兩情相悅，昨兒個窩在牢裡一宿都沒分開過，雖然我讓人在一旁盯著，可他們兩人說的話……」

葉衡的話讓所有人都吃了一驚。蕭晗定了定神，腦中細想著這段日子以來萊婭公主的行徑，似乎來侯府的次數也比從前多了些……這些都是有跡可循的，想來她與葉繁的事情並不是一天、兩天而已，但就算他們兩人互有情意也不能承認，畢竟萊婭公主可是天家預定的皇媳。

「荒唐，真是荒唐！」長寧侯還坐在位子上，葉致文卻是拍案而起，平日裡的儒雅蕩然無存，一張臉已是氣得青白變色，指了羅氏道：「妳教出來的好兒子，竟然敢做出這種事情！他是要禍害全家啊！」

「我怎麼知道他會這樣，我……」羅氏驟然紅了臉。葉致文從未對她說過這樣的重話，又想到葉繁如今的境況，她話一出口眼淚便流了下來。

「好了，事情已經發生了，多說無益！」長寧侯繃緊了臉，自有一股威嚴，他掃了一圈眾人，沈吟道：「昨兒個我與二弟便在宮外等了幾個時辰，可皇上不見咱們我也沒辦法，今兒個咱們就再往宮裡跑一趟，務必要得出個結果！」

蔣氏還未從葉繁與萊婭公主的事情中回過神來，被長寧侯扶了一把，這才搖頭苦笑道：「希望衡兒說的不是真的。」

羅氏白了一張臉，可事到如今她也不得不表個態，只看向蔣氏道：「大嫂，我昨日說的話還作數，若是真因為他的事情牽連了全家……」她眼中淚意盈盈，又望了葉致文一眼，這才哽咽道：「我就當沒有他這個兒子了！」說罷便摀著唇，撇過了頭去。

葉致文也是一臉苦澀難言，葉繁做出了這種事情，若是牽連到全家人，他們夫妻自然不好袒護，他也不是有心想要凶羅氏，可如今真是遇到了大事，且很有可能因為這件事，致使整個家族傾覆。

「事情還沒到這個地步！」長寧侯一擺手，又看向葉衡與葉晉道：「你們兄弟知道這事情的始末，今兒個也隨我一道入宮！」

「我也與老爺一同去。」蔣氏也站了出來。原本她今日就要進宮，如今多一個人、多一分希望，他們總要努力不是？

四人說走就走，蕭晗卻是有些擔心地看了葉衡一眼，他不由慢下幾步，對她叮囑了一番。「如今事情還未有個結果，咱們也不能自亂陣腳，雖然三弟不該痛毆五皇子，但也是五皇子有錯在先，這件事情萊婭公主就可以證明！」又握了握她的手。「放心吧！事情沒有想像中那麼糟。」

「一切以自身安危為重，在宮裡可別與他們硬碰硬！」蕭晗點了點頭，回握住了葉衡的手。「你要保重！」

葉衡轉身離去，心裡卻暗暗嘆了口氣。

等著他們四人都離開後，羅氏也沒避諱著蕭晗，又轉向葉致文道：「咱們夫妻雖然要避嫌不便進宮，可眼下由著大哥、大嫂他們去求情，我心裡也難安……要不我們也去宮外跪著求一求？」

葉致文有些猶豫。

「不妥。」蕭晗開口勸阻道：「二叔與二嬸還是不要去的好。」

羅氏不解地看向蕭晗。「為何？」葉致文的目光也轉了過來，顯然是想聽聽蕭晗的說法。

「咱們如今占的就是一個理字，既然如此，就要理直氣壯一些，爹娘進宮只為澄清事情的始末，但你們這一求一跪，可就不一樣了……」蕭晗說到這裡微微一頓，見葉致文與羅氏一臉的深思，又接著說道：「要知道咱們如今得罪的可是呂貴妃與五皇子，若是先示弱了，只怕他們便會迎頭痛擊，到時候打得咱們沒有招架之力，不僅侯府會惹禍上身，皇后娘娘與太子那裡也要受牽連。」

蕭晗一席話猶如醍醐灌頂，葉致文與羅氏猛然驚醒過來，對視一眼後紛紛點頭。「還好有衡哥兒媳婦提醒，咱們這是關心則亂，一心想著先認了錯，或許別人就能軟上幾分，卻沒想到這一低頭可就不是賠禮道歉那般簡單，說到底繁哥兒也沒錯得那麼離譜，只是為了救萊婭公主罷了！」

羅氏說到這裡還暗暗鬆了口氣，卻被葉致文瞪了一眼道：「怎麼沒錯得離譜？若是他真的……真的如世子爺說的那般，與公主私下往來，回頭我便打斷他的腿！」

葉致文平日裡都是溫潤和煦的模樣，今日卻一再動怒，羅氏也知道他會這樣是因為葉繁闖的禍，遂也抿唇不再說什麼。

蕭晗挺著個大肚子也難受，加上昨兒個又沒休息好，便先回慶餘堂裡等消息。這等著、等著就睡了過去，醒來時已是下午了。

用過午膳後，蕭晗才問起府裡的動靜。知道葉致文與羅氏聽了她的話待在家裡沒出去，她微微放心，宮裡的情況一時之間還不好探明，只能等著葉衡他們回來。

黃昏時分，葉衡等人回了府，因著在宮中一番周旋，太過疲憊，回府後便各自散去了。

蕭晗早讓人倒了熱水，等著葉衡回房後便讓他先去淨房梳洗，又準備了可口的飯菜與他一同用了晚膳。

酒足飯飽之後，葉衡躺在床榻上歇息。兩天一夜沒合過眼了，這一沾床他就能睡著，可想著蕭晗還念著宮裡的情況，又一直沒問出口，這才睜開了眼。

蕭晗背光站在床榻邊，原本因為懷孕養得豐潤的下頷，沒兩天又變得尖了些。

葉衡輕嘆一聲，拉了她坐在床邊，輕聲道：「知道妳一直擔心著，我也沒敢睡著，就小寐了一會兒。」

「我知道你累極了，若不是太過擔心，我也不想打擾你。」蕭晗回握住葉衡的手。雖然沐浴洗去了他一身的風塵，可眼底的疲累卻是真真切切，她看著都心疼。

「公主也是個聰明的。」葉衡一開口便輕聲笑了起來，也是這兩日的煩悶與壓抑讓他心緒低沈，難得有個好消息讓人覺得欣慰幾分。「今兒個她面見了皇上……」便將萊婭公主面聖後發生的種種事情告訴了蕭晗。

因葉繁入了獄，萊婭公主心情本來就欠佳，陪了他一夜後，更加堅定了心中的想法，她要嫁給葉繁，卻又不能直言，反倒要採取迂迴戰術，先解決了眼前的問題再說。

若萊婭公主直接為葉繁求情，指不定還會惹來皇上的震怒，怎麼一個九五之尊的兒子還比不上一個下臣的兒子了？

所以萊婭公主並沒有一味地給葉繁求情，反倒是指出了五皇子令人不齒的行徑，以及他做出這樣的事情後面的企圖。

如今皇上春秋鼎盛，就算冊封了太子，也沒有輕易生出要退位的打算，而五皇子這般迫不及待，明著就是想要接替太子之位，接下來會不會想把他給攆下皇位？

萊婭公主一面點醒著皇上，一面要求嚴懲五皇子，當時哭得那叫一個悲切。

葉衡一家人也趁勢加入，雖然嘴裡說著是要求情，可腰背挺得比誰都直，那模樣不是告訴大家他們葉家人是無罪的嗎？若是為萊婭公主出頭都算有錯，那五皇子欺女的行徑反倒還是對的？這也太沒有天理了。

皇上的御書房裡一時之間熱鬧極了，最後連皇后也來哭訴，太子都還沒下位，便有兄弟想染指未來的嫂子了。

皇上當時氣急攻心，又加之他前些日子身體才剛康復幾分，這一氣便又倒在了床上。

「這樣看來，是不會追究三弟的過錯了？」蕭晗聽了暗自欣喜。

葉衡伸手揉了揉她的頭頂。「暫時是不會了。」

「那呂貴妃那邊呢？沒有任何動靜？」蕭晗可不相信呂貴妃會善罷甘休，只怕五皇子如今還躺在床上養傷呢！

「三弟有我護著，錦衣衛那邊她暫時不敢下手！」葉衡輕輕扯了扯唇角，大手又撫過蕭啥的臉龐，最後停留在她圓滾滾的肚子上，目光變得溫柔起來。「這事情貴妃娘娘也不想鬧大了，經萊婭公主在皇上跟前這一哭訴，她能遮著掩著就遮掩著，不然最後丟人的還不是他們母子？」

「那三弟什麼時候能回來？」蕭晗的小手輕輕覆在了葉衡的大手上。「二叔和二嬸那邊還擔心著呢！」

「多關他幾日，也該讓這小子吃些苦頭了，不然他真不知道『怕』字怎麼寫！」葉衡輕哼一聲，又見蕭晗一臉擔憂的模樣，便道：「大哥已經去安撫二叔、二嬸了，妳別擔心。」

蕭晗點了點頭，也希望這件事快點過去。

皇上病倒了，呂貴妃與五皇子急於遮醜，也不敢有太大動作，這是不是表示太子的事情就有轉機和希望了？

見蕭晗眼珠子轉啊轉的，葉衡便知道她在想什麼，輕輕敲了敲她的額頭。「別費腦袋想了，妳想的我都想到了，安心在家裡養胎就是，外面有我呢！」

蕭晗乾笑兩聲，心裡的擔憂去了大半，看來這一次的事情正在往好的方面走，福禍相依說的也正是這個道理。

煙霞宮裡，呂貴妃正面色陰沈地坐著，宮女靈兒站在一旁，大氣也不敢喘上一聲。

「殿下那邊可好些了？」呂貴妃目光微轉，看向靈兒，如今五皇子正在她的偏殿裡養傷，方便她就近照顧。

「已經好多了。」靈兒恭敬地回了一聲。其實五皇子也就是一些皮肉傷，可因為面子上過不去，這兩日都沒有出現在人前。

「可恨的葉家，本宮早晚要了他們一家老小的命！」呂貴妃狠狠地攥緊手掌，豔紅的指甲直直地刺入掌心，那一絲痛也提醒著今日他們母子所受的屈辱，改日一定要加倍奉還！

「稟娘娘，劉大人來了。」殿外有內侍小聲稟報了一句，靈兒立刻打起了精神，退了一步道：「娘娘，奴婢去請劉大人。」

這劉敬雖然居於吏部郎中之職，瞧著也不是個很大的官，可為人老練沈穩，在朝中關係也不錯，很得呂貴妃看重。

呂貴妃點了點頭，靈兒這才如釋重負地轉身而去，不多時便將一個精瘦的老頭帶了進來。他一身官袍，兩隻手籠在袖中，只在抬眼時閃過一抹精光，而後便恭敬地對著呂貴妃行了一禮。

「劉大人快請坐。」呂貴妃端正地坐著，手一抬便有內侍端了張錦凳上前，劉敬又行了一禮，便撩了袍子坐下。

「近日發生的事情老臣也有聽聞，娘娘這是心急了啊！」劉敬輕輕撫了撫頷下長鬚，嘆了一聲。他的年紀在朝臣中已算年長，一頭花白的長髮，可人看起來卻極有精神，舉手投足間沈穩有度。

「本宮知道。」呂貴妃咬了咬唇。眼下她也有些後悔了，早知道她就不與柴郡主謀劃此事，沒成功就算了，還惹來一身腥，如今還欠下了柴郡主的人情。

柴郡主也是人精，半點不吃虧的性子，她只得許諾種種好處，這才將人給穩住了，可明明之前為五皇子造出的大好之勢，眼下硬生生全被破壞，呂貴妃真是悔不當初。

「咱們先前為五殿下籌謀良多，眼看著皇上也有些意動，本是功成在即，如今卻……」

劉敬搖了搖頭，目光深沈，顯然是在算計著什麼。

「劉大人，眼下既然事情已經發生了，多說無益！」呂貴妃心裡也是又悔又氣，看向劉敬道。「如今該如何是好，你也給本宮想個辦法！」

「眼下咱們還不知道皇上會如何決斷，但萊婭公主顯然不是站在咱們這邊的，若五殿下得手了那還好……」劉敬抿了抿唇，頷下的鬚子也因他這個動作微微顫動了起來，一雙眸子透著一絲陰鷙。「眼下只能先下手為強了！」他袖中的拳頭漸漸收緊。

他等不起也不想等，在邊關流放蹉跎了那麼多年，他挨過餓、受過苦，要麼輝煌，要麼敗落，不趁著這最後的機會賭上一把，他餘生都會有憾！

「你是說……」呂貴妃驚了一跳，隨即也緩緩眯起了眸子。眼下太子被禁閉在東宮不得外出，皇上又在舉棋不定、左右為難，若是不趁著這個機會一舉圖謀，或許他們就再也沒有希望了。

劉敬看著呂貴妃變幻的臉色輕聲道：「娘娘，當斷不斷反受其亂，做大事的人就要狠得下心腸來，咱們一眾臣子可都是站在您與五殿下這一邊的！」

「你說得對！」呂貴妃思忖良久，終於沈沈點頭，兩人遂在一起細細籌劃起來，關於已經拉攏的各方勢力要在這一次的事件中扮演著什麼樣的角色，都要一一安排妥當。

不成功，便成仁，沒有其他的選擇！

「等到功成之日，娘娘可是許諾了微臣，要將蕭、葉兩家都交給微臣來處置！」劉敬說到這裡冷笑一聲，眸中劃過幾許狠辣。

葉衡這毛頭小子在查他的事，他怎麼會不知道？眼下他只是按捺住不動聲色罷了，他不給敵人機會，敵人也逮不到機會。

至於他與蕭家的仇怨可就多了，特別是蕭晗這個死丫頭，折騰了他的女兒不夠，還害過他的兒子，他只是暫時騰不出手來收拾這個丫頭，到時候讓她步上她娘的後塵也不是什麼難事。

當然他圖謀的也遠不止這兩家，還有蕭晗背後的莫家，那龐大的財富可是讓他垂涎了許久，只要奪下這筆財富，今後想做什麼還怕沒有機會？

在官場也是需要財力支撐的，他也為自己的登頂選擇了最好的墊腳石！

雖然如今朱閣老已經倒臺，但他留下的眾多人脈卻被他牢牢握在了手中，這些就是他今後的資本，他似乎已經看到自己飛黃騰達的那一天！

呂貴妃輕哼一聲，眸中冷笑連連。「放心，本宮也不想葉家的人好過，到時候你就變著法子折騰他們吧，死活不論！」

「微臣先在這裡謝過娘娘。」劉敬對著呂貴妃拱了拱手，又說了幾句，這才告辭離去。

在劉敬離開之後沒多久，他去過煙霞宮的消息便被寫在紙片上，如今擺在了葉衡的案桌上。

「看來劉賊要有動靜了。」葉衡唇角微勾，眸中閃過一抹興味的光芒，怕就怕這些人精不動，他還不好出手，既然要有動作了，他總能逮住他們。

看來這次葉繁的莽撞反倒給他們製造了機會，最好的結果就是將這夥人給一網打盡，永絕後患！

朝堂上風雲變幻，蕭晗在家的日子卻是風平浪靜。

十月深秋天氣漸冷，蕭晗懷著孩子倒是不大怕冷，入夜後便窩在了床鋪上。

這兩天葉衡在錦衣衛衙門裡事務繁忙，也沒有回侯府，她夜裡睡不著，便拖了蘭衣來與她聊天。

「如今身子越來越重，我側個身也要喘幾口大氣，真是寧願躺在床上一動也不動。」蕭晗費力地側躺著，蘭衣連忙攙扶了她一下，又在她腰後墊了軟枕，這才矮身坐在了一旁的杌子上。這幾個動作下來，蕭晗的額頭都浸了層薄汗，只喘氣道：「照容太醫所說，我還要再等半個月才會臨盆，不過懷著兩個孩子，早產也是常有的事，眼下能夠讓他們在肚子裡多待一天算一天……」

「少夫人說得是，奴婢也聽說這孩子在娘肚子裡待得長，這生出來後身子越壯實呢！」蘭衣認同地點頭。雖然她沒生過孩子，可聽有經驗的婆子們都是這麼說。

蕭晗呼了口氣，撫著自己圓滾滾的肚皮，目光低垂地輕嘆一聲。「這孩子也來得不是時候，眼下正是風雨飄搖之際，我也不知道這個時候生下他們是好還是壞……」

「世子爺那麼厲害，再怎麼著咱們侯府也會安安穩穩的，少夫人便少操些心吧！」蘭衣為了轉移蕭晗的心思，又絮絮叨叨地給她說了好些照顧孩子要注意的事情，當然這些也是她刻意打聽出來的，府裡已經請了兩位奶娘，今後雖說孩子要交給她們奶著、帶著，可作為蕭晗的近身丫鬟，這些事情也不能全然不會的。

蕭晗剛要撐坐起身，便聽見屋外響起一陣急促的腳步聲，緊接著便是梳雲跨進了門來，一臉緊繃道：「少夫人，咱們府被人給圍了！」

「什麼?!」蕭晗聞言頓時身子一軟，整個人便控制不住地跌在了床榻上，幸好床上褥子鋪得厚實，不過也是這一下撞擊，讓她的肚子有些痛了起來，似乎隱約還有一陣收縮感襲來。

蘭衣與梳雲一陣驚慌，趕忙上前將蕭晗給扶著躺好，一邊問她怎麼樣了，一邊讓人去稟報蔣氏。

「我……」蕭晗搖了搖頭，她眉頭緊皺，忍住肚子的疼痛，一把攥住了梳雲的手，咬牙道：「到底是怎麼回事？快說！」
梳雲點了點頭，這才一字不落地將她知道的情況說了出來。
入夜後，侯府早已經關了大門，可就在子夜時分，馬蹄踏得轟轟作響，火把如長龍般由遠而近，飛快地在侯府周圍繞了一圈，守門的衛兵還不及上前盤問便被人拿下，有些不服氣衝出去的，聽說已被斬於刀下，侯府門前灑了不少滾燙的鮮血。
整個侯府的人都被驚動了，除了不在府中的葉衡父子以外，所有人立刻聚集在了蔣氏的屋裡，連老侯夫人張氏與四房的人也不例外。
唯獨蕭晗身子沈沒讓她過來，蔣氏派人牢牢地守住了慶餘堂，可消息還是傳到了蕭晗的耳裡。

# 第八十八章 落定

「圍住侯府的是什麼人馬，妳可知道？」蕭晗額頭滴下冷汗，面容是前所未有的冷峻，一雙手緊緊地攥著被子，一是因為疼痛，二是緊張所致。

「聽說是五城兵馬司的人，其他奴婢也不知道。」梳雲搖了搖頭，面色緊繃。「好在府中的人還沒有亂，大管家已經勒令大家各司其職，不要隨意走動。」

蕭晗點了點頭。京城中正是風聲吃緊的時候，許是葉衡父子早料到會有變數，提前就與府中大管家交代過，此刻縱使侯府被圍，所有的人都驚慌失措，可府中愣是沒有鬧騰起來。

蕭晗的身下一陣緊、一陣鬆，一陣陣痛意襲來。「我只怕是要生了……快去將穩婆叫來！」容太醫看來是請不到了，眼下侯府被團團圍住，穩婆卻是住在侯府的，就是怕臨產前的這一個月，蕭晗會隨時臨盆。

「是……奴婢馬上去！」見蕭晗這模樣，梳雲一時也有些慌亂，趕忙轉身往外跑去。

蘭衣緊張地握住了蕭晗的手。「少夫人不要擔心，一切都會好的。」又叫來了屋外的小丫鬟，命她們去燒了熱水，再準備好生孩子的一應用品，這些都是提前備下的。

蔣氏與羅氏不一會兒便趕到了慶餘堂，見蕭晗在床上痛苦的模樣，也跟著焦急起來。

「原本是要瞞住她的，卻走漏了風聲，眼下提前臨盆，可如何是好？」蔣氏的額頭起了層薄汗。如今她的丈夫和兒子都不在府中，連蕭晗都突然要生產，加之侯府又被人給圍了，還不知道是個什麼情況，她心裡擔憂得不得了。

「大嫂別急，衡哥兒媳婦也就提前了半個月生產，算不得太早……他們定會母子平安的！」羅氏一邊安慰著蔣氏，一邊有條不紊地吩咐著丫鬟、婆子做事。

「希望是這樣。」蔣氏咬了咬唇。

「娘……」一陣痛來得越來越頻繁，蕭晗只覺得褻衣都被汗水給浸濕了，雖然跟著穩婆的吩咐調整著自己呼吸的節奏，可那疼痛襲來時，她當真想將肚子給一刀剖開。

「怎麼了？」聽到蕭晗的呼喚，蔣氏趕忙坐到床邊來握住了她的手，寬慰道：「妳別擔心，安心產子就是，那些人……那些人眼下沒有動作，想來也是不敢硬闖的。」雖然這樣說著，但蔣氏心裡也沒個底。

「夫君與我說過……我相信他……他和爹爹都能平安歸來……」蕭晗說完這句話，就像是用盡了全身力氣一般，陣痛襲捲而上，她一張臉脹得通紅，又死咬著唇才將這痛楚化作了一聲嗚咽吞下肚裡，只虛弱地看向蔣氏。「我這裡沒事的，府中還要娘主持大局……」目光又掃了一眼羅氏。「有二嬸幫著娘我是放心的……可四嬸他們那裡……」

蕭晗一席話提醒了羅氏，她不由面色一凜。

四房的人可是唯恐天下不亂，若是這個時候再讓他們出了亂子，豈不是要鬧得府中人心惶惶？想到這裡，羅氏眸中劃過一抹堅決，起身道：「大嫂，妳留在這裡，我去看著老夫人與四弟妹，斷不會讓府裡出什麼岔子。」

「那就有勞妳了。」蔣氏點了點頭，眼下容不得出錯，羅氏能夠站出來幫她一把，她自然感激得很。

羅氏點了點頭，又看了蕭晗一眼，這才帶著一些丫鬟、婆子轉身離去。

時間一點點地過去，蕭晗卻覺得這痛感正在被無限地延長，肚子裡的小傢伙明明很想出來，卻彷彿隔著一層阻礙，怎麼也出不了，她心裡著急，力氣漸失，不由軟軟地躺在了床榻上。

「先吃碗雞湯麵，女人生孩子都是這樣的，不是一時半會兒就能生出來，能在明兒個一早生下來都算不錯了！」蔣氏親自端了麵要餵蕭晗吃，蘭衣趕緊將她給扶了起來，又小心地在蕭晗身後墊上了軟墊，讓她靠著。

蕭晗實在是不想吃東西，可不吃東西就沒有力氣，她只能強迫自己張嘴吞下，一雙眼睛疲憊得都不想睜開，只能在蔣氏的餵食下慢慢地吞嚥著。

梳雲不知道什麼時候又進來稟報了一聲。「府外又來了一隊人馬，是二舅爺！」說著眸中泛著驚喜地望向了蕭晗。

「是我二哥？」蕭晗聞言精神一震，緊閉的眸子陡然睜開，一眨也不眨地望向梳雲。

「妳可確定？」

「奴婢本是聽人說的，還不敢確定，是自己悄悄地爬到了屋簷上一看，果真是二舅爺，他還帶著好些身穿甲冑的兵士。」梳雲說到這裡，也是振奮了起來，又道：「大少爺與世子爺如今都不在府中，可三少爺已經將府中的侍衛都聚在一起，說是府外若有什麼動靜，他們便與二舅爺裡應外合！」

「那我就放一半的心了。」蔣氏緊繃的情緒緩和了不少，只握緊了蕭晗的手道：「聽到了沒，妳二哥如今正守在我們府外呢，等妳平安生子後，衡兒與他爹爹一定也能回來，妳要努力加把勁啊！」

「嗯！」蕭晗重重地點了點頭，所有的人都沒放棄，她也不能失了信心，孩子是她的，丈夫也是她的，她要他們都平安無事！

「少夫人，使勁！」穩婆在一旁抹著汗，一邊引導著蕭晗，一邊指揮著丫鬟端熱水，再拿乾淨的白布來。

血水混雜著看不清的污物在蕭晗身下流淌著，她咬緊了牙關使力，幾次下來才覺得有東西自身下出來，耳邊是穩婆驚喜的聲音。「孩子出來了，孩子出來了……是個哥兒！」緊接著便是哇哇的啼哭聲。

蔣氏抱著孩子看了一眼，眸中不由溢出了淚水。「這孩子長得像衡兒小時候，我這就叫人給好好洗乾淨！」

蕭晗也想撐起來看看這孩子，可剛一動便覺得肚子難受，穩婆忙拍了拍腿道：「老身忘了，少夫人懷的是雙生子，還有一個在肚子裡呢！」

蕭晗欲哭無淚，剛才那番使力幾乎用盡了她全身的力氣，她真是不想動了。蔣氏這時卻抱著孩子蹲了下來，特意將孩子給湊到了她面前。「衡哥兒媳婦，妳快看看孩子多可愛，妳要努力啊，再生下一個就好！」

蕭晗睜眼看了看孩子，孩子頭上還有未去的血污，一張臉看起來紅紅小小的，被包裹在襁褓裡顯得那麼瘦弱，可哭聲卻是那般堅強，她一下便覺得有了力氣，咬了咬牙又開始出力。

蔣氏看得眼眶濕潤，趕忙將孩子給抱了出去，為母則強，誰說不是這個道理呢？

蕭晗一直聽著穩婆的口令，用力再用力，最後已經痛到麻木，才聽到一聲微弱的啼哭。第二個孩子是個女孩，穩婆將孩子抱過來讓她看了一眼，蕭晗疲倦地眨了眨眼，終於支撐不住地暈了過去。在暈睡之前，她似乎隱約聽見了一陣兵器交擊的聲音，因為隔得太遠，她也聽不真切，只迷迷糊糊的，一切宛如在夢中。

直到第二日醒過來時，葉衡已經坐在了床邊，一臉心疼地看向她。

「你回來了……」蕭晗一開口便覺得嗓音嘶啞，葉衡趕忙倒了溫水餵她，又扶她起來倚在自己懷中，緊握了她的手道：「我瞧見孩子了，哥兒很健康，姐兒看起來稍稍小些，不過容太醫來看過，說他們都很好！」

「宮裡如何了？」蕭晗探手摸了摸葉衡頷下的鬍渣，只要他回來，她就安心了，想來事情應該已塵埃落定，連侯府外也少了許多的聲響，卻不知道蕭時是不是安全……

「妳先吃點東西，一會兒再慢慢說給妳聽。」葉衡接過了身後蘭衣遞來的魚片粥，一點一點小心吹冷了，才餵到蕭晗的嘴裡。他的面色雖然疲倦，可卻掩不住眸中那抹異樣的神采，這讓他整個人看起來很不一樣，沈穩淡然得好似一切盡在掌握中。

蕭晗只瞅了他一眼便放心了，用完粥後又問了兩個孩子的去向，知道奶娘正在給他們餵奶便笑道：「我原本還想自己餵的，可娘說兩個孩子我一個人鐵定不夠餵，又不好餵了這個少了那個，索性就全交給奶娘了。」

「眼下妳本就該好好休息，我看就讓奶娘餵著。」葉衡說著便將蕭晗攬入了懷中，片刻後才輕嘆一聲。「這一次當真是驚險，差一點我與爹只怕都回不來了！」

蕭晗心頭一緊，趕忙轉頭看向葉衡。「眼下怎麼樣了？我二哥可還好？」

「妳放心，他壯得像頭牛似的，就是胳膊受了點傷，養養就好了……」葉衡將昨夜宮裡發生的事情講給了蕭晗聽，雖然他說得很是平靜，但蕭晗聽著，不難想見其中的驚心動魄，雖然早就預料到經過這次的事情，呂貴妃等人會忍不住先下手為強，但真的到了那一步，還是不免讓人心驚！

昨夜宮裡自是如往常般早早閉了宮門，可五皇子帶領一隊人馬，卻是悄悄地溜了進去，直逼皇上的寢宮，另一隊人馬則往東宮而去。

他們這是想先發制人，一箭雙雕！

這些人潛伏在夜色中，如同隨時都能噬人的猛獸般，磨著尖亮的爪牙伺機而動。

也幸好這段日子葉衡他們都沒放鬆警惕，等著五皇子逼宮已成事實，他們父子倆當場就衝了進來，將五皇子給拿下，而隱藏的御林軍也一擁而上，斬殺了其餘的謀逆之人。

太子那邊則有葉晉帶領禁軍護衛著，只是隱在暗處，等他們入甕，這才一舉擒住。

也是因為他們提前調動，撤走了禁軍，給敵人製造了一個貌似可以偷襲的機會，引著他們先動了手，才能給對方致命的一擊！

過程自然是慘烈而血腥，其中也不乏凶險，但最後還是他們棋高一著，化險為夷。

蕭晗聽了之後胸脯上下起伏，久久都不能平靜，又忍不住問葉衡。「如今五皇子謀逆被捕，呂貴妃定也沒什麼好下場，那太子他……可是有望再得皇上看重？」

「這個不好說。」葉衡神色微凜，接著緩緩搖了搖頭。「皇后被五皇子謀逆一事嚇得不輕，眼下還沒有緩過勁來，我瞧她一下子像老了十歲不止……這個節骨眼上不好提太子的事，先處置了五皇子再說吧！」

「也對。」蕭晗點了點頭，心中的大石終於落定，旋即又似想起了什麼，眸子微瞇。「那劉敬他……」劉敬做過的事情她不會忘記，雖然他沒有親口承認，但種種跡象都指向他，她不會輕易放過他。

「劉敬已經被打入大牢，劉家的人也被羈押，待我一一審過他們，再與妳細說。」葉衡握了握蕭晗的手。「我知道妳擔心什麼，放心，我會讓他一一招認的。如今妳就好好坐月子，其他的都不要多想。」

「嗯。」蕭晗輕輕點頭，想起兩個初生的孩子，她的心中就溢滿了柔情，不由靠近了葉衡的肩頭輕聲道：「兩個孩子的乳名還沒取呢，你是他們的爹爹，想個名字吧！」

「好……」葉衡點頭，認真思考了起來，片刻後才道：「就叫元哥兒和如姐兒可好，元哥兒是哥哥，今後自然要照應著妹妹。」

「元哥兒……如姐兒……」蕭晗輕輕唸了唸，又對葉衡促狹道：「你這是偏疼女兒，叫如姐兒是希望她今後事事如意不成？」

「還是娘子懂得為夫的心！」葉衡哈哈一笑，倒是將壓在肩上多日的擔子暫且放下，又見奶娘抱了元哥兒與如姐兒過來，不由一手一個接過來，抱到床前給蕭晗細看。

屋內不時地傳來陣陣歡笑，場面好不溫馨。

# 第八十九章　尾聲

五年後，漠北。

初秋的漠北已經沒有多少雨了，午後的天空漸漸陰沈，天色猶如黃昏，風捲著沙塵侵襲而來，遠遠望去如飄來的一層濃煙，想來一會兒的工夫便會將這座古都籠罩其中。

一身細布藍衣作婦人打扮的女子朝著門外張望了一眼，路上行人匆忙，都在趕著回家躲避這場突來的風沙，漸漸地便走得沒了人影。她又踮著腳向外望了望，終是失望地搖了搖頭。「老爺今兒個只怕趕不回來了。」

一隻大手搭在了她的肩上，身後男人的聲音低沈而沙啞。「雲兒，妳也別著急，老爺的本事咱們又不是不知道，定無大礙的！」

男人穿著一身灰布長衫，仔細一看便能發覺他右臂的衣袖空空如也，可即使這樣也無損他的氣度。他的背脊挺得筆直，肩寬腰闊，壯實的身軀將長衫撐得滿滿的，雖是幹著守門的差事，可半點也沒讓人覺得輕賤。

「潛哥……」女子回過了頭來，高眺的身形只比男人矮上一點，容貌算不得出眾，一雙眼睛卻是明亮有神，對著男人點了點頭，叮囑道：「那你關緊門戶，我進裡屋向夫人回稟一聲。」

男人應了一聲，女子這才展顏一笑，動作俐落地穿過堂屋向裡而去。

這棟宅院不過兩進，住的人也不多，女子穿過堂屋、繞過迴廊，撩了厚重的棉布簾子便跨進門去，腳步頓了頓，又回身將門給關緊並上了門，這才放下心來。

漠北風沙大，他們雖然來沒多久，但卻是紮紮實實地領教了幾回。

「梳雲？」裡屋傳來一道清朗的女聲，話音剛落，便見一女子轉了出來。她穿著一件鵝黃色的上裳配一條淺綠色的月華裙，只簡單地綰了個髻，如雲的烏髮上插了根碧玉簪，如此清雅的妝扮襯得她一張臉蛋明麗嬌豔，如枝頭新綻的海棠。

「夫人！」梳雲福了福身，這才往蕭晗身後望了一眼，見兩個小傢伙並沒有跟出來，便笑道：「少爺跟小姐該睡熟了吧？」

「還沒呢。」蕭晗搖了搖頭，坐在桌旁，伸手為自己倒了杯茶水，喝了一口，等著喉嚨舒服些了才道：「剛才我是好一陣哄，兩個小祖宗愣是不睡，好在有蘭衣給他們說故事，我才能清閒一陣子。」

「少爺跟小姐想必是知道老爺今兒個要回來，這才拖著不睡呢！」梳雲輕輕笑了一聲，又走到蕭晗身後為她捏著肩膀，那力道不輕不重地，舒服得蕭晗直想打瞌睡。

「聽著外面風聲呼呼的，妳又關了門，這風沙可是又要來了？」蕭晗半瞇著眸子，心中卻是嘆了口氣。原來指望著葉衡今兒個能夠回家的，可這風沙一起，只怕又要耽擱了。

「奴婢瞧著是呢，老爺只怕要在路上耽擱了。」梳雲放低了聲音。「不過夫人別擔心，老爺武功高強，不會有什麼危險的，咱們只管在家安心等著就是。」

「我倒是不擔心他。」蕭晗笑了笑，做夫妻這麼久，葉衡的本事她自然是知道的。這次來到了漠北，他們只怕要待上好些日子，又轉頭看了梳雲一眼，見她臉上洋溢著幸福安定的笑容，唇角不由勾了起來。

當初她與葉衡帶著孩子輕裝簡從地離開了京城，卻不知道蕭潛從哪裡得到的消息，竟然就跟了上來，這幾年任勞任怨地守在梳雲身邊，去年這兩人才終於結為了夫妻，她也為梳雲高興。

兩人又閒話了一會兒，屋外的風聲越來越大，吹得窗櫺隱隱作響。此時傳來一陣拍門的聲音，蕭潛的聲音隔著風聲喊道：「夫人，岳先生來訪！」話語裡帶著一絲少見的興奮。

「岳叔叔來了漠北？」蕭晗一下子站了起來，面上既有喜色也有驚訝，梳雲已經先她一步前去開了門，撩起棉布簾子，為身後的蕭晗讓出了一條道來。

「岳叔叔在哪兒？」蕭晗探出頭來，風順著棉布簾子捲了進來，吹得她裙襬翻飛，她不得不伸手壓著裙子。

天知道岳海川這一走，他們有幾年沒見著面了，雖然不時地有書信來往，但到底不如見面來得親切，還有跟著他的劉啟明，也不知道他那身子骨可還好？

「小的將他們安排在外屋的廂房裡，他們一行也就三個人，眼看著風沙就要來了，岳先生只讓小的來稟報一聲，說是等風沙停了再與夫人敘舊。」蕭潛極快地說完這一段話，又抬頭望了望天，黑壓壓的雲層遮天蔽日，眼看著一場沙暴近在眼前。

「這……也好！」蕭晗略一猶豫，便壓下了心中想要立刻見到他們的衝動，吩咐蕭潛好生招待。

風沙漸起，吹得迷了人眼，梳雲忙將蕭晗給推回了屋裡，蕭潛則腳步不停地向外院奔去。

梳雲大力地關上了門，又扶著蕭晗落坐。

蕭晗撫著胸口平復著剛才激動的情緒。沒想到岳海川他們竟然尋到了這裡，她可有好多話想要和他們說。又吩咐梳雲道：「待會讓廚娘燒點熱水、做點好菜送去，可別怠慢了貴客。」

「奴婢省得的。」梳雲笑著點頭，隔著窗戶看了看屋外的天色，隨即動作俐落地出了門。

一夜的風沙捲著煙塵呼嘯而來，窗外的天空早已經變得昏暗錯亂，蕭晗甚至分不清這是白天還是黑夜。

一陣睡意襲來，她將孩子們抱在了懷裡，一邊想著葉衡，一邊想著岳海川他們此行的目的，漸漸地睡了過去。

到了第二日清晨，沙暴才終於退去，只是天空仍然昏暗，梳雲招了兩個粗使丫鬟打掃院子，等一切歸整後才端著早膳往裡屋而去。

蕭晗梳洗穿戴整齊後，和兩個孩子一同用過早膳，又為他們整了整衣衫，這才帶著他們往外院而去。

經過一夜的休整，岳海川早已洗去了周身的疲憊，用過早膳後便悠閒地坐在了藤椅上，隨意翻看著一本遊記。而一旁的年輕男子正坐在長條案桌旁，烹煮著一壺香氣四溢的清茶，他手指修長、動作嫻熟，目光專注而平靜，任茶水在壺中泛起一陣熱騰騰的輕煙，那烹茶的動作就像做過千百遍般自然而流暢。

蕭晗到來時，見到的便是這樣一幅和諧的畫面，那熟悉的面容映入眼眶，她不由微微覺得鼻酸。

時光飛逝，卻已物是人非，他們早已經不是當年懵懂的少年和少女。

身後的兩個孩子感到有些好奇，如姐兒一雙大眼睛眨啊眨地，終於掙脫了母親的手，大步往前，目光先是在劉啟明身上轉了一圈，這才轉向岳海川，嬌聲問道：「您就是我岳爺爺嗎？」

元哥兒扯了扯母親的手，也是一臉的興味。

蕭晗這才笑道：「如姐兒、元哥兒，這就是娘和你們說過的岳爺爺，還有你們的表舅舅！」她收斂了情緒，拉了兩個孩子到岳海川跟前見禮。

劉啟明也順勢收了手中的動作，原本平靜的面容在見到蕭晗時有一剎那的明亮，在瞧見那兩個機靈可愛的孩子時，目光微微一斂，唇角只餘下一抹溫潤的淺笑，端正地站在岳海川身旁。

「真是兩個乖孩子！」岳海川笑著擱下了手中的遊記，拉著兩個孩子到了跟前，看了又看，不禁滿意一笑，對著蕭晗道：「如姐兒像妳，元哥兒倒是像他爹爹多一些！」又從懷中掏出兩個晶瑩剔透的白玉扣，給孩子們做了見面禮。

劉啟明身為表舅舅，自然也拿出一套墨寶和硯臺送給他們，不過兩個孩子倒更喜歡同岳海川親近，沒一會兒就拉著他玩棋去了。

蕭晗與劉啟明坐在案桌旁閒聊，這才得知岳海川他們本要往北而去，也是幾個月前收到她的來信，知道他們如今定居在漠北，便順道走了一遭，沒想到一來就遇到了這沙暴。

「漠北常有沙暴，我剛來時總弄得灰頭土臉，如今倒是習以為常了。」蕭晗笑著搗唇。

「倒是昨兒個吹的那一場，可將你與岳叔叔給弄慘了吧？」

「簡直狼狽至極，不收拾一番真是見不得人。」說到這裡劉啟明也笑了起來。昨兒個真是弄得一頭、一臉的灰，若是被蕭晗瞧見，他可真是沒臉了，說著又倒了杯茶水遞過去。

「表妹嚐嚐這茶。」

蕭晗接過抿了一口，笑道：「還是好幾年前喝過表哥煮的茶，如今卻是精進了不少！」

「先生的品味可不一般，我自然要勤奮些。」劉啟明清淺一笑，褪去了昔日的青澀與靦覥，一雙黑眸多了幾分深沈，讓人有些捉摸不透。

蕭晗不由在心底嘆了一聲。任誰經歷了那樣的變故，只怕都難以承受，這輩子劉啟明恐怕都要隱姓埋名地活著。

「表妹在想什麼？」見蕭晗沈默了下來，劉啟明執壺為她斟水，清潤的嗓音低低地傳來。「表妹不用為我惋惜……我這樣算是好的了，只是他們……」說到這裡手微微抖了抖，茶水頓時向外灑出了些，在案桌上留下了一道道水漬。

「表哥……」蕭晗有些為劉啟明難過，卻並不為劉家人的遭遇抱有半分同情，這一切也是他們咎由自取。

遙想當年京城的那場變故，連盛極一時的呂家都敗落了下來，男子充軍，女子流放，也是皇上念著昔日的幾分舊情，只將呂貴妃母子圈禁了起來，其餘涉案人等則是一律斬首示眾。

劉敬自然也被處以極刑，劉家人可以說是被他給拖累的，可這些人又怎麼能說是全然無辜呢？

「我也託人去偷偷瞧過他們，只是不便現身，我祖母也不想我與他們一道……」劉啟明眼眶微紅。若非他是劉家獨苗，若非他還要傳承香火，他真想與他們在一起，即使吃苦受罪那也是他們一家人應得的，不能只享了先人的福，卻不承受這該來的苦。

「我明白。」蕭晗了然地點了點頭。劉家只剩下劉啟明這根獨苗，即便今後只能隱姓埋名，總算也還活著，活著就有希望。

「我姑母她還在蕭家吧？」劉啟明很快地收拾了情緒。這些既成的事實他已經無法改變，不如調整心情重新開始。

「在的。」蕭晗點了點頭。劉家遭難，劉氏這出嫁之女卻沒有同罪而論，可自此後她在蕭家的日子也不好過了，連帶著與自己表姐爭寵的蕭昐，也過得十分淒楚。

不想再繼續這個沈重的話題，兩人又聊了些其他的事，最後說到了葉衡的身上。劉啟明帶著一絲謹慎，關切道：「這些年他帶著妳東奔西跑的，還有兩個孩子，我真怕妳吃不消……」

「哪裡就吃不消了？我覺得離京後閱歷見長，連身子都好了不少呢！」蕭晗說到這裡，笑著看向劉啟明，揶揄道：「表哥不是有更深的體會？」

劉啟明的身子骨的確見好了，也是從前將他養得太精細，如今跟著岳海川天南地北地跑著，連個子都拔高了不少，人看著更是精神了許多。

「這倒是真的，這些年也虧得有先生照顧我。」岳海川始終沒有正式將劉啟明收為徒弟，雖則兩人之間是師徒的情誼，但對外劉啟明只尊稱他為先生。

兩人又聊了許多從前的事情，孩子們也喜歡纏著岳海川，不知不覺到了中午。蕭晗與他們一同在外院用了膳後，這才帶著兩個孩子回了內院午休。

葉衡這個男主人還沒有回家，岳海川與劉啟明自然不好久待，沒過兩日便要告辭離去。

蕭晗讓廚娘給他們備了好些路上吃的乾糧和飲水，殷殷叮囑了一陣，顯得十分不捨。

還是岳海川灑脫地揮了揮手。「山水有相逢，再說天下也沒有不散之宴席，今後指不定咱們又會重逢在其他地方！雖然不知道葉衡在忙些什麼，但他是個能幹的人，你們夫妻和睦，孩子也聽話乖巧，我想妳母親在天之靈也能感到安慰了。」一番話說得蕭晗又紅了眼，還是劉啟明在一旁勸了幾句，他們這才騎馬上路。雖然他的心中同樣有著不捨，但知道蕭晗過得幸福，他也就知足了。

如此又過了三日，在蕭晗的急切盼望下，葉衡終於回到了家，只是那滿面的塵土，衣衫上和著的泥漿和早已經乾涸的血跡，還是讓蕭晗嚇了一大跳。

「你這是要嚇死我！」葉衡梳洗之後狼吞虎嚥地吃著一碗煎蛋麵，蕭晗在他身後為他擦著濕漉漉的頭髮，說到一半還忍不住在他肩頭捶了一拳。

雖然知道葉衡做的事情恐怕不簡單，可這歸期延後，還以這副模樣出現在她眼前，是人都要被嚇出病來，她怎麼能不擔憂？還好孩子們沒瞧見。

「有驚無險，沒事的。」葉衡抬手拍了拍蕭晗的手背，又埋頭吃麵，足足吃下三大碗麵，這才滿足地擱下筷子。

蕭晗知道眼下不宜多說什麼，夫妻倆一塊兒去看了兩個孩子，如姐兒還揪著葉衡的衣襟埋怨了一番，直到懷裡被父親塞了個漂亮的人偶娃娃，這才重新笑了起來。

葉衡又將元哥兒抱在懷裡，逗他道：「爹爹這次出門專程給元哥兒挑了匹小馬駒，明日帶你出去溜馬！」一句話便把元哥兒樂得跟什麼似的。

燭火昏黃交錯，在窗上投下一片翦影，蕭晗抱臂站在一旁，看著他們父子幾個溫馨的畫面，心裡也不由升起一陣暖意來。

等看著蘭衣哄睡了孩子們，蕭晗這才拉了葉衡回房。夫妻倆並排躺在床榻上，手牽著手，時光有一刻的停滯，帶著幾分平靜的溫馨。

半晌後，還是蕭晗先開了口。「以後不能按時回來，好歹你也讓人捎個信，我可擔心了好幾天！」說罷嗔了葉衡一眼，微微噘了嘴表示不滿。

葉衡笑著側過身來，將蕭晗摟在懷裡輕輕拍了拍。「我聽蕭潛說岳先生他們來了，怎麼沒幾天就走了？」他眸中光芒微微閃了閃，顯然是刻意迴避著蕭晗的問話。

如今他表面雖然是做著馬販子的營生，但到底有些說不得的事，這其中的血腥與陰暗他並不想蕭晗知道，平白讓她擔心。

想來將目前的事情了結之後，皇上也能給他一段清閒日子，就像他帶著妻兒離京的前幾年，雖是頂著查案的名頭，實際上是帶著蕭晗與孩子們遊山玩水，那樣的日子可說是愜意又快活啊！

「岳叔叔本就喜歡四海遊歷，況且表哥也在……總在一個地方待著也不好。」蕭晗輕輕捶了捶葉衡的胸口。明知他是故意轉移話題，卻也拿他沒辦法，有些事情即使她知道了也幫不上忙。

「劉啟明啊……」葉衡感嘆一聲，放開了蕭晗，側身平躺。岳海川他們的到來，倒是讓他想起了許多從前的事情。

「表哥也不容易呢！」蕭晗的聲音緩緩低了下去，有著些許惋惜。

葉衡突然想到了什麼，轉向蕭晗道：「前不久聽到了一個消息，說是皇上將柴郡主賜給了晉王。」

晉王，也就是先太子，當年先太子失德不宜再擔任儲君，便由蔣閣老等一眾大臣上書，皇上最終改立陳妃所出的六皇子為太子。雖然儲君更迭，但因陳妃的父親本就是蔣閣老一系，這次的改立並沒有給長寧侯府帶來什麼太大的影響。

不過皇上在不久後便封了先太子為晉王，想必也是有讓他盡心輔佐太子的意思，到底是自己看重了多年的孩子，心裡還是疼愛著的。

「不會吧？」蕭晗驚訝地撐坐起身。晉王那件事知道的人可不少，柴郡主真嫁了過去，恐怕這輩子都沒什麼指望了。

想當年柴郡主與呂貴妃姪兒還差點說了親事，當然呂家蒙難，這婚事自然就不了了之。

葉衡當時是想處置了柴郡主，可讓太后給攔下了，並為柴郡主作保，祖孫兩個一起遠離京城，長住寺廟、吃齋禮佛，再不輕易回宮。

沒想到茹素吃齋了幾年，柴郡主還是想著嫁人了？

只是嫁給晉王還不如不嫁，除了頂著個晉王妃的名頭，她還能夠得到什麼？

「太后的身子骨快要不行了，這才在皇上面前給郡主求了靠山，至少這輩子能夠安穩地過了，只要她不動其他的歪心思。」葉衡這話倒是給了蕭晗一個解釋。

「這倒是，到底是皇室的郡主，青燈古佛了此一生，只怕也是不可能的。」蕭晗說著又趴在葉衡的胸口上，伸手將他的一縷烏髮繞在了指間，想起不久前收到的家信，不由笑道：「萊婭又懷孕了，這次她可指望著生個女兒呢！」

萊婭早已嫁給了葉繁，成了葉家的媳婦，也是蕭晗如今的弟妹，雖然她三年抱兩，可生下的都是男孩。

說來這兩人的姻緣倒是幾經波折，差點就成不了親，若不是因晉王之事，皇上對萊婭公主心有愧疚，又不想失去與西番交好的機會，這才在陳妃的建議下，許了萊婭公主可以自選夫婿，成就了公主與葉繁這對小情侶。

「說起這事……」葉衡眸色微微沈了沈，似有點點星火跳躍其間，原本扶在蕭晗腰上的大手也忍不住在她身上游移了起來，更湊近她的耳邊吹著熱氣。「咱們是不是也該努力給元哥兒和如姐兒再添個弟弟、妹妹了……」

「你想得美！」蕭晗咬唇，嗔了葉衡一眼，卻耐不住這一雙大手在她身上點燃的一簇簇火苗，只覺得整個人都軟了下來，眸中泛著迷離的水光，她不自覺地伸手環住了葉衡，主動將唇湊了過去。

葉衡得逞一笑，大手一揮，紗帳垂落，掩住了一室的春光。

——全書完

2016年11月出版

# 福妻無雙

文創風 465～468

前世因意外身亡，今生她只想救回父母，重新擁有幸福的家，
結果她不但宿願得償，竟還收了個狼孩兒當跟班?!

郎情如蜜 甜在心頭／暖日晴雲

鎮國公府嫡女寧念之重生了，蒙老天爺恩賜，擁有前世記憶與超強五感傍身，
跟著她的人都能逢凶化吉，號稱人見人愛、花見花開的小福星。
原以為藉此救了父母已是壯舉，沒想到還收留身世成謎的狼孩兒，
好吧，既來之則養之，以後這狼孩兒就歸姊管啦～～
見他一心想習武，若能調教出個像她爹一樣的大將軍倒也不錯！
原東良永遠不會忘記，自己開口說的第一句話就是：「妹妹！」
如果沒遇上念之，他仍是無名無姓、流落草原的狼孩兒，不知家為何物。
從此他立志做她最喜歡的人，堅持「妹妹都是對的」、「以後要娶妹妹」，
雖然這得耗上好幾年，但自小養成的狼性讓他認定了就不改變，
他願意一天一天地等她長大，可心愛的妹妹什麼時候才開竅啊……

2016年10月出版

# 彩鳳迎春

文創風 459～464

喜轎抬到半路，她那病歪歪的無緣相公就蒙主寵召了，
害得她年紀輕輕就守了望門寡，受人指指點點的，
認真想想，她這也太衰了點吧？
幸好她不是默默吞忍的小媳婦，才不甘願如此過一生呢！

## 不求雙飛翼　願能一點通／芳菲

穿來一陣子後，趙彩鳳也算是對趙家幾口人有些瞭解了──
頂樑柱趙老爹已不在人世，由寡母獨力扶養四個子女，
想當然耳，一家子的生活能有多好？真是窮得連狗都嫌啊！
幸好她沒那麼輕易被打倒，家裡沒錢，那就想辦法賺嘍！
是說，母親與隔壁的宋家寡母似乎密謀著把她和宋家獨子湊成對？
宋家這個大她幾歲的窮秀才她是略知一二的，畢竟是鄰居嘛，
他其實長得也算斯文俊朗，是貨真價實的小鮮肉一個，
而且還真有那麼兩把刷子，不僅考上秀才頭名，舉人應該也是囊中物，
若不是他家實在窮極了，想嫁他的姑娘應該不少才是，
可姊在現代已是近三十的輕熟女了，吞下這麼嫩的鮮肉好嗎？
但擺在嘴邊的肉不吃下去也太難為她了，所以她就勉為其難地接收啦！
既然夫君有心又有才，她這個做娘子的當然要傾全力及銀兩支持，
務必要讓他在科考的路上無憂也無愁，直直往狀元奔去啊！
這賺錢養家的責任就包在她身上吧，雖說她的法醫專業如今無用武之地，
但無妨啊，窮則變，變則通嘛，棄醫從商她也是很可以的唷！

# 為流浪貓狗加油 和貓寶貝 狗寶貝

## 廝守終生(一定要終生喔！)的幸福機會

對人來說，貓寶貝狗寶貝只是生活的一部分，
但妳（你）對牠們來說，卻是生活的全部，領養前請一定要考慮清楚——

▲ 乖巧無比又可愛的小撒嬌　必魯&VODKA

性　　別：都是男生
品　　種：必魯是橘白米克斯，VODKA是全橘米克斯
年　　紀：皆為2.5歲
個　　性：都很親人，喜歡被大力撫摸，
　　　　　愛吃、愛睡、愛撒嬌。
健康狀況：皆已結紮
目前住所：新北市汐止區

本期資料來源：台灣認養地圖

## 『必魯 & VODKA』的故事：

必魯和VODKA約兩個月大時，被陳小姐的朋友在社區角落發現，雖然必魯曾一度命危，但在細心照顧下恢復得健康又有活力。在兩隻小貓兩歲左右，陳小姐的朋友因家中小朋友會過敏而送來給陳小姐，進而成為中途。

VODKA喜歡人家摸摸跟抱抱，必魯則喜歡被摸頭跟背，還會爬到主人的背上呼嚕嚕，對人的肚子撒嬌、按摩。另外，兩兄弟都愛吃、愛睡、愛撒嬌、愛講話，幾乎沒有脾氣，吃東西也不挑嘴，叫名字時會回話，經過時更會打招呼。可愛的VODKA有時甚至還會邊吃飯邊回頭講話，但可惜沒人聽得懂。

雖然兩兄弟對於洗澡會躲，但仍堅強面對乖乖洗完；剪指甲也是有些會排斥，可VODKA會認命、乖乖地直到剪完，必魯會稍微掙扎，需要抓著牠。而在大小便部分，兄弟倆都很乖，習慣礦物砂，但VODKA有點潔癖，廁所一定要天天清理不然會憋著。

必魯和VODKA對人十分信任，相當親近人，見到人就會蹭蹭，非常適合未養過貓的新手，也很適合一般的家庭，若您願意愛牠們、照顧牠們一輩子，歡迎來信powful0618@gmail.com (陳小姐)，主旨註明「我想認養必魯 & VODKA」。

**認養資格：**

1. 認養者須年滿20歲，有獨立經濟能力，並獲得家人、同住室友或房東的同意。
2. 須同意簽認養寵物切結書。
3. 同意送養人日後之追蹤探訪，對待必魯及VODKA不離不棄。
4. 認養不需支付任何費用，只需要一顆願意愛動物的心，謝絕學生、情侶，禁止放養。
5. 希望能將必魯及VODKA一起認養。

**來信請説明：**

a. 個人基本資料：姓名、性別、年齡、家庭狀況、職業與經濟來源等。
b. 想認養必魯及VODKA的理由。
c. 過去養寵物的經驗，及簡介一下您的飼養環境。
d. 若未來有結婚、懷孕、出國或搬家等計劃，將如何安置必魯及VODKA？

文創風 480

# 商女發威 4 完

國家圖書館出版品預行編目資料

商女發威／清風逐月著. --
初版. -- 臺北市 : 狗屋, 2016.12
冊 ; 公分. --（文創風）
ISBN 978-986-328-673-8（第4冊：平裝）. --

857.7　　105019237

| | |
|---|---|
| 著作者 | 清風逐月 |
| 編輯 | 江馥君 |
| 校對 | 黃亭蓁　簡郁珊 |
| 發行所 | 狗屋出版社有限公司 |
| 地址 | 台北市104中山區龍江路71巷15號1樓 |
| 電話 | 02-2776-5889～0 |
| 發行字號 | 局版台業字845號 |
| 法律顧問 | 蕭雄淋律師 |
| 總經銷 | 知遠文化事業有限公司 |
| 電話 | 02-2664-8800 |
| 初版 | 2016年12月 |
| 國際書碼 | ISBN-13　978-986-328-673-8 |
| 原著書名 | 《锦绣闺途》，由瀟湘書院（www.xxsy.net）授權出版 |

定價250元

狗屋劃撥帳號：19001626

網址：love.doghouse.com.tw　E-mail：love@doghouse.com.tw